# Ao Sabor de Oiá

Cléo Martins



PALLAS

Rio de Janeiro
Impresso no Brasil

**Produção Editorial**
Pallas Editora

**Revisão**
Marcos Roque
Maria Sidrim

**Capa**
Pedro Gaia
Felipe de Mello

**Ilustração**
José Carlos Martinez



CIP-BRASIL. CATALOGAÇÃO-NA-FONTE.
SINDICATO NACIONAL DOS EDITORS DE LIVROS, RJ.

M342a
Martins, Cléo
Ao sabor de oiá
/ Cléo Martins. - Rio de Janeiro : Pallas, 2003.

ISBN 85-347-0356-6

1. Cultos afro-brasileiros - Ficção. 2. Romance brasileiro. I. Título.

03-1441. CDD 869.93
CDU 821.134.3(81) - 3

18.07.06 22.07.03 003826

Pallas Editora e Distribuidora Ltda.
Rua Frederico de Albuquerque, 56 - Higienópolis
CEP 21050-840 - Rio de Janeiro - RJ
Tel./fax: (021) 2270-0186
www.pallaseditora.com.br
pallas@alternex.com.br

*In memoriam:*

Etty Hillesum;

Teresa de Cepeda y Ahumada;

Monteiro Lobato;

Oscar Wilde;

Eça de Queiroz;

Machado de Assis;

Érico Veríssimo,

Guimarães Rosa;

Afonso Schimidt;

Antonio Ferreira Cesarino Jr.;

Oliveira Martins, o poeta;

meu tio Ibi, o romancista Ibiapaba de Oliveira Martins, da Academia Paulista de Letras, vencedor do prêmio Jabuti de Literatura, em 1969, com o romance *Noites de relâmpago*;

meu querido tio, o jornalista Araguaia
Feitosa Martins;

Babalorixá Luís da Muriçoca;

Iya Eugênia Anna dos Santos,
Mãe Aninha;

Laureano dos Santos, Ojé Lawo;

Ebame Octacília Ferreira Esteves;

meu inesquecível filho Reinaldo,
Odé Boaji;

Antonio Carlos Fernandes, editor,
fundador da Pallas Editora, um
homem forte e suave, que soube
querer e assegurar a continuidade de
sua obra; e

de minha gente:

Duílio Salatin, avô materno, tetraneto
do Marquês Andrea Salatin,
de Villa de Cordignano, em Treviso;

meu bisavô alagoano, de Belo Monte,
o Capitão Jeremias Alves Feitosa;

minha trisavó paterna Juliana do
Nascimento, de Iguape;

meu bisavô materno, Coronel João
Ferreira de Castro, de Lorena;

meu trisavô paterno, (que fora padre)
Francisco de Paula de Oliveira Martins;

meu bisavô paterno, Coronel João de
Oliveira Martins – o Pai João – e,

em especial, meu avô, o poeta Luiz de
Oliveira Martins Sobrinho, cuja poesia
feita em 1916, na cidade de Botucatu

para a namorada professora, minha avó Jacira Feitosa Martins, transcrevo:

"Bella, gentil e travessa
Negros olhos, mui catita,
Por mim muito se interessa
Essa menina bonita.

Tem uma cutis trigueira
Duma leve palidez;
E é, como a aura fagueira
Sua figura tão cortês.

Diz ter um amor ardente
Quais as lavas de um vulcão,
Ser brava, audaz e travessa
Um bondoso coração.

De muito longe a conheço
Pelo seu gracioso andar
Passinho curto e travesso
Qual de um pombinho a arrulhar.

Tem mais brilho do que um astro
E mais graça do que uma rosa
Seu coração de alabastro
E sua boquinha mimosa.

As letras são impotentes
Pra descrever sua candura
E, bem fracas fortes mentes,
Pra pensar o quanto é pura."

# Palavras Iniciais, a Título de Explicação do Inexplicável...

– "Cléo, querida, não existem coincidências para os que crêem na Infinita Surpresa!"

Isto é o que me diria o Anselmo, personagem desta história, se eu tentasse lhe dizer que tudo nasceu de mim, de minha imaginação, de meus sentimentos e anseios.

Ebame Augusta, Mãe Totonha, Elba Lucia e Padre Luiggi, olhando-me pesarosos, concordariam com o colega, padre e ogã, dizendo que no tempo deles havia mais fé e esperança. Sulamita iria tecer algumas considerações sobre a teoria da sincronicidade, de Jung.

Alzira talvez dissesse que eu não ligasse importância à língua do povo – sendo apoiada por Irene, Zuza, Toinho, Petinho e Licinha.

Mira iria falar que nem Deus agradara a todos, embora ela não quisesse se meter em confusão... preferia ficar neutra.

Carlo Stefano, sorridente, olhando-me nos olhos – cortantes os dele –, convidar-me-ia para um copo de *brunello* ao som de uma flauta. Certamente teceria comentários – animados pelas mãos italianas – sobre o Prefácio de Oscar Wilde, em *O retrato de Dorian Gray:* "os livros são bem ou mal escritos"...

Victoria Regina, a ex-embaixatriz e beldade, iria insistir na lei pendular da História: não existem coincidências. Gostara da trama – o que importa – recebendo o apoio de Júlio Cesar, o gigante de olhos verdes e Jaciara, a filha de Oxum, médica-cirurgiã. Os irmãos haveriam de reforçar a posição de Vicky citando algum pensamento da finada D. Lídia de Ogum sobre coincidências.

Ricardino e Ismael diriam, de cor, um trecho do Eclesiastes: "Mesmo que se afirme 'Olha: isso é novo, eis que já aconteceu em outros tempos, muito antes de nós.'"(Ec. 1.10).

E a sabedoria de Israel tem razão: "nada há, pois, novo debaixo do sol." (Ec. 1.9)

Preclaro leitor, esta obra nasce de minha experiência e emoções, embora esteja longe de ser biográfica, quer própria ou alheia. Acredite-me se puder, mas é verdade transparente, eu juro: que ninguém coloque a carapuça, porque a mim não me cabe!

Com exceção de Mãe Stella, professor Agenor Miranda, a falecida Ebame Octacília de Ogum, do Terreiro da Casa Branca – citada por *Irene* (ao conversar com a mãe), os comerciantes Roque e Zeni, da Feira das Sete Portas, e famosas ialorixás – vivas e falecidas – os personagens foram criados; um pedacinho daqui, outro tantinho dali, mais um pouquinho dacolá, um quê daquilo e outro disto e eles nasceram independentes, dirigindo a criadora pelos caminhos desejados.

Mãe Stella de Oxóssi, a ialorixá do Axé Opô Afonjá, foi minha primeira ouvinte e crítica. Agradeço a paciência, sabedoria, ternura e incentivo.

Quero agradecer aos meus outros leitores cobaias: meu pai, o jornalista Itaborai Martins – escritor supimpa –, meu irmão, o advogado Luís Duílio, também especialista em hipismo; minha mãe, Cléofe, de uma família de enólogos e produtores de vinho; a psicoterapeuta gestaltista Vera Felicidade de Almeida Campos; o teólogo Marcelo Barros (OSB); o omorixá Marcelo Dornelas; o psiquiatra Luís Austregésilo Barbosa; a psicóloga Graziella Domini; a teóloga Paola Pedri (OSB); o Doutor em Belas Artes, Roberval Marinho; a jornalista Ana Rúbia de Mello; a equede Conceição Reis; a professora Elsie Rolim; a jornalista Selene May Brasil; o antropólogo Raul Lody; os cineastas Lázaro Faria e Tami Marracini; a filósofa Cristina Sabira e, também, o aviador Ricardo Falco, o médicootorrino José Ribamar Feitosa Daniel; a médica legista Madalena, do Instituto Nina Rodrigues; Denise Trigueiros e a editora Mariana Warth, da Pallas – descendente verdadeira do editor Antonio Carlos Fernandes – cuja juventude e entusiasmo me incentivaram, e a todos aqueles e aquelas que partilharão de uma obra, não mais minha, embora leve consigo uma centelha de mim para todo o sempre.

*Cléo Martins*

# Sumário

# PRÓLOGO

**Mosteiro, Paraná, noite de 14 de outubro de 1999, quinta-feira**

As vozes masculinas entoaram o *Salve Rainha* em gregoriano:

*Ad te clamámus, éxsules fílii Evae.*
*At te suspirámus, geméntes et flentes*
*In hac lacrimárum valle...*
*O clemens*
*O pia...*
*O dulce*
*Virgo Maria*

A benção final encerrara o ofício de *completas*.

Os monges deixaram a capela aos pares; os capuzes protegendo a intimidade dos espíritos em colóquio com o Criador.

A lua e o perfume da primavera saciada pelas chuvas invadiam o templo pequenino.

Irmão Anselmo, quase quatro décadas de vida consagrada, permanecera um pouco mais, aspirando a fragrância de tantas memórias. Sulamita bailava no aroma teimoso, que ia e vinha.

O perfume reproduzia a voz delicada.

Oiá, também chamada Iansã – a mãe dos nove céus –, marca sua presença na dama-da-noite, uma flor sensível e temperamental como ela, eterna paixão de Ogum, o orixá inventor; a principal esposa de Xangô, o Senhor do fogo.

Com Sulamita penetrara o universo afro-brasileiro pelas portas do Ilê Axé Saquetê Avessan.

Ajoelhado, a cabeça enterrada nas mãos, rezava pela mulher cada vez mais distante.

"Cure o pássaro feito para voar alto em Sua Glória, Infinita Surpresa; fonte de ternura e Criação!"

Não conseguiu deixar de pensar no maestro, no final dos cinqüenta: uma fila de casamentos e uma carreira invejada.

A mulher – tão diferente – sentira-se atraída pelo poço de vaidades, aquele italiano teatral também hóspede do Mosteiro, confidenciando-lhe as frustrações e anseios – algo um tanto imaturo para o sacerdote acostumado à inconstância da natureza humana.

Repetidas vezes ouvira-o insistir na voz barítono autoritária:

– Você precisa esquecer-se desta coisa de candomblé e viver sua vida nos padrões certos. Deixe-me conduzi-la, *amore mio.*

Externara as inquietações, obtendo o antagonismo de Carlo Stefano, cada dia mais belicoso.

Sulamita não era a mesma ao ir embora nos braços triunfalistas. Os olhos, sem viço, estavam inseguros, gelados. Desde que deixara o Paraná, mal respondera às mensagens do correio eletrônico.

Não adiantava insistir.

Continuaria a orar por ela.

Um barulho roubou sua atenção.

Aproximando-se do vitral compreendeu, boquiaberto, que se tratava de algo extraordinário: um falcão peregrino lutando pela vida.

Permaneceu de olhos fechados por alguns segundos.

Dando graças, acolheu o pássaro ferido no peito viril: as lágrimas escorrendo pelo hábito salpicado de sangue.

Deixou a capela em direção à enfermaria, perto do claustro mergulhado na contemplação da noite estrelada.

A brisa misturava a fragrância da flor noturna com o perfume de pinheiro. O reflexo da lua pintava o homem na cruz.

Sorria, em sua dor, testemunha da esperança do discípulo levado pelo aroma de dama-da-noite, ao sabor de Oiá, a senhora dos ventos, furacões e tempestades: reflexo guerreiro da Misericórdia.

# I
# A Madonna de Fogo

## 1. São Paulo, manhãzinha de 15 de outubro de 1999, sexta-feira

A *brunette* abriu os olhos velados pela máscara de dormir (de um vôo internacional) achando, por alguns segundos, que estava na Bahia, no Ilê Axé Saquetê Avessan. Ficou assombrada.

"Sonho ou pesadelo? Que coisa absurda... não me lembro e estou nervosa."

Os cabelos fartos pingavam de suor e o coração batia na garganta. Desligou o alarme do relógio ainda no escuro – pensando em dormir mais uma meia horinha. Cinco minutos depois, sem convite, o despertador voltara a tocar. Frustrou o desejo de atirá-lo na parede. Despertou de vez ao reconhecer a gargalhada de Lucille Ball em *I love Lucy*, na tv ligada durante o sono. Era um documentário sobre a série histórica, com quase meio século de vida. Interessou-se. Onde colocara os óculos?

Resmungava por ter de procurá-los.

– Detesto óculos. Lentes de contato nem imagino. Só tem direito quem não perde.

Abaixou-se para ver se estavam debaixo da cama – perto do livro de bruços há dois dias –, deixando cair o cobertor antialérgico.

Estava ficando sem paciência.

– Cadê, meu Deus? O pior é que não enxergo – o mau humor em progressão geométrica, ao se recordar do encontro da noite passada. Flagrara-se consultando o relógio durante o ato de amor, atitude que magoara Stefano, o homem de olhos decididos. Naquele jantar das quintas, folga do namorado, sentira um desejo irracional de correr até tombar. Graças a Deus, Carlo Stefano tinha um ensaio cedo, com a orquestra de Viena.

Antes de sair, recordara-lhe, meio irritado, o fim de semana em Campos do Jordão, distante vinte e quatro horas. Mal beliscara o pedaço de *marguerita* preparado por ele mesmo em seu Apart Hotel. Saíra deixando-a com vontade de ligar para Anselmo.

Acordara pelo toque do telefone.

A ligação caíra, ou desligaram. Sabe-se lá. Eram quatro horas. Colocando a máscara, voltara a dormir.

Heureca! Suspirou de alívio ao perceber que os óculos estavam na corrente, por dentro da camisola. "Milagre não terem amassado." O sangue gelou-lhe ao contemplar *Lucy* e sua amiga *Ethel*, as personagens do seriado, com vestidos de baile dos anos cinqüenta.

Recordou-se na mesma hora.

Estava em um campo florido, com sua *nonna* Elba Lucia e Mãe Totonha, já falecidas, vestindo túnicas longas, brancas.

A mãe de sua mãe lhe dissera que devagar se vai longe:

– "Sulamita, cara nipotina mia, piano, piano si va lontano..."

A ialorixá, ereta e imponente como nos velhos tempos, chamara-a pelo nome de iniciação:

– "Obá Delê, minha filha, guerreiro não tem medo de luta."

Havia uma terceira figura. Uma jovem, com uma espada de fogo e uma coroa viva de vagalumes. Tudo muito confuso – coisa de sonho.

Engolindo as lágrimas, pensou na primeira vez em que vira a deusa de ébano, em Siena, na Itália. Dia 10 de fevereiro, festa de Santa Escolástica, aniversário de Mãe Menininha do Gantois: Maria Escolástica Nazaré, assim chamada em homenagem à monja irmã de São Bento, o fundador da Ordem de mais de mil e quinhentos anos.

Tudo muito longínqüo.

– Há quantos *secula seculorum* fora tudo aquilo, meu Deus? – perguntou, sem esperança de resposta.

Fechando os olhos contemplava uma noviça cantando no coro das monjas, durante as vésperas, na Abadia; a hora litúrgica em que a luz dourada começa a silenciar. A ialorixá e Anselmo compunham as memórias.

"Mãe Totonha tão diferente no banco da igreja, fundindo-se com a solenidade... Anselmo doutorando apaixonado, sem medo dos poderosos."

Aquela festa fora o detonador de sua história.

Em pleno *Magnificat – o Cântico de Maria –*, sentira tontura e um zumbido estridente. Sem conseguir controlar-se mais, rodopiara ao encontro da africana, com a mão direita apontando para o céu. Acordara sob os olhares da Abadessa e da Mestra das noviças, que desmentiam os sorrisos treinados pela formação monástica.

Os exames médicos revelaram saúde excelente. Não houvera diagnóstico para a Irmã Celina, a brasileira. As monjas passaram a evitar sua presença. Ficara sozinha. Deram para murmurar que estavam pressionadas pela monotonia da clausura. O *Capítulo* – a reunião comunitária da qual só participam as religiosas com poderes de decisão – comunicara à família que não nascera para a vida monástica.

A embaixatriz comemorara. Recorda-se de suas palavras cortantes:

– Prazam os céus tenha-se encerrado, mesmo, o romance convento! Deve ter sido praga da minha sogra, a *strega*. Com o tempo esquece... Ainda mais que tem um amigo que lhe dá todo apoio de que precisa.

Victoria Regina não acreditava em relações platônicas.

Vivia pontuando, com um sorriso charmoso no sotaque riograndense:

– Gasolina não dá certo perto de fogo – a menos que alguma coisa esteja errada... Proprietária de agenda repleta de endereços masculinos, sentia a corrente entre os dois.

Lembrando-se, agora, da década de setenta – Anselmo dez quilos mais magro –, admite que tenha sido sua alma gêmea no passado.

Naquele setembro de 1973, esperara pela ex-futura freira na saída da Abadia, conduzindo "a moça de coração despedaçado" até a porta da residência da família, em Roma. No trem chorara no ombro do homem de camisa monástica, atraindo olhares simpáticos em uma terra onde tudo é possível quando se trata *del amore*.

Recorda-se de ter chorado durante muitos dias e noites, lamentando a traição de Jesus Cristo.

Desde jovenzinha sentira-se atraída pelo sagrado ao alcance: o cristianismo na voz da Igreja Católica.

A decisão de ingressar na vida religiosa era vista pelos pais como excentricidade própria dos tempos contestadores.

Era difícil de acreditar que Madre Maria Elizabeth da Trindade, nascida Giuliana Verzeri, a priora do Carmelo de Caxias, fosse a irmã caçula da embaixatriz Victoria Regina. A tia fora a primeira a saber de suas intenções. Monja experiente, não incentivara, nem desiludira. "A melhor coisa era deixar de fazer oposição. Largasse tudo nas mãos do Senhor. Se o desejo partisse Dele, não adiantava ir de encontro. Caso contrário, feneceria."

Vencidos, os pais resolveram consentir.

Foram tempos felizes – estava prestes a professar os primeiros votos: estabilidade, conversão de costumes e obediência.

Acolhendo os conselhos de Anselmo, retornou ao Brasil e prestou vestibular (com sucesso) para a Faculdade de Direito. Uma manhã, no quarto ano, desmaiara no departamento feminino, sendo socorrida por D. Lídia, a funcionária sessentona, iniciada para o orixá Ogum, há muitos anos.

A baiana fora a ponte até a *Casa* de Mãe Totonha.

Com muito carinho e lucidez, conversara durante meses com a acadêmica ansiosa.

D. Lídia colocava a mão no chão, levando à testa, ao falar de Ogum, no sotaque arrastado da Bahia.

– Orixá é coisa boa, manifestação divina. O orixá é que escolhe a gente, não é a gente que escolhe o orixá. Ser uma filha-de-santo é uma honra tão grande quanto ser monja cristã, ou budista. O recheio do bolo é diferente, mas o alimento tem as mesmas propriedades. É tudo consagração a Deus, ou Olorum, como chamamos, não importa o nome: vida de dedicação e renúncia. A gente tem de pensar mais nos outros do que na gente. Não se pertence, minha filha... Tenho orgulho de Ogum, o senhor da guerra, desbravador de caminhos, chamado de *El Shabbat* – O senhor dos Exércitos – pelo povo de Israel, na Bíblia. O que importa o nome? É o mesmo guerreiro. Ogunhê!

Mãe Totonha não tinha telefone.

Com o apoio de Anselmo, ainda em Roma, viajara com a cara e a coragem.

Lembra-se do táxi caindo aos pedaços. O céu azul da manhã quentíssima de julho, sem uma nuvem, forçara a estudante a permanecer de óculos escuros. Meninos descalços, de bustos nus, empinavam *arraias* em frente da porta principal do terreiro, de ferro, pintada de vermelho-escuro, de onde se avistava uma casa branca, antiquada, a uns cem metros. Havia árvores de diferentes espécies. Uma enorme, envolta por uma tira de pano branco, despertara sua curiosidade. Uma bandeira da mesma cor se destacava. Roupas alvíssimas balançavam no varal.

Rindo-se com ternura, recorda-se da hostilidade de Ebame Augusta, sua futura mestra. Baixinha, de cabelos trançados, gorducha, toda de branco, com jeito de quem estava indo embora... Perguntara-lhe por Mãe Totonha. Medindo-a de alto a baixo, com rispidez mandara-a bater na porta principal, afastando-se injuriada...

A senhora imponente que tanto a impressionara no dia de Santa Escolástica abrira a porta enxugando as mãos na barra da saia até o tornozelo. Vestia camisa entremeada de rendas. Não usava sutiã. Tinha um pano branco na cabeça – chamado ojá. Estava descalça.

Ao que ficara sabendo entre risos, a ialorixá tivera a intenção de fazê-la voltar da porta. Estava usando *jeans* e camiseta azul-marinho. O terreiro estava no ciclo de Oxalá, orixá que detesta cores escuras, exigindo o uso do branco durante os dezesseis dias que lhe são dedicados.

Ao reconhecer a africana da Abadia sentira que iria desfalecer.

Mãe Totonha gritara por um copo d'água, sentando-a em um banco comprido, de madeira, semelhante a outros tantos. O barracão – local das festas – era grande, com capacidade para mais de duzentas pessoas. O teto estava enfeitado por bandeirinhas de crepom branco. Um poste central parecia segurar o telhado. Ao redor, cadeiras de diferentes estilos e idades. O cheiro de feijão cozido em fogão a lenha bailava no ar.

A Mãe-de-Santo reconhecera a noviça, lembrando-se do pandemônio.

Muitas vezes contara o fato com ironia e bom humor: os *Encantados* não largaram de seu pé nem no estrangeiro, na viagem oferecida por ocasião de seus setenta anos. Fora a primeira vez em que reconhecera o orixá em uma pessoa de um outro universo.

– Uma freira com orixá na igreja... alva, *quando acaba...* Aquelas freiras olhavam pra mim – Deus me valha – como se eu tivesse curpa. Fiquei *avexada...* sem sabê o que fazê. Um padre veio falá comigo, dizendo que tava tudo bem e eu disse a ele que desse água fria pra moça bebê e lavasse o rosto dela um pouco. Ela não tinha nada demais, não. Aquilo passava logo. O padre riu, pediu minha benção, disse que era de João Pessoa, neto de uma negra... Falou que acreditava em todas as manifestações do Espírito de Deus. Parecia sincero, gostei do *sujeichu.*

Anselmo e Mãe Totonha tornar-se-iam bons amigos.

Lembra-se de que, naquele dia, antes de ser conduzida até o quarto do jogo de búzios, Mãe Totonha chamara alguém e pedira que lhe desse um banho de folhas de purificação e roupas brancas da neta, então no terceiro ano de Medicina Veterinária.

Vestira uma camisa de morim chamada camisú, saia rodada e pano-da-costa: uma espécie de xale que se enrola no busto.

A ialorixá a conduzira até uma pequena sala pintada de branco, em cujas paredes havia fotos antigas de mulheres idosas com roupas semelhntes às que usara pela primeira vez. A semelhança entre elas e a sacerdotisa era forte.

Sentara-se em uma cadeira de mogno, forrada com um tecido branco, em frente a uma mesa redonda de madeira escura, coberta por uma toalha branca de rendas de *richelieur*: um bordado artístico, feito a máquina.

A suma sacerdotisa levantara o pano revelando dezesseis conchinhas brilhantes: caurís ou búzios – o oráculo denominado *meridilogum*, adotado pela religião afro-brasileira, de origem jeje-nagô, chamada candomblé.

Após recitar uns versos em um idioma africano, lançara os búzios na toalha, comunicando-lhe que era filha de Obá: a senhora da guerra; a amazona guerreira que vive no encontro de águas que não se misturam e produzem sons belicosos, tal qual a pororoca, a enorme onda provocada pelo confronto de Oxum e a referida. Esta, induzida pela primeira, a esperta senhora da beleza e das águas doces, segunda consorte do rei Xangô, cortara a orelha e a colocara na comida do marido – "também esposo de Oiá-Iansã – a senhora guerreira dos ventos e das tempestades, orixá dela e de Alzira, iniciada aos três meses de idade, entre a vida e a morte".

Lançando novamente os caurís, comunicara-lhe que precisava *ser preparada* para aquela santa protetora das causas impossíveis.

Para confirmar a profecia, Oiá, a generosa guerreira, "a mãe transgressora, pela vida, que divide o segredo do fogo com Xangô, descera sobre Mãe Totonha".

Ao ouvirem o *ilá* de Iansã – *reeeeeeeeeeeeei* – o grito de guerra característico do orixá –, os filhos espirituais correram ao encontro da divindade responsável pelos destinos do terreiro, felizes por poderem contemplá-la fora de suas festas – uma oportunidade incomum.

Iansã abençoara a todos, dizendo-se satisfeita com a chegada da primeira filha de Obá em uma comunidade de tantas gerações.

Daí para a iniciação, em 1976, fora um piscar de olhos.

Alguns anos depois de se formar, mudara-se para Salvador, onde exercera sua profissão de advogada.

Mãe Totonha lhe fizera *maiê:* uma sacerdotisa da sua confiança, responsável por sua agenda.

Nem sempre conseguira compreender as pessoas do Ilê Saketê Avessan.

Enfrentara desafios sem pestanejar, nem medir conseqüências. Não tinha um temperamento fácil. Magoara muita gente, sem querer, pelo seu jeito direto e transparente, coisa rara no candomblé, onde se faz um rodeio para atingir o objetivo...

Nunca esmorecera. Fora fiel à causa. Enfrentara inimigos ávidos de poder, liderados por Mãe Licinha, a filha mais velha de sua ialorixá. O fardo tornara-se insuportável depois da morte de Mãe Totonha. Passaria por tudo de novo para tê-la de volta, cheia de energia e poderes.

– "Estranho ter sonhado com a avó ao lado da mãe-de-santo, pessoas que nem se conheceram" – admitiu

Gostara da *nonna,* uma mulher de idéias avançadas, além da época.

Dizem que puxara Elba Lucia. A avó escolhera seu nome, extraído de um texto bíblico: "Cântico dos Cânticos".

Acredita que a *nonna* deva ter sido filha de Iansã, *irmã-de-cabeça* de Mãe Totonha.

Não ignorava o preconceito que paira sobre as religiões de matrizes africanas, às vésperas do terceiro milênio. Muitos as consideram animismo, seita ou, quando muito, uma religião espúria – a exemplo de Carlo Stefano, sincero, o bastante, para externar seu pensamento. Antes assim.

Experimentara a intolerância em forma de pedrada no rosto, acidente que poderia ter sido fatal.

Os risos embutidos, no seriado em preto e branco, martelavam sua cabeça, arrancando-a das memórias ambíguas.

Desligou a televisão sem culpa.

Fora triste e bom sonhar com Mãe Totonha. Mas o que são os sonhos se não expressões de nossos medos e anseios?! Espreguiçando-se, abriu a janela com sofreguidão. Parara de chover. O céu da manhã ventosa de sexta-feira, 15 de outubro, era da cor dos olhos de Stefano.

Protegendo os próprios, reprodução dos olhos de Vicky – a mãe exuberante – pensou na força da luz, que tem de ser absorvida devagar, rindo-se da idéia nada original. Aspirou com força o cheiro de terra molhada.

Estava no 23º andar do Edifício Planície, na Rua Maria Paula, uma região perigosa pela quantidade de assaltos. Um prédio antigo que conservara a velha classe. O apartamento – único por andar e bem em frente à Câmara dos Vereadores de São Paulo – pertencera à avó paterna.

Olhando pela janela, disse em voz alta:

– Minha história daria um roteiro de comédia, ou minissérie da Globo; na pior hipótese, uma pantomima de circo.

Mordiscou a cutícula do anular direito, lembrando-se de que precisava fazer as unhas – coisa impensável em Londres, segundo a ex-embaixatriz.

Bocejou de novo, esticando os braços até o limite. Desejava viver tranqüila, em paz, nos padrões comuns. Cansara de ser diferente.

Esfregou os olhos suspirando, preguiçosa por ter de sair, embora fosse o meio de arrancar as sementes da depressão. Teria de participar do seminário de Direito Processual em menos de uma hora.

Faria a pé a distância entre sua casa e a faculdade de tantas memórias, onde repousavam, por todo o sempre, os restos mortais do alemão Júlio Frank, um luterano brilhante, professor no curso pré-jurídico em alguma época do século XIX. Os católicos negaram-lhe o enterro em campo santo. Sem deixarem-se intimidar pelos cânones, os estudantes do Largo de São Francisco sepultaram o grande erudito na própria Academia, até hoje instalada em parte do então claustro roubado dos frades menores, por D. Pedro I, em 1827.

Metendo-se sob a ducha de água quente, começou a cantarolar uma trova do Coral Acadêmico XI de Agosto, fundado há mais de sessenta anos.

– Parece mentira, mas é verdade patente. A gente nunca se esquece de quem se esquece da gente.

A memória de uma voz esganiçada, chamando Mãe Totonha de suicida, sem direito a enterro em campo santo, interrompeu o cântico.

A recordação fê-la contemplar as imagens do enterro. A cantiga de axexê saudando a morte, o sono eterno:

– *...ara a laissun, icu ô icu ô laissun gberé...*

Os fundamentalistas fanáticos, liderados por Ricardino e Ismael, impedindo o ritual. O caos. A dor no rosto atingido pela pedra. A viagem ao Mosteiro, onde conhecera Carlo Stefano. Não estava apaixonada, mas gostava do maestro tanto quanto o marinheiro do porto seguro.

Perguntou-se, contemplando o sabonete: – Que culpa eu tive, meu Deus?! Por que sou abandonada quando mais preciso? Porque não posso ter paz?! Quando vou me esquecer das acusações de Alzira? As mãos deixaram cair o ouvinte insensível. As lágrimas, presas há doze meses, impunham-se vencedoras.

Deixara a Bahia para não cometer um desatino. Para não tornar a ver a cara fanática e acusadora de Licinha.

Não suportara, mais, o discurso de Anselmo sobre "sua sede visceral do sagrado". Acabara. Estava árida, amarrotada como papel de seda.

Assustou-se com o próprio uivo – tal qual o grito de Obá – que a prostrou de joelhos, sucumbida; os braços amparando a cabeça.

O eco repetia a realidade, confundindo-se com a pororoca.

Lembra-se muito bem do ensinamento de Ebame Augusta, sua mãe-pequena:

– Por farta de fé, Obá ouviu os conselhos da *comborça* – a outra esposa de Xangô – e perdeu a orelha.

**Sulamita Verzeri de Paula Almada** era uma mulher de um metro e setenta e três.

O rosto oval inteligente, ligeiramente sardento, animado por olhos verdes amarelados, conferia-lhe um charme especial. Tinha formas arredondadas e pele morena clara. Adorava tecidos de linho e cores escuras. Suas roupas eram simples, clássicas e discretas.

Herdara alguns traços do pai, Ataualpa, falecido em 1996: o nariz reto, a imponência, o andar decidido.

A mãe – Victoria Regina Teresa Verzeri, uma ruiva *mignon* de um metro e sessenta e dois e cinqüenta quilos, nascida há sete décadas em Miane, no Vêneto – a principal região italiana de cultura da uva prosecco –, tinha sido a deusa da beleza nos tempos áureos de juventude. A ação do tempo, indiferente ao desespero da ex-beldade, forçada a aceitar que tinha muito mais de nuvem do que de Juno, encarregara-se de colocá-la em sessões de terapia e massagens.

A irmã carmelita rezava diariamente pela conversão da mana mais velha, outrora uma bailarina famosa, inclemente com a fileira de namorados aos seus pés.

Victoria Regina sempre apreciara roupas da moda. Adorava bons quadros e freqüentava as grandes galerias do planeta. Seus pais, Martino Verzeri e Elba Lucia Barbesin Verzeri, falecidos nos anos setenta, eram naturais de Pieve di Soligo, na Itália setentrional.

Emigraram para a cidade de Forqueta, no Rio Grande do Sul, no início da década de trinta, estabelecendo-se como proprietários do Albergo Tre Panocce, um hoteleco simpático, famoso pela comida trevisana: polenta, *galetto*, *codeghino*, *pasta*, salada de *radichio* (almeirão ou chicória) – *radicce* no dialeto da região. Serviam um vinho tinto e grapa – a aguardente original do Piemonte – clandestinos, fabricados para o consumo da família e amigos que se reuniam aos domingos no Albergo, para o jogo de *bòccia* e *trucco* depois da missa de D. Luigi Inazio Tocai, um homenzarrão de um metro e noventa, vermelho que nem um *peperoncino* nascido em Trento e criado em Treviso – mais vêneto que os *polentoni*: polentões, como são chamados pelos outros filhos da Itália.

O padre era um homem bom, meio simplório, muito piedoso, intolerante com protestantes e judeus – "traidores de Gesú".

Servira como capelão na Primeira Guerra. Era um exímio jogador de *bòccia* e, melhor ainda, bebedor de vinho *rosso*.

– *Porco Can!* – dizia invariavelmente ao beber o primeiro gole com um estalar de língua.

Consumia duas garrafas, diariamente. Não bebia água – "líquido perigoso, causador de constipação interna, malárias e vermes".

As beatas assistiam à missa das seis, só para testemunharem o homenzarrão parecido com John Wayne beber do sangue de Cristo, aquela hora, com prazer evidente.

D. Luiggi detestava beatas.

– *Maledette* – dizia fazendo o sinal de quem espanta o tinhoso.

– Se estas *zitelle* (solteironas) tivessem de lavar fraldas não perdiam tanto tempo com a vida do pobre vigário.

Era o conselheiro da família Verzeri em assuntos de todo o tipo: das finanças à educação dos filhos. Só uma vez D. Luiggi perdera a compostura, fato testemunhado por Victoria Regina.

A menina estava na igreja aguardando o momento de se confessar. Faria a Primeira Comunhão na Páscoa. O pensamento voava sobre as aulas de catecismo: a história de uma menina que queria muito fazer a Primeira Comunhão mas não tinha como. Era pobrezinha, sem dinheiro para a roupa da cerimônia. Freqüentava as aulas preparatórias, sentando-se no último banco, para não envergonhar as meninas ricas, tão graciosas em seus vestidos de seda. No dia da Primeira Comunhão das meninas ricas, a pobrezinha estava na igreja. O padre tirou a hóstia do cálice de ouro e o Corpo de Deus escapou de suas mãos perplexas, voando até a pobrezinha. O sacerdote, comovido, deu-lhe a comunhão. Seu pequeno coração mal alimentado não resistira.

Victoria detestava finais tristes.

Meditava a respeito sem conseguir concentrar-se no terço – "uma maçada".

"História mais sem graça! A *poveretta* morta antes de ser uma pessoa famosa!"

Fora arrancada dos pensamentos pelo barulho da porta do confessionário.

Onofre Varesi, um menino de sua idade, saía correndo a toda, perseguido pelo ofegante padre, mais vermelho do que nunca, de batina arregaçada, falando um montão de *parolacce* em vêneto, mais dirigidos aos santos do que contra o fujão. Corria expelindo flatulências...!

Retornara ao Albergo sem compreender, dando graças por ter se livrado da penitência. A festa fora adiada. Por um longo tempo, a cidade tecera conjeturas sobre o episódio não revelado.

Décadas depois, Vicky soubera a verdade pela boca do próprio Onofre, durante um jantar, na embaixada, em Londres, para um grupo de médicos brasileiros conferencistas em um simpósio, dentre os quais o ex-fujão, então ilustre professor titular da Faculdade de Medicina de Porto Alegre.

Entre goles e risos, matara a curiosidade da conterrânea.

Ficara sabendo que o padre erguera-se da cama com uma forte dor de barriga, depois de passar mais da metade da noite na casinha.

Após o ato de contrição, muito indisposto, perguntara-lhe os pecados:

– Apenas obedeço ordens de mamãe. Não tenho nenhum.

O padre juntara as mãos, exasperado, balançando-as.

– Orgulho e vaidade são pecados capitais.

O futuro psiquiatra, de nariz tapado com a mão, retrucara-lhe que estava com nojo daquele fedor de latrina causado pelo pecado da gula, perguntando-lhe se a falta de banho era penitência de quaresma. Apopléctico, utilizando-se de *parolacce* mandou-o "ir ter com a genitora", a quem atribuíra uma antiga profissão...

Em contrapartida, dissera-lhe que fosse se lavar, chamando-o de porcalhão, fazendo figa e dando banana para espantar o pecado da ira.

O resultado, Victoria presenciara: o padre atrás dele, com a intenção de esganá-lo.

Logo fizeram as pazes. D. Luiggi não guardava rancor – tinha sido um grande sujeito. Quase cego, aos noventa anos, morrera afogado em um grande barril de vinho. Deve ter sido uma morte feliz.

A pequena Victoria Regina, desde que aprendera a dar os primeiros passos, mostrara-se fascinada por balé. Improvisava passos, fantasias, sapatilhas, só falando em aprender a dançar.

Surpreendera os habitantes da cidade durante um auto de Natal. Aos sete anos, pedira para entrar para a escolinha de balé de Carolina Pugliese, em Caxias, a poucos passos da *zia* Antonella, sua professora.

Elba Lucia, a *mamma*, tinha sido uma mulher ativa, enérgica e trabalhadora que nem a chefe das formigas da fábula de La Fontaine. Uma cabra montanhesa forte, dotada de uma inteligência prática. Ajudara o marido a gerir da melhor forma possível o negócio da família.

Responsabilizava-se pela *sua cozinha* – desde o preparo do pão, para o café da manhã, até a ceia, fiscalizando, de perto, o caixa do Albergo.

Forte devota da *Madonna*, participava das missas todos os dias, comungando aos domingos, após a confissão da véspera.

Na verdade, confessava tudo, menos o apetite sexual. Tinha um fogo por dentro que a consumia tanto, a ponto de precisar lavar as partes íntimas.

O matrimônio resolvera em parte. Mas uma mulher casada cristã, temente a Deus, "deveria ser insensível às carícias conjugais para não parecer *putana*".

Caso Elba tivesse tido outro destino, poderia ter se tornado uma cantora reconhecida. Na verdade, bem que desejara ter recebido aulas de canto em Roma, mas os pais proibiram terminantemente, apesar da insistência de Ercole Portari – um dos mais famosos cantores de ópera da Itália. Em um domingo, de passagem pela igreja onde Elba cantava, acompanhado da esposa, a soprano Rosa Maria, fora sacudido por soluços incontroláveis ao ouvir a voz de um anjo. A menina de pouco mais de doze anos, interpretava *Ave Verum Corpus,* de Mozart, com a perfeição e a dramaticidade de um soprano experiente. Os cantores propuseram aos camponeses, seus pais, levarem-na até Roma, onde responsabilizar-se-iam por sua educação musical. Foram enxotados, sob o argumento de que "as mulheres da Lírica não passavam de vagabundas".

Talvez por amargura e revolta só cantasse na igreja, para Deus.

A vontade de sua Victoria, de ser *ballerina,* era impossível nesta vida. Preferia vê-la casada com um siciliano ou barês – Deus nos livre – a uma *donna* de pernas de fora, com *tutto* quanto é *maschio* olhando. Sabia que a *bambina* tinha talento para a dança. Tanto quanto ela, a *mamma*, para o canto. A *piccola* aprenderia com a vida a sufocar o desejo, seguindo os passos da mãe dedicada ao lar e ao negócio da família.

Martino Verzeri pouco opinara na educação dos filhos, entregue à *moglie*. Sua Lucia, mulher tão ativa no *lavoro*, na cama era mais fria que túmulo, resignando-se ao dever de mulher casada.

A filha não se conformara com a decisão materna. "Preferia morrer" – gritava histérica – a deixar de realizar seu sonho.

Neste clima de discórdia, a menina caíra de cama. Nos primeiros dias, Elba não ligara. Devia ser fita: uma chantagenzinha para conseguir o que desejava. Na semana seguinte, os pais resolveram chamar o médico. A criança ardia em febre e o *dottore* não descobrira a causa.

Na terceira semana, Victoria Regina, magricela por natureza, perdera quase oito quilos.

Na quarta semana, Elba chamara D. Luiggi para dar a unção dos enfermos à filhinha querida, em estado de coma: pele e osso. Exausta por tantas vigílias, dormira na cadeira. Vira uma mulher carregando uma espada em chamas. Os longos cabelos pareciam ter vida. Seu andar era um bailado e os olhos compassivos transmitiam-lhe confiança. Na cabeça, uma coroa de vagalumes.

Tinha uma voz musical, mais linda do que a sua. Com a mão direita controlava as brisas. Com a esquerda, as tempestades. Cada passo dava surgimento a florezinhas transformadas em borboletas.

Caída de joelhos, perguntara-lhe o nome.

– Muitos – retrucara.

A voz terna, uma delícia para os sentidos.

– Peça ao Padre Luiggi a tradução italiana da Bíblia. Abra e leia o que os olhos alcançarem – determinara.

Fora arrancada do sonho pelo estrondo de um raio. Uma tempestade caíra sobre a cidade. Era Pentecostes, a festa do Divino.

Elba estava certa de que sonhara com a Virgem Santíssima.

O sacerdote, na missa, discorrera sobre os apóstolos e Maria de Nazaré, uma jovem comum e alegre que, a exemplo de tantas outras, aceitara, livre, os desígnios de Deus, modificando a História.

Ao entoar a primeira estrofe do cântico de encerramento, fora invadida pela certeza de um novo começo. Passara a compreender o que vinha a ser dom, sentindo-se tomada por uma pequena centelha do amor infinito. Envergonhara-se da própria cegueira. Daria o consentimento para a filha.

Fora ter com o padre, na sacristia, meio de saída para a *bòccia* e *grappa*. O sacerdote pedira-lhe discrição ao lhe emprestar o Livro Sagrado. Batera os olhos na seguinte passagem:

"Sobre meu leito, ao longo da noite, procuro aquele que eu amo. Eu procuro, não o encontro."

Quase caíra para trás.

"Aquilo", nas Escrituras?!

Continuara a ler.

"Eu sou de meu querido e seu anelo sou eu.

Vem, querido meu, vamos ao campo passar a noite no Povoado, bem cedo às vinhas... vamos ver se a cepa arrebenta..."

Chorara ao ler o seguinte:

"Lá te darei as minhas carícias..."

Voltara ao começo, percebendo o título: "Cântico dos Cânticos".

Encantara-se com o nome Sulamita, "cujo amor era tão forte como a morte".

A *Madonna* viera ao seu encontro para salvá-la da cegueira!

Beijara as páginas, várias vezes, encharcando-as de lágrimas, saltitando que nem cabrita montanhesa para casa.

Cantara *Musica proibita,* no percurso:

– *Vorrei bacciar i tuoi capelli neri* (gostaria de beijar seus cabelos negros). Atraía, assim os olhares penalizados das comadres: "a doença da filha comera o juízo da mãe".

As notícias eram ótimas.

Victorina estava sem febre, com uma vontade louca de comer espaguete ao alho e óleo.

Martino, seu belo bezerro desmamado, chorava de alegria.

O encontro com a bela *signora* e os *Cânticos* mudaram a existência do casal Verzeri. Tino e Lucia passavam as noites (e algumas manhãs e tardes) nos jardins do Éden, bebendo do fruto da videira e comendo delícias, coisa boa!

Padre Luiggi percebera a mudança. Não se conformava.

– Vai ver que virou protestante. Por isso pediu a Bíblia emprestada naquele dia... – Juntando as mãos, penalizado, como quem reza – Oh! Pena *signora* tão *carina* ser condenada ao fogo dos inferno – sentenciara, persignando-se. Elba Lucia tinha certeza de que Nossa Senhora lhe salvara. Uma *signora* apaixonada compreende outra melhor do que ninguém.

**Ataualpa da Costa Trigueiros de Paula Almada,** descendente do barão do café Martim Pedro Garcia Coelho de Paula Almada e do senhor de engenho Coreolano Alves Feitosa da Costa Trigueiros, fora um diplomata aposentado com festa, lágrimas, discursos, placa de bronze, caneta de ouro e um porre de lavar a embaixada, em Washington.

Detestara Londres e a capital dos *States* (sonho dos colegas), a língua inglesa e, acima de tudo, os narizes para cima dos britânicos e de seus descendentes do *May Flower*. Ter servido nas duas localidades, no fim de uma carreira mais cheia de baixos do que de altos – na qual nada acontecia de interessante –, havia sido motivo mais do que suficiente para estourar o saco de reserva e aumentar o álcool nosso de todos os dias. Sem vodca não dava para agüentar a monotonia: Vicky lhe jogando nas fuças as mesmas coisas há mais de trinta anos.

Admitia que pior teria sido conviver com a finada genitora por cinco minutos a mais do que o necessário.

Sulamita cansara-se de vê-lo repetir:

– Uma mãe, como a minha, daria para estourar o saco de São Francisco, em Niterói.

A gagueira dos momentos tensos – motivo de chistes e apelidos pelas costas – fora trauma da infância – segundo a fila de psiquiatras, psicólogos e bruxos.

Leonília Eugenia da Costa Trigueiros de Paula Almada, Nilinha para os semelhantes, tinha sido a mulher mais maquiavélica e preguiçosa do mundo.

Com um metro e cinqüenta e a pele amarelada (disfunção hepática hereditária) passara a vida a ler romances, maquinar contra o próximo, comer confeitos e implicar com os empregados da Fazenda Sagrada Família, em Guaratinguetá. Quando muito inventara festas para ter o prazer de fazer algum convidado infeliz.

Jamais lavara a própria *calçola* – coisa de gentinha. Tudo era feito pelas criadas, aos gritos de "Ó minha filha, venha cá". Casara-se para *butá no mundo* filhos bem complicadinhos e infernizar a vida do penitente, o esposo.

Até os quinze, Papito (apelido consagrado, para sua tristeza) tivera que tolerar o gênio de cobra materno e a lascívia do pai – ocupado em dilapidar o dinheiro da herança (macho, porque não paria) e emprenhar suas sereias. O ditado "caiu na rede é peixe", deveria ser modificado para "caiu na rede é sereia". O coronel da Guarda Nacional adorara praticar sexo em redes – fazia barulhinho – e não estava nem aí para o rosto das parceiras. Gostara de caldas.

Ao completar dezessete, Papito mudara-se para uma casa da família na Avenida Paulista, em São Paulo – hoje transformada em um banco japonês muito bem-sucedido. No ano seguinte ingressara na Faculdade de Direito, formando-se *cum laude*. Transferira-se para o Rio de Janeiro após ter sido aprovado no Rio Branco, iniciando a carreira no Itamaraty.

Não quis levar nada de recordação da vida diplomática. Isto é, quase nada: a placa, uma funcionária paranaense, de Maringá, meio japonesa, meio santa para aturar os porres e a caneta tinteiro.

O *affair* com a paranaense, desde 1985, não era ignorado por ninguém; menos ainda por Victoria Regina.

Vicky esnobava Papito de todas as formas, desde que sua carreira de bailarina fora por água abaixo. O sexo com o embaixador era praticado de caju em caju, quando a ex-beldade tomava um tinto além da conta.

Adorava repetir, com malícia, ao contemplar a flacidez sexual do marido, quase tão decadente quanto a barriga cheia da mesma marca da bebida russa:

– Bah, não tem coisa mais sem gosto do que 'aquilo'.

Ria-se, por dentro e por fora, dos casos do velhote decrépito: o mesmo rosário de feias e desenxabidas, sem espírito ou talento.

Não poupava palavras duras:

– Bando de carreiristas neste meio repleto de invertidos, bebaços e putas.

Tentando dar um basta na arrogância da mulher – para a perplexidade geral (e mais ainda de Tinica) – assumira a relação com a secretária depois da aposentadoria.

Victoria Regina ficara furiosa.

– Como é que o sem graça do Atauallllpa Alllmada – dizia reforçando o "l" gaúcho – por quem sofri chantagem, forçada a desistir de uma carreira de sucesso, teve a ousadia de ir morar com uma sem charme?! Bah!.

Papito decidira criar cavalos da raça Brasileiro de Hipismo na fazenda de Guaratinguetá, esporte apreciado por Tinica, a montadora de pangarés, segundo Victoria Regina, quase tão boa amazona quanto Sulamita, vencedora de competições internacionais.

Em um leilão, às onze da manhã de um sábado (com um litro de vodca no sangue) resolvera exibir-se para uns franceses interessados.

Montara um belo animal, partindo para cima do muro de madeira de um metro e quarenta, sem a clareza para calcular a tomada do salto – segundo o depoimento do picador. Obrigara o tordilho a saltar quase um galão antes do tempo. O cavalo, de quase seiscentos quilos, rolara sobre o obstáculo, caindo ileso sobre os oitenta e cinco quilos do cavaleiro, acontecimento que conferira a Tinica a posição de viúva de fato. O título, de direito, fora para as mãos trêmulas de Victoria Regina.

No sábado de sua passagem desta para a melhor, acordara às seis, meio morto de saudade da egocêntrica – talvez zombando dele, em Londres.

Tinica – tão diferente da puta egoísta – saíra para o supermercado. Aproveitando a solidão, entregue às lembranças que não se repartem, pôs na vitrola (palavra quase desconhecida, nos anos noventa) a canção *Italiana* – a sexta faixa do *long-play* de Carlos Galhardo: para ele, uma dose dupla.

A voz doce lembrava o perfume de Victoria Regina.

– *Tu és italiana, a tela de um pintor, a musa de um poeta, a lira de um cantor...*

Perdera a conta das vezes em que ouviram juntos – os corpos apaziguados –, fumando o mesmo cigarro. Cantara para ela, em seus braços – agora no vazio.

Bebendo um grande gole, disse em voz alta, dando um murro na almofada de couro:

– A cachorra deve estar se derretendo em outros braços mais jovens; muito menos sinceros.

Bebera na garrafa, sufocando a amargura.

– Tela de um pintor é muito pouco. A vida tem sido uma tela em branco sem minha *prima ballerina.*

A primeira vez em que pusera os olhos em sua futura embaixatriz, Vicky Verzeri desempenhava o papel de *Odilla*, em *O lago dos cisnes:* o sonho de toda profissional. Uma deusa talentosa. Estudara balé em Porto Alegre, no Rio de Janeiro e na Royal Academy. Conhecera Victoria Regina Teresa Verzeri em Roma, durante uma temporada artística, no começo dos anos cinqüenta. Era o terceiro secretário da embaixada. Apaixonara-se pela beldade no papel de *Odilla,* voltando no dia seguinte e no outro, e no outro ainda.

Enviara-lhe rosas vermelhas, de cabo longo, em pleno inverno, convidando-a para jantar. Victoria ficara encantada com tanta sensibililidade, dando-se início ao romance. Noivaram em um mês, fato recebido pela mãe como insulto pessoal. Leonília Eugênia odiava estrangeiros – particularmente, os emigrantes.

Tivera um ataque ao ler o telegrama.

– Como ele pôde querer me pisar tanto assim? Jamais aceitarei ser avó de carcamaninhos.

Não quisera saber dos preconceitos maternos. Casaram-se no Outeiro da Glória, no Rio, seis meses após o primeiro encontro.

Viveram tempos felizes – graças aos enjôos da xenófoba, mais morta do que viva ao chegar do outro lado do Equador. Vicky continuara a ascender na carreira, viajando por toda Europa com o apoio do marido apaixonado. Engravidara no ano seguinte, consentindo em ter o bebê no Brasil. Aí começara o calvário.

– *Maledetta* hora que resolvi dar à luz em São Paulo! – repetira ao longo dos anos.

– Não sei como minha filha nasceu sadia. Se não fosse o apoio da família, teria acabado de matar aquela putana ou me matado com as próprias mãos – alegara vezes incontáveis.

Leonília detestara a nora à primeira olhada, o que fora recíproco. Maquinava humilhações e constrangimentos contra a mulher capaz de arrancar "ohs" masculinos e olhares malévolos das companheiras de gênero. Fingia adoecer de madrugada; errava o nome da moça, armava jantares à francesa convidando a nora para uma "festinha íntima", lançando sorrisos maquiavélicos para a única mulher vestida de forma inadequada; apresentava-a como artista – carregando a palavra de más intenções – dentre outros comportamentos maliciosos.

Papito permanecera em cima do muro.

Um dia a esposa perdera a cabeça – e ele o único amor.

Vicky resolvera ir à uma das reuniões da sogra, em atenção às súplicas apaixonadas do marido – por quem vinha perdendo o respeito – reforçadas por um colar de pérolas.

O longo preto e a estola de minque realçavam a pele alva da primeira bailarina – deslumbrante no traje de gala naquela noite do mês de junho. Fizera-se silêncio à sua entrada, como se a rainha da Inglaterra tivesse chegado de carruagem, no parque de diversões, durante um churrasco bastante andado.

Homens e mulheres se vestiam de fantasias de caipiras. O ambiente estava decorado com galhos de bambu, balões e bandeirinhas coloridas. O cheiro de quentão perfumava o ar. Pipocas, paçocas de amendoim, pinhões, doce de batata, bolo de fubá eram vistos por todos os lados.

Papito se sentira ridículo – de *smoking* em uma festa típica; furioso com a "vaca genitora".

Acostumada a se comportar em público, a italiana agira com naturalidade, engolindo o constrangimento com o vinho de uma garrafa próxima, tão estranho quanto ela na festa de junho.

Aí, Leonília apelara.

Batendo palmas para atrair a atenção de todos, dera entrada a um casal de palhaços, vestidos com as cores da bandeira italiana, à moda dos camponeses do Vêneto. Falavam de forma grotesca, imitando o sotaque dos emigrantes do norte da Itália, no português estropiado.

Victoria Regina rogara aos céus para manter a classe. O marido se comportava como se nada estivesse acontecendo "por pura covardia – *maledetto*", esquivando-se de olhar para a esposa, cada vez mais identificada com o tinto de sua região vêneta – outro estrangeiro naquele recinto hostil. As micagens do casal arrancavam risos debochados de Leonília e seus seguidores.

Vicky não acreditara no que seus olhos transmitiam. A palhaça – segurando uma enorme bota tricolor – as cores de seu país – dizia ao companheiro que "tinham que lamber as botas dos brasiliani bonzinhu". O *valpolicella* descera patriótico, abortando a náusea.

– Martino, nóis deve lambê as bota dos brasiliani qui matáro nostra fame – dissera lambendo o calçado com sensualidade.

– É mesmo, minha Elba. Si num fossi os dono da terra, a genti já tava de baixo da terra in nostra Itália falida.

Victoria partira para cima da mulher mais velha, atingindo-a (na fúria filial e cívica) com a garrafa do semelhante (quase no fim) aos gritos de *maledetta, io te amazzo* – o vinho italiano misturando-se com o sangue quatrocentão.

Papito estatelado estava, estatelado permanecera.

Recorda-se de ter sido conduzida por mãos idosas e firmes para fora do recinto. Antes de sair, dera uma banana para o catatônico.

Tio Coreolano, o irmão de Leonília Eugênia estava ao seu lado no quarto do hotel, no centro de São Paulo. Eram três da tarde. Dormira horas, embora sentisse o corpo moído.

O irmão da sogra pegara em suas mãos com delicadeza.

– A situação é grave, minha filha. Você bateu feio em minha irmã. Ela foi levada para o Hospital das Clínicas entre a vida e a morte. Tomei algumas providências. Arrumei roupas limpas e dinheiro para você que deverá seguir viagem para o Rio Grande. Passei um telegrama para sua família. É bom que fique uns meses longe daqui até que tudo se esclareça. Se Nilinha morre você tá em uma enrascada braba.

Pigarreara meio constrangido.

– Papito está ciente de tudo. A menina está com ele, bem cuidada. Ande, vá tomar um banho enquanto peço alguma coisa para você merendar – dissera-lhe, conduzindo-a até a porta do banheiro.

Vicky se dera conta do quanto fora ingênua ao fugir. A única vantagem da decrepitude física, pelo decurso dos anos, é a aquisição de sabedoria – meditava ao se recordar do passado.

Perguntara o motivo da ajuda inusitada. Leonília era sua irmã. Pigarreando mais uma vez, respondera-lhe que agira em defesa da memória da avó Joana.

– Nilinha representa um papel que não lhe cabe em uma peça de quinta categoria.

Suspirara ligeiramente emocionado.

– Vovó era mestiça escura. Filha de um português com uma escrava. Sua presença não era aceita na casa grande do engenho. Papai se apaixonara por nossa mãe mas casou-se mediante a condição de que nossa avó não participaria da família. Pode parecer cruel, mas foi o que aconteceu. Minha mãe sofria com isto tudo. Mas que fazer? Eram outros tempos. A escravidão terminara fazia poucos anos. Crescemos neste ambiente de conflito de identidade. A família de papai era importante, a de mamãe totalmente desconhecida. Nilinha desprezava mamãe – uma mulata que passava por branca em Pernambuco.

Sorrira com tristeza e certa ironia.

– Tenho pena da minha irmã. Apesar de agnóstico, peço a Deus – caso exista – pela salvação de sua pobre alma.

Falava de pé, as mãos cruzadas nas costas largas.

– Acho pobre esta coisa de brasões e nomes. Você sabe que trabalhei muito tempo em Nova Iorque, como correspondente de um jornal brasileiro. Uma vez, em um feriado de Quatro de Julho, ao passar pela Times Square, lotada, ri em voz alta ao conjeturar o que aconteceria se começasse a gritar meu sobrenome pomposo na multidão. De certo pensariam que se tratava de mais um lunático na terra de tantos malucos – concluira – dando um tapinha no ombro da italiana fascinada pelas palavras do cavalheiro meio efeminado, que não suportara os preconceitos do pai furioso ao saber que tinha um filho *gay*.

Lembra-se de ter ficado boquiaberta.

– Quer dizer que a *putana,* desculpe-me, tio Coreolano, quer dizer que D. Leonília descende de gente do povo, como eu? Bah! Difícil de crer. Se não fosse o senhor, que é irmão, achava que era embuste.

Nilinha custara a ser socorrida, o que provocara uma piora substancial em seu quadro. Fora conduzida para o Hospital das Clínicas depois de ter perdido muito sangue. A radiografia acusara traumatismo encefalocraniano.

Não era daquela vez que teria de ajustar contas com o Criador. Ficara três dias em estado de coma na enfermaria do melhor hospital da América Latina, sendo salva por um milagre, ou auxílio das trevas, segundo Elba Lucia. Em um mês estava fora, lépida e maliciosa como dantes, maquinando o que fazer para dar o troco.

Padre Luiggi havia sido o mensageiro entre as notícias de São Paulo – transmitidas por Coreolano com atraso telegráfico – e a família Verzeri.

Vicky fora acolhida pelas Carmelitas Descalças de Caxias do Sul, hospedando-se em um pequeno quarto na portaria da Ordem austera.

Pretendera retornar para São Paulo onde daria um basta no casamento e apanharia a filha, rumo grandes palcos do mundo.

Ao se lembrar deste episódio, a ex-embaixatriz morde os lábios e cerra as mãos, chamando-se de idiota.

Hospedara-se no apartamento dividido por tio Coreolano com o companheiro matemático (de quarenta) bastante solícito.

Muito constrangido, o jornalista fizera o mundo desabar em sua cabeça, transmitindo um recado da irmã: "Papito fora promovido a embaixador, em La Paz". Ou acompanharia o marido, na posição invejável de sua embaixatriz, mãe de família, ou iria perder a guarda de Sulamita, aos cuidados de uma enfermeira suíça. Deveria seguir o esposo. Não abriria mão da convivência com a neta. Corte de Justiça alguma apoiaria a mãe que, depois de tentar matar a própria sogra, abandonara o lar. Reforçando as palavras pelas mãos malabaristas, prosseguira, parecendo mais velho e frágil: a tentativa de homicídio fora abafada por Papito. Leonília, mulher vingativa, de amizades influentes, estava disposta a levar o caso avante. Seus amigos poderosos pairavam acima das normas jurídicas e Victoria poderia ir para a prisão.

Falara andando, as mãos cruzadas nas costas meio encurvadas.

Imaginasse o que o escândalo poderia provocar contra ela e a família, simples camponeses perdidos no interior do Rio Grande do Sul... Perderia a liberdade, a carreira e a filha. Os pais seriam prejudicados no negócio... Teria que manter o bom-senso.

Com apenas meio coração – o resto havia murchado – tomara um *convair 240*, da extinta Real Aerovias, para o Rio de Janeiro: cidade marco de uma série de cornos.

Trocara os palcos pelas Belas Artes e alcovas cada vez menos seletas. Mas a alegria de viver reduzira-se. Não fora mais a mesma mulher confiante.

Voltara a se sentir cem por cento viva – desde que renunciara ao querido balé –, ao dar uma mijada no mausoléu da família do marido no Cemitério da Consolação, horas depois do enterro da sogra.

A imagem de Nossa Senhora da Piedade e os retratos dos falecidos da família quatrocentona testemunharam a peraltice.

– Que gente feia, *Madonna Mia!*

Gargalhando, dera graças a Deus pela filha ter saído um pouquinho aos carcamanos.

**Antonia Pulquéria da Anunciação – Mãe Totonha de Iansã**, uma anciã esbelta de um metro e setenta e oito, fora uma das remanescentes dentre as chamadas "mulheres do partido alto" – as negras e mestiças de mais de quarenta e cinco anos, bem-sucedidas, que desempenharam um papel importante em seu universo: comerciantes, proprietárias de imóveis, agiotas, empregadoras das mulheres de tabuleiro (vendedoras de gêneros alimentícios e comidas típicas, aos seus serviços); conselheiras conjugais, madrinhas de uma infinidade de afilhados e tias de sobrinhos dos outros.

Os jejes, oriundos do Daomé, Togo, Costa do Marfim e parte da Nigéria, intitulavam-nas *Deré*, epíteto também estendido às benfeitoras financeiras das comunidades religiosas de culto aos voduns e orixás.

Estas matriarcas sustentavam seus filhos, netos, parentes, afilhados e agregados, sobre os quais exerciam influência.

Trajavam-se de roupas de crioula: saia abaixo do tornozelo (seis metros de panos), anáguas rendadas (engomadas em algumas ocasiões), camisú: camisa enfeitada de rendas e bicos, bata, ojá e pano-da-costa.

Exibiam pulseiras e anéis de ouro, platina e prata; contas de seus orixás – os colares consagrados – argolas de crioula: brincos de coral, marfim, monjolós e seguis (pedras africanas) encastoados nos referidos metais preciosos. Calçavam chinelos de couro chamados *chagrim:* os bicos ligeiramente quadrados, com os calcanhares à mostra.

As fundadoras dos terreiros e irmandades leigas católicas de destaque, no século XIX, foram mulheres do partido alto, a exemplo de Mãe Aninha do Opô Afonjá; Mãe Maria Júlia e Mãe Pulquéria do Gantois; D. Theodora de Konigbagbe, Nengua Archanja de Nzazi, Mãe Luzia do Engenho Velho; Deré Lubidi; Doné Custódia de Kpó – avó de Mãe Totonha e fundadora do Ilê Saketê Avessan, nos primórdios do século XX. Uma africana altiva nascida em Santo Amaro, no recôncavo, que pertencera à nação religiosa nagô-vodum: cultuava os orixás iorubás ao lado dos voduns (as divindades jeje) em perfeita convivência.

No muro principal da *Casa,* perto da porteira, foram pintados Kpó – encantado sob a forma de um leopardo enorme, de olhos de fogo, cuspindo labaredas – e Avessan – uma serpente gigante de nove cabeças, identificada com Oiá-Iansã (dos iorubás), o orixá para quem Mãe Totonha se consagrara em 1914, pelas mãos de Oyabiyi – uma tia africana especialmente convocada para iniciar a menina na tradição religiosa do referido povo.

Totonha herdara de sua mãe (que herdara da doné) uma barraca de produtos africanos no Mercado Modelo, em Salvador.

Vendia as frutas oraculares obi e orobô, pimenta-da-costa (atarê), limo-da-costa (ori), búzios-da-costa (cauri), fios de contas (leké), achá, rapé, dandá, camarão seco, azeite-de-dendê (epô), quartinhas de barro, folhas rituais, incenso, saias de crioula bordadas a mão e a máquina, camisús (camisas de crioula), ojás, batas, panos-da-costa importados e confeccionados em teares, no Ilê Saketê Avessan; chinelos de chagrim, argolas de crioula; coral, monjolós, seguís (pedras africanas), idés (as pulseiras rituais feitas de metal inferior) e alguns outros produtos voltados para os adeptos da religião afro-brasileira.

Aceitava encomenda de comida: acarajés, abarás, acaçás simples e de leite, cuscuz de tapioca com coco, bolinho de estudante, queijada, pé-de-moleque, doce de tamarindo.

Os cheiros de macaçá, dandá, fumo e camarão seco conduziam o interessado até a barraca da freguesa.

Enviuvara aos 28 e nunca mais voltara a se casar; mãe de um filho morto aos sete anos (caíra do pé de Azanaodô, uma árvore-vodum, quebrando o pescoço) e de duas filhas: Maria Alice de Oxum e Valmira de Iemanjá – Licinha e Mirinha –, iniciadas aos três e dois anos no mesmo *barco de iaôs:* o conjunto de filhos de orixá consagrados em igual tempo litúrgico.

Desde o nascimento, Licinha havia sido apontada a herdeira espiritual do terreiro. Além de ser a mais velha, era uma *oloxum* – o nome que se dá aos filhos deste orixá feminino. As oloxuns levam jeito para cargos de liderança. São suaves, discretas, peritas na arte da esperteza.

Toda regra tem uma exceção para contar a história. Maria Alice se revelara mesquinha, interesseira, ambiciosa (roubava Mãe Totonha pelas costas), rebelde e vulgar. Tinha vergonha da mãe escura. Orgulhava-se de ser morena clara. Queria ser importante, pertencer à alta sociedade, dar-se bem. Não podia ver perna de calça. Tanto fizera que pegara barriga aos quinze, colocando uma boca a mais nas costas da ialorixá.

Passava o tempo entre a invenção de novidades e intrigas, realizando-se ao jogar uma pessoa contra a outra. Era alegre, com capacidade enorme de dissimulação, conseguindo livrar-se das próprias armadilhas com a cara mais limpa.

Enquanto dera, Mãe Totonha conduzira a primogênita sob rédeas curtas, resolvendo entregá-la ao próprio destino e a "Oxum, a dona da cabeça dela", na esperança de que um dia *sua Licinha* tomasse jeito.

A filha não se casara.

Mantivera uma relação de anos com um homem casado, até a morte do infeliz que não deixara nem um alfinete além do filho com *cara de lorde.*

Aos sessenta, "e quase isto tudo de santo, na função de iaquequerê " – a segunda na hierarquia –, convertera-se à Igreja Pentecostal do Fogo da Betânia. Jurara que faria tudo para transformar o candomblé em igreja cristã: os demônios devolvidos aos quintos dos infernos.

Morava na casa da mãe, na comunidade, com Peterson Alexandre, seu filho, e dois netos convertidos ao Senhor. Promovia reuniões dos irmãos crentes na residência considerada filial da igreja, aliciando os filhos-de-santo, valendo-se de sua autoridade. Mãe Totonha, mulher inteligente, sofrera em silêncio, com medo de perder a batalha.

Não tinha nada contra Jesus e seus seguidores. Era batizada, crismada e fizera a primeira comunhão ainda menina, em um dia de Páscoa. Casara-se na Igreja; no dia do aniversário encomendava uma missa na Misericórdia. De vez em quando abria os Evangelhos ao acaso e lia. Tinha fé em Nossa Senhora e em São José. Não gostava de discutir religião – "dava bolo".

– Cada um que fique na sua e Deus em todas – costumava dizer. O que não aceitava eram misturas grosseiras, desregradas. Virava *jalapa com batata; azeite com vinagre.*

Mantivera, em sua casa, longas conversas com Anselmo.

Assim que chegava, prostrava-se no chão perante Mãe Totonha, pedindo-lhe que o abençoasse. Ajoelhado, beijava as mãos e o rosto da veneranda sacerdotisa, que o abençoava e pedia-lhe, também, as bençãos. Partilhavam a refeição matinal: suco de fruta, mingau de carimã, cuscuz de tapioca, bolo de aipim, inhame cozido, cuscuz de farinha de milho salgado (para comer com manteiga e ovos fritos), duas ou três xícaras de café bem forte e um charuto escondido.

Chegava de véspera. Costumava sentar-se perto da cajazeira, para sentir a brisa no rosto, contemplando a beleza da jornada.

No almoço, Mãe Totonha preparava-lhe pessoalmente sua moqueca de siri, o vatapá de pão, a frigideira de bacalhau, o feijão de leite de feijão preto e o doce de coco de colher – que Anselmo saboreava devagarinho, degustando. Isto tudo regado a uma garrafa geladíssima de cerveja e, de vez em quando, a um vinho do Porto.

Anselmo devorava, com delícia, repetindo até três vezes – para o deleite da suma sacerdotisa, divertida a exortá-lo a conter a gula, coisa mais feia num padre – conforme lhe dizia, dando-lhe palmadinhas animadas pelo riso contralto.

A anciã gostava que apreciassem sua comida. Comia pouco devido a idade. No dia 13 de junho – seu aniversário e onomástico – saía do sério, tirando à forra.

Conversavam muito. Durante a refeição e na varanda, perto de um enorme bilreiro, aos goles de café e licor de laranja – outra especialidade de Mãe Totonha.

O padre e a ialorixá trocavam idéias. A velha senhora encantava-se com a imagem de Deus traçada por Anselmo – que se deliciava com a perspicácia da sacerdotisa, perita em formular perguntas inteligentes e discutir as respostas.

Gostava de ouvi-lo falar sobre Cristo.

"Jesus ensinara o caminho para a vida plena, em abundância, para um mundo melhor, onde todos teriam comida, trabalho, dignidade. Era pobre, judeu, discriminado pelos conservadores. Tinha sido iniciado na tradição de Israel. Não viera criar um clube de preparados, mas preparar os eleitos: todos os verdadeiros amantes do Deus da Vida, como ela, uma mulher que sempre reservara uma palavra de incentivo e amor para os fortes ou desvalidos, pensando mais no próximo do que nela mesma; que tinha um prato de comida para quem chegasse em sua casa, uma mulher de Deus, servidora dos orixás com garra e coragem. O que eram os orixás senão manifestações do Divino, Senhor de um guarda-roupa imenso, cheio de vestes diferentes?!"

Contara-lhe que a maioria dos teólogos contemporâneos aceitam Jesus como a revelação total do Criador, mas não exclusiva. Deus tivera e tem uma manifestação amorosa para cada povo; cada um com seu lugar à mesa do Pai.

Decorara as palavras do amigo monge:

– Ser cristão é acolher a diversidade humana. É ser universal, como Jesus foi universal.

A velha sacerdotisa ouvia boquiaberta, ponderando aquilo tudo. Era difícil compreender a imagem mesquinha do filho de Deus pintada por alguns: "um acusadô que só tinha o nome do tinhoso na boca, ocupado, o tempo todo, em condenar as pessoas ao fogo do inferno".

Anselmo lhe falara sobre a Betânia: "ponto de amor e união. Uma semente do reino de Deus na terra".

Mãe Totonha não se conformava com o nome da igreja de Licinha: Fogo da Betânia: "Devia era sê fogo dos inferno; os crentes só falavam em demônios".

Não cansara de repetir para os mais chegados:

– O ruim por si se arrebenta. De tanto falar no diabo, um dia vão se bater de frente com o cão... – Deixa o prego que o martelo chama!

Ficara furiosa ao saber que, para aquela gente, Exu era o capeta:

– Diabo não pode ser mensageiro de Deus, defensor de seus filhos... De mais a mais, o cão deve ser muito mal-humorado – que nem estes crente. Exu tem bom humor pra dá e vendê, isso tem...!

Continuara a zelar pelos assentamentos religiosos da filha, ignorando o fato de ter se tornado uma fanática indigna da herança ancestral.

O acarajé é a iguaria sacra predileta de Oiá.

Licinha juntara um grupo de ex-filhas-de-santo convertidas ao Senhor, para o comércio de "acarajé de cristão" – permitido aos paladares piedosos. Isso porque os crentes não compram comidas de baianas de saia e colares dos orixás. As comerciantes evangélicas dispensaram as roupas dos adeptos de satanás e de sua legião de anjos caídos nas profundezas do inferno – trabalhando com aventais sob trajes recatados.

Mãe Totonha ficara arrasada.

– Não tem coração que agüente tamanha ousadia. Licinha tá cavando o buraco dela em vida – dizia à caçula.

Alice chegara ao ponto de participar de um programa de um canal de tv evangélico, estrebuchando perante as câmaras, fingindo-se possuída por Oxum – a "diaba das águas".

"Um dia a casa cai", diz o ditado. No domingo do orixá de Licinha, durante o ritual do *padê* – a obrigação vespertina dedicada a Exu e aos ancestrais, que precede a festa – o pastor Toinho (filho de criação de Mãe Totonha) invadira o barracão de Bíblia no ar, dando um pontapé em objetos sagrados, aos berros de que "tinha vindo conduzir os pecadores à salvação".

Todos podiam ver a filha de Oxum apoiando os acontecimentos, na porta principal. Aguardara o dia de seu orixá para desafiar a própria mãe – perplexa mediante tanto desrespeito.

A velha perdeu a cabeça. Com a força dos vendavais e redemoinhos, pusera o atrevido e a filha para fora a golpes de *adjá* – o instrumento sagrado de metal que chama os orixás na cabeça de seus filhos.

Marchara até a casa ocupada por Licinha, destruindo louças, enfeites, rasgando tecidos e roupas – a maioria das coisas atiradas na rua – aos pontapés e maldições:

– Quem não nasceu para viver, não nasceu para morrer... Estou fazendo o carrego de morta da desnaturada em vida. Hoje ela morreu pra mim e pra quem me considerá – sentenciou – "estou fazendo o axexê da filha-da-puta que sou eu mesma".

Petinho, e outros membros da Igreja sumiram da frente da guerreira rejuvenescida. A televisão ligada, transmitia um programa evangélico. Aos gritos, a ialorixá atirou-a pela janela.

– Ai de quem disser o nome da *finada* e de sua raça aqui! Boto pra fora e esconjuro!... Antro de perdição e paganismo é a casa destes crentes em satanás! Pecado é desrespeitar a própria mãe quase morta de paixão. Chamo a polícia se o monstro desavergonhado que eu pari tiver a ousadia de botar os pés nesta casa enquanto eu ainda comer farinha.

Com o apoio da caçula, foi conduzida até o quarto, perto do barracão. No dia seguinte, voltaria a ocupar a própria residência –

anunciara, determinando que Sulamita e a neta tratassem de despachar "todos os panos de bunda da excomungada para a casa do capeta (onde ela deveria de estar), começando pela pedra da Oxum dela, que traiu todo mundo".

A pressão arterial subira dos costumeiros 12 por 8 (seu orgulho) para 22 por 14. Recusara ajuda, trancando-se no quarto de Xangô, onde permaneceu prostrada até a hora da festa pública.

Apresentou-se, no barracão, de olhos secos e altivos – "Era voduncy e voduncy é forte" – referindo-se à disciplina adquirida na formação religiosa.

A vinda de Alice ao mundo fora dificílima.

Mãe Totonha prometera consagrá-la a Oxum, assim que estivesse um pouco crescida, rogando à protetora dos nascituros e recém-nascidos pelas vidas de ambas.

Depois daquele episódio do *padê*, chocada, não parara de repetir que criara "aquele moleque de Bíblia na mão":

– Desde molezinho amparei o desenfeliz, sacrista. Mesmo assim o excomungado não teve o menor *respeitchu* por mim ou pela Iansã de Alzirinha, que confirmou ele ogã. Falo *respeitchu* porque amô é exigí dimais...

Passara a culpar-se. Sofrera calada por um tempo longo demais e agora colhia os frutos da própria estupidez. Não admitira que falassem de sua Licinha, tentando tapar o sol com a peneira, o que já estava ficando insuportável para os filhos-de-santo, revoltados com tanta *descaração*.

Mira, diferentemente da irmã, tinha sido o braço direito da mãe. Respondia pelo cargo de iá ebé: a sacerdotisa responsável pela orientação espiritual dos filhos da comunidade.

Enviuvara de um médico-cirurgião, colega do hospital onde exercera as funções de enfermeira-chefe por mais de trinta anos, mesmo depois de casada e mãe de Alzira, médica veterinária em um aras em Lauro de Freitas – cidade próxima de Salvador.

Alzira separara-se do companheiro, um colega de faculdade com quem convivera quinze anos. Recusara-se a acompanhá-lo até Lorena, no estado de São Paulo, onde Fernando (seu nome) seria o veterinário responsável pelas vacas leiteiras de uma fazenda de um grupo holandês.

Seu lugar era na Bahia, junto com *voinha* e a *família de santo*. Fora iniciada pela ialorixá, também sua madrinha no batismo católico. Chamara-a, desde pequena, de *mana dinda* – alusão ao fato de ser irmã, em Oiá, e afilhada na Igreja.

Mãe Totonha era louca pela neta – embora lamentasse seu temperamento difícil. Partilhara suas preocupações com Sulamita, unha e carne com Alzira.

– Bate primeiro e pergunta depois. É inteligente, de bem, mas não sabe viver.

Pedira a Anselmo que amparasse a neta, no dia em que faltasse. Alzira precisava de amigos sinceros, como ele e Sulamita.

A filha de Oiá detestava dissimuladores.

A avó dizia: – "Vamos conviver com os fiéis que os falsos já se foram" – sem que achasse graça.

Longe dos velhos ouvidos proclamava que os tempos eram outros. Não havia mais motivo para disfarces, verdadeiros resquícios da escravidão.

Apesar do choque entre as idades, Alzira era uma admiradora de sua avó. Julgava-a inteligente e bem-humorada – o que estava longe de ser. Não entendia como uma pessoa tão direita pudesse ter dado à luz um ser desprovido de dignidade "que nem a tia Licinha".

Esta jurara vingança, rogando praga.

– O dia do Juízo Final está próximo. Minha mãe, com mais de noventa anos, não vai ficar para a semente; tem de prestar contas com o Senhor.

Passara a visitar a irmã, envenenando a paz da caçula.

– Tô vivendo de esmola em um pequeno apartamento úmido, na igreja, de fundos para uma rua fedorenta... Chutada por meu próprio sangue.

Falava em voz alta, imitando os sermões do púlpito:

– Onde já se viu mandar entregar os assentos de Oxum na igreja!?... Quiseram me esculhambar ainda mais?

Ordenara a Irene – uma filha de Iansã convertida à igreja, filha carnal de Ebame Augusta – que despachasse sua Oxum (representada por um seixo consagrado) e o resto das coisas de macumba na lagoa Pituaçu.

Mira escutara horrorizada. Não tinha temperamento para confrontos. Passava mal, a pressão disparava, ficava bloqueada. Alice sempre fora a líder. Acostumara-se a aceitar as decisões da irmã e, mesmo agora, sentia-se acorrentada, sem saber como agir.

– Graças ao Senhor o tempo de cegueira terminou! No dia em que nossa mãe fechar os olhos, hei de reivindicar meus direitos, ou meu nome não será Maria Alice, a serva de Jesus... Quem viver verá! A batata da branca puxa-saco de *mainha* tá cunzinhando. Se pensa que vai tê poderes, está redondamente enganada. Vai se batê com Licinha – ameaçava, referindo-se a Sulamita

Após a Festa de Oxum, Mãe Totonha mudara bastante. Dera para cometer equívocos na liturgia, esquecendo-se de cânticos corriqueiros, misturando situações, confundindo nomes e pessoas.

Perdera o sono, atormentada por pesadelos. Dotada de um equilíbrio reconhecido, vinha se transformando em uma pessoa agressiva, irritadiça, desconfiada e medrosa.

Não queria conversar com ninguém.

Sempre fora destemida, auto-suficiente. Gostava de ficar só, arrumando gavetas, relendo cartas, ouvindo música, vendo televisão. Não admitia ser incomodada em seu cantinho de esconder, próximo do barracão de festas.

Nos últimos tempos, começara a sentir pânico.

Deitava-se com as luzes acesas e as portas abertas; o ar lhe faltava. Dormia com a televisão ligada, embora cada vez mais perdesse o interesse pelos programas.

Sulamita e Alzira, preocupadas, mudaram-se para sua residência. Cada noite uma dormia ao lado de Mãe Totonha, cujos comportamentos, até o romper do dia eram variados: conversava sobre os velhos tempos, sentia alguma dor, tinha fome ou sede, vontade de ir ao banheiro, arrumar gavetas, fumar charutos.

Punha-se a subir e descer a escada de madeira que unia um andar a outro.

Muitas vezes chorava, gemia, rangia os dentes.

As moças resolveram apelar para o orixá.

Iansã haveria de indicar-lhes o caminho a seguir.

No dia seguinte, ainda escuro, depois de tomarem um banho de folhas, dirigiram-se ao quarto de Oiá, com o intuito de oferecerem um obi – uma fruta africana utilizada como oráculo: corta-se a noz em quatro partes, invocando-se o orixá para quem se destina, dando-se início ao diálogo entre o consulente e a divindade.

Iansã não recebera a oferenda, por mais que suplicassem. Estaria zangada?! Por quê?

Mãe Mira ensinara-lhes que a melhor coisa, naqueles casos, era um *ajebé:* vários dias de orações de súplica nos pés de Oxalá, destinadas a acalmarem um determinado orixá aborrecido. Depois de um certo tempo responde – possui seu filho – e conversa, pelo transe.

Começaram a liturgia e nada de Iansã se manifestar em Mãe Totonha. Três noites inteiras sem resultado. O orixá demora quando está muito zangado.

Na décima segunda noite, Oiá pegou Mãe Totonha, conduzindo-a até o quarto de Oxalá. A velha sacerdotisa estava de pijamas. Fora necessário jogar uma saia e um pano-da-costa sobre ela.

Ebame Augusta de Badé – a sacerdotisa que contava mais tempo de iniciação – perguntou-lhe o motivo da recusa em receber o obi. Iansã lhe disse que estava decepcionada com sua iaô.

As participantes entreolharam-se. A ialorixá sempre fora perfeita no cumprimento dos deveres religiosos.

A senhora dos ventos e tempestades estava furiosa.

– Onde já se viu entregar Oxum no território inimigo?!

O vento assobiava terrível, batendo portas e janelas.

"*Oiá Bumin* (o nome de iniciação da ialorixá) agira pior que Oxum Tunbi (Licinha). Quem era ela, simples mortal, para saber os planos superiores?! Por isto estava assombrada. Deveria ter confiado mais. Oxum resolveria tudo ao seu tempo. Bumin se precipitara. Não fosse ela, Oiá, dando umas providenciazinhas, o Axé já estaria transformado no caos."

Impaciente, dissera que não queria conversar. Respondera ao apelo de Oxalá, seu pai, no *ajebé*. Por ela mesma não viria.

Determinara uma penitência à filha antes de partir.

– Oiá Bumin vai ter que desfazer o malefício botando um omolocú com dezesseis ovos no mar fundo. Oxum quer no mar, junto com Iemanjá – sentenciara.

– Vai ter de procurar Oxum Tunbi onde estiver, pedindo-lhe perdão, pra vê se ainda está em tempo.

O resto, deixasse ao sabor do vento. Despedira-se de todos, um por um, encarregando Mira, Sula e Alzira de transmitirem as determinações à suma sacerdotisa.

Na mesma noite cumpriram a tarefa.

A ialorixá não fizera comentários. Despedira-se dos membros da comunidade, dizendo que iria dormir em seus aposentos da *casa grande*.

Depois que saíram, abrira a geladeira da cozinha à procura de água. Não tinha. Encontrara uma garrafa de vinho do Porto acima da metade, presente de Anselmo no último almoço.

Bebera com sofreguidão – desprezando o açúcar altíssimo no sangue – no próprio gargalo, transgredindo uma regra da religião dos orixás. Não se bebe bebida alcóolica diretamente na garrafa. Sentara-se na cadeira de espaldar alto, símbolo do sumo sacerdócio, dirigindo o olhar, reto, para uma tela imaginária.

As memórias de uma vida longeva, fora de moda, virada pelo avesso, eram acalentadas pelo miado frenético de uma gata insuportável em lua de mel, em cima do telhado.

Mãe Totonha contemplara imagens de sua infância, juventude, adolescência: as três gestações da família, o nascimento e a morte do filho Jair, a sucessão disputada, as primeiras iaôs... as reformas, as festas, a ausência de luz elétrica, de água encanada, a rua de terra batida, a pedra de quebrar feijão, o fogão à lenha. Vira cenas boas e ruins, felizes e nem tanto.

Contemplara com serenidade as lembranças adocicadas pelo vinho da terra de Amâncio José, o pai de suas duas meninas. Vira os netos crescerem e negarem fogo, menos a *pimenta-de-cheiro* – engraçadinha recitando na escola o amor desde cedo pelos animais. Tudo quanto era cão sarnento recolhido e curado pela capetinha de Alzira. Obá pegando a freira...! Filha-de-santo tão boa, quem diria, chegaria lá... Vira Anselmo tão digno, bom que nem o vinho gostoso. Estava a sós no barracão, na noite sem lua, parte daquele mundo, arraigada que nem o poste do meio.

Falara olhando para o mastro:

– Quantos anos rompidos aqui, quantas iniciações, axexês... Gente boa e ruim. Licinha, a pior de todos – o orixá mentiu ao dizê que era minha sucessora... tô num beco sem saída. Como é que orixá pode menti para a gente... eu que fui fiel estes ano todo?!

Sentira-se injustiçada.

Tinha medo de morrer e ver a Casa de tantas gerações afundar no oceano das brigas de família.

– Nunca se sabe o que acontece depois que a gente só presta pra alimentar as *frô*, no *sumitéro*...

Perdera tempo achando que um dia o sangue de sua gente, que também corria nas veias de Alice, falaria mais alto que os demônios dos estranhos.

Licinha tivera tudo para ser a sucessora. Era líder, simpática, destemida, conhecia os fundamentos. O pior é que fora apontada pelos Encantados. Traíra o sangue, a raça, a História de um povo sofrido pela fé...

– Tia Almerinda, a mão direita achatada de tanto bolo que tomou da polícia, acusada de feiticeira... Ninguém vendeu a alma...

Faria a comida. Ofereceria para Oxum no terreiro. Quanto à Oxum de Licinha, por que não respondeu e exemplou a filha como devia?!

Sentia-se traída.

– Não dá para entender o que está acontecendo com os orixás. Os verdadeiros estão voltando para a África – falou em voz alta, bebendo do gargalo com prazer.

Jamais procuraria a traidora. Escarrar-lhe-ia na cara, ou apertar-lhe-ia o pescoço dando fim à própria obra. Com todo o respeito, agiria pela própria cabeça. Não se conformava.

Não daria gosto aos crentes.

– Uma ialorixá antiga, como eu, na cadeia... Não dou este prazer aos cão amardiçoado nem depois de esticada no caixão.

A gata não parava de dar gritos lancinantes, agourentos, de arrepiar a alma. Nem um surdo conseguiria descansar daquele jeito.

A ialorixá levantara-se, deixando as luzes acesas e a garrafa vazia, perto de sua imponente cadeira.

Seguira para casa.

Há muito tempo não se sentia assim. Leve, com uma vontade danada de dar umas baforadas. Ainda bem que escondera a metade de um charuto atrás da imagem de Santo Antonio, na cozinha, perto do filtro de água.

Era a noite de Alzira dormir com a avó. Uma égua estava parindo fora do tempo, com risco de vida. Sula, exausta pela noite mal dormida, concordara em substituí-la.

Alegrara-se ao ver a ialorixá tão bem, com os olhos brilhantes, ereta, bem-humorada. Toda vez que Iansã visitava Mãe Totonha, deixava-a em ótimo estado. A ialorixá acendera o charuto no quarto quentíssimo. A mulher mais jovem – alérgica à fumaça – com todo o jeito abriu o janelão do terraço. Uma das tábuas da grade protetora estava solta.

"Que gente mais relaxada" – pensara com raiva, referindo-se à família de Licinha.

No dia seguinte daria um jeito. Tinha um compromisso às 7, com um cliente complicado. Estava exausta, com vontade de chorar de cansaço, precisava apagar. Não tivera como recusar o pedido da irmã-de-Axé.

Se pudesse, estrangularia a égua. "Quem mandara parir fora de época?" – pensou irritada. Calor do jeito que estava, a roupa colando, a janela teria de permanecer aberta. Ainda mais com tanta fumaça. Só faltava Mãe Totonha querer bater papo.

Espreguiçando-se, a ialorixá confidenciara que daria qualquer coisa por uma boa noite bem dormida. Precisava descansar para tirar o atraso.

Sulamita ponderara que um antidistônico, dos seus, poderia ser útil.

A anciã ingerira a pequena cápsula com um gole do copo de guaraná esquecido no criado-mudo.

Sula ficara espantada.

"Absurdo beber coisa com tanto açúcar. Ainda bem que não abusa, tem medo. Uma vez ou outra não faz mal." Cobrira a cabeça para dormir. Tomara que Mãe Totonha não quisesse ir ao banheiro. Detestaria ter de levantar. O telefone sem fio, na cabeceira da cama, começou a tocar altíssimo, martelando a cabeça de pessoas exaustas. Devia ser a mãe – de Londres – especialista em ignorar os fusos horários. Era Alzira, aos soluços.

A égua parira um potrinho lindo. Estava fora de perigo. No momento em que sentia-se relaxar, tivera uma visão – a avó ao seu lado, toda de branco. Mau agouro. Não se agüentava de tanta angústia.

Sula tranquilizara-a. Mãe Totonha parecia a deusa de ébano de sempre: bem-humorada e segura. Acabara de lhe dar um antidistônico. Dormiria até as 9 do dia seguinte.

Alzira não parara de chorar. Pelo amor de Deus não deixasse a avó sozinha. Alguma coisa não ia bem. Seu pressentimento não falhava. Bem que gostaria.

Bocejando, ligeiramente irritada (queria dormir) com o canto dos olhos acompanhara o percurso da anciã em direção ao banheiro minúsculo – do lado direito – pegado ao janelão. Bem, como aparentava estar, não precisava de ajuda.

Os passos arrastados desviaram-se para a esquerda.

A atenção de Sula fora desviada para o charuto, na colcha em chamas.

O baque fê-la tomar consciência de sua hesitação. As labaredas cresciam tal qual o desespero de Alzira; os presságios confirmados pelo telefone fora do gancho.

# II
# O Pássaro Machucado

## 2. São Paulo, manhã de 15 de outubro de 1999, sexta-feira

Sulamita secava os cabelos enrolada na toalha.

As preocupações pareciam refletidas no espelho. Pensava no escritório de advocacia, de Salvador, aos cuidados de Laércio – fiel escudeiro *fac totum* – e Sílvia Helena, a colega de profissão.

Há mais de um ano não advogava.

Vivia dos honorários depositados pela colega – pagas as contas –, com o auxílio das traduções do inglês, francês, espanhol e italiano – idiomas aprendidos nas residências itinerantes. Sobrevivia sem precisar valerse da herança – que também não era lá essas coisas.

Retomara o doutorado acolhendo os conselhos inflamados do maestro, certo ao exortá-la a fazer algo que exigisse empenho – uma forma de se desligar, de vez, do que passara.

Stefano a convidara para morar com ele – ou ele com ela, com intenção de matrimônio. Deixara a questão em suspenso. Não seria correto dividir os problemas refletidos no cristal impiedoso.

Os cabelos estavam quase secos.

Deu um longo suspiro pensando no Ilê Axé Saquetê Avessan. – Como são duras algumas lembranças. A memória sabe ser cruel com a gente! – falou para o espelho.

Foi até a cozinha.

Sentiu frio, ligando o sistema de calefação. Pôs água e pó na cafeteira. Retirou um pão francês do *freezer* – chamado *cacetinho*, na Bahia. A primeira vez que lhe disseram isso pensou que era gozação. Colocou-o no forno convencional. Parecia assado na hora. Uma delícia! A estratégia tinha sido um ensinamento do italiano.

"Incrível como sabe tudo! Atraente, rico, viajado, *somellier* de primeira, cozinheiro e paisagista, amante cheio de imaginação..."

Questionava-se sobre os muitos casamentos.

"Não compreendo. Deve ser falta de sorte."

Quase em uníssono, os sinos da Sé, São Bento e São Francisco marcaram sete badaladas.

Percorreria a pé a distância entre a Rua Maria Paula e a faculdade de Direito. Precisava caminhar para manter a forma e enxotar a angústia.

Às sextas-feiras vestia branco em homenagem a Oxalá.

Lembrou-se do mito sobre a criação do mundo.

"Olodumaré criou a terra, o Aiê, encarregando Oxalá, o grande orixá do elemento branco, de gerar a vida. Depois de várias tentativas frustradas, construíra o homem de ar, água, fogo, madeira. Sem que desse certo, pediu a Nanã, a senhora da lama, um pouco de seu elemento. O resultado foi excelente. Nanã impôs uma condição. Apenas emprestaria o barro por um tempo limitado, chamado vida. Ao fim deste, teria início um outro período, denominado morte. Seu filho Obaluaê encarregar-se-ia de remodelar o elemento, conferindo-lhe a forma original."

Separara, desde a véspera, um *tailleur* de linho branco, impróprio naquela manhã azul, fria. Em Campos do Jordão estaria gelado.

Deveria precaver-se. Na verdade, precisaria libertar-se o quanto antes.

"Nada de roupas brancas, guria." Recordou-se de Victoria Regina, uma das poucas pessoas a chamá-la assim.

Retirou do *closet* roupas que deveriam de ter um século de existência. Foram compradas em algumas viagens: uma saia clássica de lã italiana pelos tornozelos; blusa de *cachimir* argentino, *blazer* inglês, botas de couro holandesas e uma echarpe do Cairo.

Com exceção da malha verde musgo e da echarpe estampada, as outras peças e o calçado eram marrons.

Pôs duas gotículas de *Obsession* na pontinha das orelhas perfeitas.

Bateu na testa ao se recordar de que era 15 de outubro, o dia dedicado a Teresa de Ávila – a Teresona – para não ser confundida com Teresa de Lisieux, a Teresinha.

Teresa de Jesus foi a monja castelhana reformadora da Ordem de Nossa Senhora do Monte Carmelo, cuja cor é o marrom.

"Feliz coincidência a escolha das roupas!"

Era apaixonada por Teresa de Jesus, a padroeira dos místicos e dos escritores espanhóis, autora de vários livros sobre espiritualidade e oração que conseguiram driblar o Tribunal do Santo Ofício.

O temperamento corajoso, decidido e radicalmente apaixonado de Teresa – descendente de antigas famílias de Castela (Sepeda y Ahumada) – encantava Sulamita, conhecedora dos escritos teresianos. Nascida em 1515 (dois anos depois Martinho Lutero daria início à reforma protestante), admirava romances de cavalaria, cozinhava bem e sabia tocar castanholas – mulher profundamente apaixonada pela humanidade de Deus.

Durante muito anos celebrara esta data. Juntava alguns amantes da vida e boa mesa ao redor de alguns bons vinhos tintos da Rioja e comidas simples espanholas: *paella*, *tortillas*, *gaspacho*.

Brindes inflamados eram dirigidos à memória de Teresa de Cepeda y Ahumada – a maior dentre as grandes filhas de Iansã e Obá – ao lado de Etty Hilessum – a holandesa judia morta em um campo de concentração na Segunda Guerra – escritoras de primeira e mulheres corajosas.

Liam-se poemas de Santa Teresa e São João da Cruz – o filho espiritual e mestre da Madre fundadora.

Começou a sentir saudades da tia Giuliana – a Madre Elizabeth da Trindade do Carmelo de Caxias do Sul, no Rio Grande. A Carmelita cortara relações desde que se iniciara na religião dos orixás.

A mãe, uma das benfeitoras do Carmelo São José Operário, contara-lhe que a irmã vivia em constantes penitências e orações para que a ovelha desgarrada dos Verzeri retornasse à única e verdadeira crença.

Santa Teresa era a padroeira de Anselmo na vida consagrada; algo raro, por se tratar de religiosa de uma outra Ordem. Sulamita decorara muitos pensamentos teresianos. Recitou em voz alta:

– Uma ou duas pessoas que digam a verdade valem mais do que muitas reunidas!

Gostava de abrir as Obras Completas, em um só volume, a esmo. Foi fácil localizar o livro de capa azul-escura no pequeno escritório desarrumado.

O acaso fez com que batesse os olhos no poema "Eficacia de la paciencia", o mais festejado. Leu-o imaginando a voz da espanhola proclamada Doutora da Igreja, em 1970:

"Nada te turbe, nada te espante,
Todo se pasa, Dios no se muda,
La paciencia Todo lo alcanza;
Quien a Dios tiene, Nada le falta:
Sólo Dios basta."

Lágrimas brilharam nos olhos amarelados.

Era tudo de que precisava. Paciência. Muita paciência. Em outros tempos ligaria para Anselmo.

Ficara aborrecida com o amigo.

"Por que não gosta de Stefano?!" – refletiu com tristeza. "Ou é ciúme besta ou vontade de me contrariar."

Começara a sentir a falta das conversas. O maestro estava certo. A morte de Mãe Totonha provocara rupturas irreversíveis. Era a vida.

O relógio de pulso dava-lhe vinte minutos até a Sala Dino Bueno, no terceiro piso da faculdade. Teria de apressar os passos.

Detestava atrasos – hábito de Alzirinha, sempre esbaforida, dirigindo em alta velocidade, o sorriso simpático tentando uma desculpa plausível.

Sempre achara a filha de Iansã parecida com Teresa de Ávida. Como tinha se enganado!

Vestindo o *blazer*, dentro do elevador, sentiu o peso das ofensas na noite do velório. Jamais perdoaria.

Também se aborrecera com Anselmo por causa dela.

Recorda-se das palavras durante um momento de desabafo, no Mosteiro:

– Algumas pessoas têm que arrumar um bode expiatório para a morte. Sua irmã de comunidade não sabia o que estava falando, Sula, compreenda. Você é uma mulher espiritual. Alzira precisa do seu apoio. Está arrependida. Não entende o que se passou, creia-me.

Era muito fácil falar.

A neta de Mãe Totonha chegara ao velório trocando as pernas de tão bêbeda, querendo dar uns empurrões nela. Não parecera a mesma – o olhar de louca, desgrenhada, invejosa, acusando-a na frente de amigos e inimigos com o dedo em riste, sem respeitar sua dor.

– Você matou minha *voinha*, sua branca babaca, patricinha.

Apontara o dedo para ela, aos berros:

– Tinha nada que dar comprimido de dormir para minha velha. Tinha nada que deixar a janela aberta. Tinha nada que deixar ela ir para o banheiro sem ajuda. Sua preguiça de se levantar matou minha avó!

Parecera prestes a agredi-la.

– Vou lhe cobrar pelo resto da vida, nem que seja nos quintos dos infernos.Você vai dormir e acordar com minha voz dentro de sua cabeça. Pena que não tenho provas, mas morro te acusando!

Gritara desvairada, a voz rouca pelas emoções e pelo cansaço.

Sulamita não acreditara nos próprios ouvidos. Rir-se-ia se lhe predissessem aquilo tudo. Alzira sempre fora amiga do peito.

Prosseguira, desvairada, embolando as palavras, expondo assuntos íntimos que partilhara com ela, em confiança.

– As monjas tiveram mais inteligência do que *voinha*, inteligente mas ignorante, toda coração, impressionada pela filha-de-santo sofisticada, como se a neta dela não fosse doutora, também!

Parecera uma arruaceira invejosa, diferente da moça educada em excelentes colégios.

– Sua vida é feita de hipocrisias, Obá Delê, Madame do padre... cuidado para não virar mula sem cabeça!

– Tão amiga de Anselmo! Como pudera?! Pensa que não saquei sempre? Só cego não vê os olhares de frete. Cego e minha avó, que não queria ver. Não tenho nada contra. Digo isto para lhe mostrar que não sou trouxa. Sempre estive esperta pro seu lado.

Alzira batera palmas para atrair ainda mais a atenção; rira e chorara, enrolando palavras.

– Onde estava minha *mana dinda* ao lhe nomear *maiê?* Eu que sou neta, sou sangue dela – dissera esfregando o indicador direito no antebraço esquerdo –, não sou *maiê.* Sou ajimuda. Sirvo para ajoelhar no padê. Você, não! Você sempre esteve por perto, catando tudo. *Voinha* ensinou muito mais pra você do que pra mim, parente de sangue! Muito mais que para mim, a neta dela do mesmo santo, que sou o futuro disto aqui. Tenho raiva de patricinhas com cheiro de merda.

Gargalhara, alucinada.

– A sucessão neste terreiro é familiar, minha senhora – novamente esfregando o indicador direito no antebraço esquerdo e vice-versa – é sangue nobre de africano. Sangue quente. Não é sangue de lagartixa. É sangue de gente bonita na praia, gente que pode botar as pernas de fora sem precisar de bloqueador 40.

Não eram dela as palavras e expressões mal conjugadas.

Os olhares estiveram voltados para Sulamita, impassível. Algumas pessoas abafaram os risos nervosos. Outras, fingiram que não prestavam atenção. Ninguém tomara qualquer iniciativa. A morta acompanhara indiferente os acontecimentos, coisa improvável durante sua vida. Calaria a neta nem que fosse com um soco na boca. Quem se atreveria a falar assim em sua frente?! Até Licinha provara sua cólera. Mira, no velório, nada fizera para melhorar as coisas; como sempre, preferira omitir-se.

Alzira continuara muito tempo em cena – acusadora ou encolhida como uma criança de colo; os humores intercalados.

Balbuciara.

– Por que você não impediu minha avó de se jogar, Sulamita? Teria dado tempo... Por quê?; p o o r quê...? por quê...? por que você não segurou minha vovó, minha irmãzinha!?

Desrespeitara seus sentimentos, sua dor, amiga de tantos anos, exausta demais para responder.

Banhara e vestira Mãe Totonha, preparando-a para o ato religioso antes do sepultamento.

Reunira o material para o preceito necessário, dirigindo, com todo cuidado, até a estação – para não causar um acidente, de tão cansada – onde apanhara Doné Vitú Sobocy – D. Paulina – a sacerdotisa de Santo Amaro, apontada há anos "a responsável pelas obrigações fúnebres de Mãe Totonha – caso faltasse primeiro" – e vice-versa.

Drogada pela falta de descanso, sem comer – o cheiro de alimentos provocara-lhe náuseas –, não tivera forças para contra-argumentar. Doné Vitú – uma octogenária de olhar penetrante e divertido, magra e pequena – assistira impassível ao *show*. Era voduncy e voduncy controla os sentimentos. Por dentro, estava muito constrangida e indignada pela falta de compostura da neta de Totonha, que fora tão zelosa em questões de hierarquia... Se não fosse a amizade de uma vida, teria voltado para o recôncavo largando tudo para lá. "O povo de agora nem parece que tomou o ensinamento, que nós, do jeje, chamamos de *rumbê!*"

Anselmo chegara no finalzinho da pantomima. Abraçando-se com Alzira, guiando-a, com todo o jeito e carinho para fora do barracão: uma menina frágil e despreparada, aos soluços em seu peito acolhedor.

Entregara-a aos cuidados de uma moça de quem fora mestra durante a iniciação – uma *filha-pequena* – para que fosse banhada, vestida e alimentada.

Na noite trágica, o fogo da brasa do charuto, na colcha de Mãe Totonha, apagara-se por milagre. Chegara a ser esquecido por Sulamita. Saíra ao encontro da ialorixá ainda consciente, gemendo baixinho, imersa em uma poça de sangue, com o fêmur direito para fora. Os sofrimentos permaneceram até o fim, quarenta e oito horas depois.

Naquela sexta-feira paulistana gelada, a filha de Obá se recordara, com um arrepio macabro, dos acontecimentos do dia do enterro. Ainda sentia a dor no rosto, o que, talvez, fosse psicológico. Daria tudo para se esquecer, mas as coisas não são do jeito que a gente pensa.

A distância considerável entre o terreiro e o cemitério popular de Salvador tivera de ser percorrida a pé, segundo uma tradição da comunidade. O sepultamento tinha sido marcado para as 9 horas da manhã. Às 7, o caixão deixara o templo nas mãos de dignitários do mundo dos terreiros. Recorda-se da cantiga que os jejes cantam antes de sair:

– *Carrundelê, carrundelê, cajara, cajara, carrundelê.*

Muitas pessoas vestidas de branco marcharam para as Quintas dos Lázaros. Outras, aguardaram do lado de fora do cemitério. Entoaram-se vários cânticos religiosos de origem jeje e também iorubá. Transeuntes contemplaram o cortejo com respeito. Pessoas fizeram o sinal da cruz – por reverência e medo do fantasma da morte.

A manhã estivera quentíssima, roncando trovoada. Caminhara em silêncio, mal sentindo o chão sob os pés. Acha que andara de mãos dadas com Anselmo, bastante emocionado. Encomendara o corpo nos ritos católicos, obedecendo a um desejo de Mãe Totonha.

Assim que o esquife passara pelo portão da necrópole, uma dúzia de motoqueiros, surgidos do nada, invadiram as Quintas.

Partiram para cima dos adeptos do candomblé munidos de pedras, com o intuito de interromper a cerimônia.

Uma senhora de idade, de um outro terreiro, fora atingida no ombro direito. Pessoas fugiram apavoradas, aos gritos de socorro.

Recorda-se de que o caixão de Mãe Totonha – abandonado às pressas – a mais ou menos trinta metros da entrada –, quase virara: os sacerdotes afugentados por uma chuva de pedras.

Membros da Igreja Pentecostal Fogo da Betânia (muitos dentre os antigos filhos e filhas da defunta) empunhavam Bíblias como armas.

A polícia não dera as caras. Sulamita avistara a primogênita da falecida atrás de uma lápide, de preto da cabeça aos pés – o que contraria o luto iorubá e pode ser tomado como desfeita.

Erguendo as Escrituras, proferira um discurso aos moldes dos púlpitos pentecostais. Gravara as palavras, na voz esganiçada:

– Antonia Pulquéria da Anunciação foi uma discípula do Princípe deste mundo, que vive a rugir tal qual um leão à espreita da presa.

Vira antigas filhas-de-santo apoiando o discurso. De todas, a mais enfática tinha sido Irene de Oiá, a mulher do pastor, apelidada por Mãe Totonha de *alarinã* – a transmissora das novidades...

Licinha berrava:

– Sua alma imortal vai arder por toda a eternidade. O destino dos suicidas...

A voz cada vez mais embargada e alta:

– Que o sofrimento de uma filha exemplar sirva de modelo para os pagãos, Senhor!

Chorara, com o indicador direito em riste: – Meu Deus, eu, a mais velha, vossa discípula, trago meu coração convertido aos pedaços. Falara com a voz gritada e trêmula – o volume cada vez mais alto:

– Oh, Príncipe da Paz, como me sinto arrependida de um passado de pecados da época de cegueira.

Batera nos peitos, aos gritos:

– Por isso mesmo impedirei com todas as minhas forças este funeral de adoradores do bezerro de ouro. Era uma pecadora, mas era minha mãe!

Os olhos belicosos das mulheres se encontraram no instante em que a pedra destinada à filha de Obá atingira o alvo. Anselmo a havia conduzido para fora, desfalecida. Perdera muito sangue.

Disseram-lhe que começara a chover forte.

Relâmpagos estouraram por toda a parte. Um raio transformara uma árvore em fogueira de São João. O vento nas folhas dos salgueiros produzia sons de fantasmas.

Soubera que, de repente, as filhas de Oiá tinham sido montadas por sua mãe: o vento-transporte do *Aiê*, a terra, para o *Orun*, o céu – ponto de eterno recomeço. Mesmo as convertidas ao Senhor, a começar por Irene. Bíblias e bolsas voaram sobre sepulturas, caindo com estardalhaço.

Parecera o Armagedon. Uma Bíblia atingira o pastor na cabeça. Outra rodopiara na direção de Licinha, atrás de uma árvore. O susto salvara sua vida. Se tivesse permanecido atrás do salgueiro teria sido fulminada por um raio.

Oiá, montando suas sacerdotisas, tomara o esquife de sua filha *Oiá* Bumin, entregando-o aos cuidados de Obaluaê. Nos seios perfumados de dama-da-noite, recolhera o espírito sofrido. Os gritos de guerra confundiram-se com o ribombar dos trovões, afugentando os fundamentalistas com medo das mulheres-demônios.

Sulamita ganhou a rua. Ao sair do prédio aspirou o ar gelado feito suas lembranças.

Ainda bem que mudara de roupa.

Colocando os óculos escuros, apressou os passos para não perder a aula.

**3. Mosteiro, Paraná, manhã de 15 de outubro de 1999, sexta-feira**

Anselmo aplicara bastante ungüento na asa do pássaro ferido.

"Deve ter sido atacado por uma outra ave de rapina de olho na caça" – pensou, recordando-se de que o falcão peregrino é excelente caçador mas medíocre na própria defesa.

"Pobrezinho, voou para longe do frio de meados de outono norte-americano e veio parar aqui, neste tempo louco do Paraná."

A ave de mais ou menos quarenta e cinco centímetros, azul-acinzentada com listras escuras e coroa preta na cabeça imponente, parecia um animal de pedra. O olhar vazio confirmava o medo do cativeiro – medida necessária para que não voasse em direção à morte. Inclinando-se sobre a gaiola enorme do papagaio fugitivo, com espaço para uma harpia ou águia, consolava o prisioneiro.

– Em breve estarás voando em busca do sol, criatura livre!

Iniciou o *notebook* sem conseguir concentrar-se no artigo inacabado na tela – deveria ter sido remetido para uma revista alemã de teologia há uma semana. O excesso de trabalho impedira-o de cumprir a agenda.

Leu, mais uma vez, forçando a vista. A tela estava um pouco escura:

> "Conforme já registramos anteriormente, existe um monoteísmo trinitário na religião dos orixás: Olorun, o Senhor dos céus, Olodumaré, o Senhor da criação e Olofin, o Senhor do Infinito, compõem esta Trindade Incriada, criadores de tudo o que existe. Próximos da Trindade estão os orixás Obatalá, Odudua, Orumilá, Nanã e Iemanjá, os ascendentes dos orixás Exu, Ogum, Omolu, Oxóssi, Ossain,

Oxumarê, Logunedé, Xangô, Iroco, Oiá, Obá, Euá e Oxum (as divindades cultuadas na diáspora brasileira)."

Bocejou abrindo os braços.

Eram oito e trinta e acabara de retornar do ofício das *Laudes*, o momento em que se canta o *Benedictus*, extraído do Evangelho de Lucas, dando-se graças ao Senhor Deus de Israel pela fidelidade ao povo eleito.

Gostava deste Cântico de Zacarias – o pai idoso de João Batista, esposo de Isabel – a anciã que, por intervenção divina, concebera em idade avançada.

"São surpreendentes os desígnios do Altíssimo" – refletiu contemplando a ave na gaiola. Desde as vésperas, a Liturgia festejava a memória da Doutora da Igreja que reformara a Ordem de Nossa Senhora do Monte Carmelo.

Era sua festa – o dia da padroeira na vida monástica. Talvez por isto sentisse tanta preguiça – confessou rindo-se ao se recordar da famosa frase da santa de Ávila, reveladora de toda uma coerência espiritual: *Perdizes, perdizes, jejum, jejum.*

– Bem coisa de Teresona, verdadeira e apaixonada – disse em voz alta, espreguiçando-se com um bocejo ruidoso.

A gente, na festa, deve fazer festa... quando tiver de fazer jejum, deverá jejuar para valer: oito ou oitenta.

Lembrou-se dos jantares de Sulamita.

Participara, com freqüência, escolhendo outubro para ir a Salvador, sempre que possível. Na impossibilidade, comunicavam-se por telefone... papos de mais de uma hora. Uma vez, um monge exasperado entrou em seu quarto e desligou o aparelho sem a menor cerimônia.

"Sulamita ficou furiosa ao perceber que tinha falado para as paredes por mais de cinco minutos" – recordou-se com saudade.

Sentia falta do movimento de Salvador.

O aroma de dendê e angélica; sua gente colorida; os trajes alegres; a identidade própria; o mundo dos terreiros das diversas nações de matrizes africanas: ketu, jeje, angola, congo...

"Conheci o Pai Eduardo Mangabeira, de Logunedé, um dos derradeiros líderes da nação ijexá..." – recordou-se.

A primeira vez em que participara de uma festa de candomblé fora na companhia de D. Thimóteo Amoroso, o falecido Abade do Mosteiro da Bahia, muito querido no Alaketu, conduzido há décadas pela imponência competente de Iá Olga de Iansã.

Há anos sentira-se fisgado pela questão ecumênica – "um osso duro de roer" para a maioria dos membros do alto clero.

Autor de muitos livros, era um teólogo, biblista e conferencista com a agenda repleta de viagens pelo mundo.

A comunidade o apoiara em sua vocação missionária excepcional na vida beneditina – cujo principal carisma é a oração e o trabalho, sintetizado pela frase *ora et labora* da regra de São Bento. Fora Prior duas vezes, dedicando-se, no presente, aos seus muitos escritos e acompanhamentos espirituais.

Aproximara-se do candomblé por solidariedade, em repúdio aos ataques nefastos do Púlpito Católico, um dos fortes responsáveis pela Guerra Santa contra adeptos das religiões de matrizes africanas; alguns tombados pela fé, mártires da perseguição policial.

Ao testemunhar, naquelas vésperas, a noviça rodopiando na Abadia, sentira-se uma formiguinha diante dos caminhos divinos. Ao longo do conhecimento e convivência com a líder do Ilê Saketê Avessan, vira-se compelido a aprofundar mais a relação mística com o Deus de Jesus Cristo. Amor revelado a todos os povos de maneira particular. Acreditava que para iorubás vestira-se de orixá – dando graças ao Todo-Poderoso por esta convivência fraterna, que o fazia sentir-se mais orante e seguidor dos ensinamentos evangélicos, abraçados com fervor. Sempre ansiara por algo mais, além dos limites humanos: a fonte escondida no espaço íntimo comum a todas as tradições e ao mesmo tempo próprio de cada uma. Conforme escrevera, em um artigo: "o que possibilita a construção de uma síntese amorosa livre de amarras, aproximando cada vez mais a humanidade do Amor de Deus." Repetia este pensamento aos discípulos e discípulas – exortando-os a se despirem dos preconceitos herdados pelos pais e avós.

Reconhecia na religião dos orixás uma experiência profunda de oração contemplativa, de comunhão comunitária, de festa e de partilha.

Encantava-se com a beleza e com a dignidade das roupas litúrgicas, preparadas com esmero e carinho; impressionava-se com a auto-estima e realeza das velhas guardiães de uma tradição inicialmente transmitida de pai para filho, cada vez mais presente na identidade brasileira.

Considerava as comunidades das religiões afro-brasileiras (historicamente as responsáveis por toda uma resistência cultural) "sementes de paz em um mundo conturbado; comunidades de vanguarda na coexistência amorosa das diversas etnias, sem maiores preconceitos ou discriminações".

Apreciava a riqueza de símbolos eloqüentes, ao lado de uma economia de palavras; a "beleza da liturgia, expressa pelos sons dos tambores nas diferentes tradições: *ilús, batás, engomas, runs, rumpis, lês, tambores de crioula, ayans...*"

Vibrava com a alegria e a generosidade presentes no mundo dos terreiros – em geral localizados nos bairros de baixa renda, repletos de desempregados e subempregados, "*a latere* das estatísticas presunçosas"...

Releu outro trecho do artigo aberto na tela:

"As comunidades distribuem comida em abundância para todos: ricos e pobres – atraindo uma fileira de meninos famintos e também de adultos que, não fosse a comunhão com os orixás, nada teriam para os estômagos castigados pelas injustiças sociais. A hierarquia comunitária é fundamentada na senioridade. O sacerdote com mais tempo de iniciação 'passa na frente do mais novo'. Diplomas, *status,* condição financeira etc. são deixados além das porteiras..."

Respeitava aquela religião sem proselitismo; a intimidade com o orixá; a acolhida sincera do próximo. Ressaltara inúmeras vezes nas aulas do Noviciado:

– "O diferente é acolhido na comunidade e passa a fazer parte da família de orixá – que, na maioria das vezes, tem mais influência na vida do iniciado do que a família consangüínea... a morte de um omorixá impõe a realização de uma série de obrigações de passagens dispendiosas e cansativas, com uma semana de duração e sacrifícios. Vi a solidariedade comunitária em algumas ocasiões nas quais a família era desprovida de recursos para patrocinar as obrigações: os membros da Casa contribuíram com doações em dinheiro, gêneros alimentícios e outras coisas necessárias para o desempenho dos axexês" – testemunhara várias vezes.

– "Trata-se de um universo complexo e convidativo... As muitas vaidades e disputas são contornadas pela liberdade de o indivíduo ser o que é, com muita alegria."

Espreguiçou-se, mais uma vez, recordando-se dos ataques furibundos de altos membros do clero, incomodados por suas idéias "quase heréticas" em defesa de religiões espúrias...

O cardeal alemão não escondera o antagonismo a última vez em que o chamara em Roma.

"As coisas tinham sido bem difíceis no Vaticano, a última vez. Seriam piores se eu fosse um padre secular" – dissera aos amigos próximos, rindo-se a valer.

"Ainda bem que as ordens religiosas detestam interferência de fora... Roupa suja se lava em casa."

Sorriu espreguiçando-se a ponto de lágrimas saltarem dos olhos divertidos.

Se Mãe Totonha visse tantos bocejos, mandaria bater-lhe umas folhas – para espantar a irradiação.

Sentia a falta daquela velha cheia de amor pela vida. Amara-a como filho. Surpreendera-o com argumentos de teóloga inata, íntima do Sagrado.

Aprendera muito com a Mãe-de-Santo da avezinha rebelde.

Pensou em Sulamita com muita nostalgia.

Temia que não estivesse feliz no exílio de seu destino.

Qualquer um se impressionaria com a história daquela moça destinada a testemunhar o amor de Deus acima de dogmatismos. Recorda-se de que os primeiros tempos na casa de sua avó não foram fáceis. Sulamita abandonara o diálogo com Deus, dando para beber – hábito adquirido em Roma, depois de deixar a Abadia.

Ouvira-a proclamar muitas vezes que se tornara agnóstica ou pagã.

Evitara sua presença amiga – "o que acontece quando está em crise... com medo de ser mergulhada em si mesma" – refletiu com um suspiro longo.

As conversas com D. Lídia, durante longos meses e a ida ao terreiro, fizeram com que voltasse a procurá-lo.

Precisava trocar idéias, algo impossível dentro da família complicada. Os pais cada vez mais antagônicos, entre eles, não tinham tempo para os outros. Seria chamada de maluca pela avó. Ganhava pouco – na condição de estagiária de um escritório de advocacia na Avenida Paulista. Juntaria o dinheiro para custear as obrigações.

Lembra-se, com ternura, de que consentira em viajar com ela para Salvador durante a iniciação – com o apoio da comunidade monástica – hospedando-se no Mosteiro do Abade amigo dos candomblés. Visitara Mãe Totonha sempre que possível, participando das cerimônias públicas no terreiro.

Sorrindo com ternura, rememorou um fato pitoresco sobre os usos e costumes da comunidade.

Cumprindo aconselhamentos da ialorixá, levara flores no dia do *orucó* de Sulamita – a cerimônia festiva na qual o neófito proclama publicamente o nome pelo qual será conhecido. Alzirinha tomara o buquê de suas mãos.

– Se as aiabás pegam você com estas flores, vai ter que pagar uma multa, Padre Anselmo. Você é de Ogum: orixá Okunrin, quer dizer, de *santo homem*. Só aiabá – *santa mulher* – pode carregar um ramalhete. Se lhe pegam, vão se deitar em seus pés... Só vão levantar depois da cobrança da multa. Também sou aiabá – filha de Iansã – mas gosto do senhor – que é inocente – e não vou lhe deixar neste *esparro* – dissera, beijando-lhe a testa.

Deliciava-se com os códigos lúdicos da comunidade.

Um deles era este:

"Gente de santo homem" – não importa o sexo – é proibida de fazer algumas coisas, tais como carregar buquês, usar adereços (brincos, pulseiras), segurar esteiras debaixo do braço (só é permitido no ombro), colocar flores nos cabelos – dentre algumas outras coisas. As filhas-de-santo aiabás usam os torsos com muito mais esmero: as pontas para fora, em formato de borboleta, o que é defeso para os demais.

Presenciara algumas multas, tendo sido vítima de uma delas, imposta pela amiga. Os irmãos, do Mosteiro, riram-se a valer, quando ele lhes contara o episódio, durante um recreio dominical. O caso se transformara em uma brincadeira comunitária.

Ele e Sulamita estavam milagrosamente sozinhos na cozinha do candomblé (lugar superlotado) em um dia de festa.

De brincadeira, com ares de provocação, colocara uma flor na cabeça:

– Ainda bem que ninguém está vendo...

Sem hesitar, Sulamita atirara-se aos seus pés, gritando pelas irmãs aiabás. Todas atenderam à convocação. Até Mãe Totonha.

Os filhos e filhas de orixá okunrin, um a um, puseram moedas e notas de pequeno valor, no chão, para as santas mulheres. – Nestas horas, todos os *homens* pagam – confidenciaram-lhe.

Só fora liberado ao prometer dar uma feijoada para as aiabás, no mês seguinte. Os demais filhos e filhas de orixá okunrin trariam a cerveja.

Recorda-se dos próprios sentimentos ao participar da cerimônia do *orucó*.... Sulamita vestida com uma saia vermelha e amarela rodada. Segurava uma espada, um escudo e *ofá* (arco e flecha). Na cabeça uma coroa (adê) nas mesmas cores.

Mãe Totonha convocara uma sacerdotisa de outra comunidade para *tomar o nome*, entregando-lhe o adjá.

A convidada dera três voltas de braços dados com o orixá, perguntando-lhe, baixinho, em ambos os ouvidos (um de cada vez) "que nome trouxera?" – obtendo, em voz baixa, a resposta.

Na terceira volta, a sacerdotisa dissera, alto, ao orixá, de uma forma lúdica:

– Olhe bem, minha mãe, agora a senhora vai dizê bem alto seu nome prá Bahia toda escutchá... do Bonfim até Itapuã, passando pela Sete Portas e Águas de Menino...

Ficando séria, perguntara o nome em língua iorubá:

– Ki lorucó ré, iaô?

Obá dera um pulo bem alto, proclamando:

– Obá Delê! – cuja tradução é *Obá chega em casa.*

Alguns sacerdotes foram possuídos. Os atabaques dobraram em ritmo de boas-vindas. Aprendera a cantiga:

"Ainan, inan que mi pa odi, Obá Delê o ku ê ô."

Reconhecia o trabalho do Espírito de Deus no caminho religioso trilhado por Sulamita.

A construção de uma síntese de milênios – aos olhos humanos impossível; uma semente de esperança em um mundo muito necessitado de paz.

A leitura diária dos jornais o assustava.

A fome, a má distribuição de rendas, o ódio, as religiões como fonte de divisão e de implantação de discórdia (as prováveis agentes de uma próxima guerra); o consumo cada vez maior de drogas, a falta de ética dos meios televisivos, a pedofilia começando a cair sobre o Vaticano; a crise na Igreja, o retrocesso; o descrédito das famílias, o aumento de fanáticos religiosos fundamentalistas, a falta de respeito ao corpo humano – e tantos outros atentados à vida.

Sua ave solitária teria de abandonar-se nas mãos do Mistério. Aceitar a missão de instrumento do sagrado, de guerreira da paz. Caso contrário, tornar-se-ia cada vez mais amarga, presa da própria falta de humildade e teimosia.

"Vai aprender a aceitar a vontade do Inimaginável. Apenas uma questão de tempo e paciência" – refletiu pensando na poesia "A eficácia da paciência", de Santa Teresa.

Sentiu-se observado.

Olhando para trás, deparou-se com os olhos do falcão peregrino. Pareciam estudá-lo, curiosos. Fechou o *notebook*. Tiraria uma pestana até o ofício de meio-dia.

Nem chegara a se deitar. O sino comunitário dobrou três vezes seguidas: o seu chamado.

Suspirando, comunicou-se com a portaria pelo interfone de sua cela.

Irmão Plácido, um homenzinho simpático e super ativo, o mais informado da comunidade monástica, atendeu no primeiro toque, bastante ansioso:

– Irmão Anselmo, uma veterinária chamada Alzira está aqui, na portaria. Veio vê-lo. Alugou um carro. Instalou-se em uma pousada, não muito longe... Parece exausta e angustiada. Com cara de quem chorou. Está quase na hora do ofício e é sua festa... Acho que não marcou a visita... Se o irmão quiser, peço-lhe para voltar... o irmão precisa...

Anselmo interrompeu o *alarinã* com impaciência:

– É uma velha amiga da Bahia. Leve-a ao parlatório. Já estou indo.

A preguiça passara.

Calçou os sapatos em direção à pequena sala de visitas. As mãos estavam trêmulas de expectativa.

– *Allea jacta est* – murmurou – tendo a impressão de que o pássaro acompanhara seus movimentos.

### 4. São Paulo, manhãzinha de 15 de outubro de 1999, sexta-feira

Carlo Stefano Nardelli levantara-se mal-humorado, sem conseguir tirar Victoria Regina da cabeça.

Compará-la com a namorada seria um ato de estupidez; ainda mais sob o efeito do encontro de bosta, de ontem. Pensara em Vicky ao fazer amor com Sulamita. "Se estivesse sozinha naquele jantar, no Soho, sem o pintorzinho, as coisas seriam outras" – admitiu, arrumando o nó da gravata no espelho da sala-de-estar cheia de partituras e currículos espalhados pelo chão.

Talvez fosse um defeito, mas era homem de ir até as últimas conseqüências.

Ficara impressionado com a conterrânea.

"Uma fêmea, daquelas, faz um macho cantar melhor do que Caruso ou Luciano."

Começara a compreender a excentricidade da mulher às voltas com animismo e conventos. Uma beldade de mãe deve mexer com os complexos das filhas.

Eram seis e meia da manhã e tinha um ensaio mais para psicólogos do que para um maestro reconhecido nos palcos da vida – refletiu olhando-se no espelho; a orquestra de Viena era repleta de celebridades internacionais.

"Os *maledetti* chegam depois, aguardando os aplausos... O pior é o violinista francês herói de guerra: escritor *best seller,* regente, do tipo de esnobar maestro. Mais difícil do que os tenores patrícios."

Seria um dia longo.

Deveria estar no Municipal às oito, vale dizer, dali a cinco minutos. Falou em voz alta – as mãos juntas em prece:

– Mereço uma estátua maior do que a de Verdi que tem no *Scalla*... na pior das hipóteses, um quadro de busto! Só um jurado de morte para viver em uma cidade cheia de contradições. Terceiro mundo com maquiagem de primeiro... O trânsito paulistano, cada dia pior. Cumprir agendas tornou-se uma aventura. Nunca se sabe o tempo até o destino. Com o trânsito livre, chego em dez minutos... mas como saber?

Teria um almoço às 12:30 com um produtor nova-iorquino. Mera confraternização. O americano deveria estar no Rio no fim da tarde.

Resolveu trocar a gravata por outra mais alegre. As comidas eram boas naquele restaurante italiano: *pasta* excelente, caça de primeira, peixe delicioso, sobremesas fantásticas e uma adega de fazer inveja.

Não suportava a relação gastronômica dos nativos com a cozinha de seu amado país.

Tinha náuseas ao ver a quantidade de massa consumida sem o mínimo critério. Para os brasileiros, comida italiana é pizza e espaguete... *vero peccato*. Naquele restaurante seria diferente. O frio convidava um pouco de *capeletti in brodo,* para começar – coração de alcachofra com beringela grelhada, pernil de cabrito com brócolis... sorvete de nozes e trufas de chocolate com calda de caramelo quente, uns dois cálices de *nocello*, charuto cubano e *capuccino*.

Teria de dirigir até Campos do Jordão. Talvez entregasse o BMW à namorada. O melhor era alugar uma *limo,* como dizem os americanos, com motorista... destas com privacidade. Fariam amor e beberiam *prosecco* – sentia um início de arroubamento.

Pagava as penas nesta província.

Deixara a Itália por *paura*. Quem mandara casar-se com Santina Maglio, a filha do Vincenzo de Palermo?

Fora pego em flagrante com a soprano da Finlândia, nos camarins, em Milão. A mulher, de coração siciliano partido, queixara-se ao *babbo*... Não gostava do Brasil, terra de superstições, desprovida de elite. Nunca vira tanta ignorância e arrogância!

O país do Villa-Lobos, do Carlos Gomes, do Francisco Mignoni, do Almeida Prado, Chiquinha Gonzaga, e de tantos outros bravos, desprezava os filhos talentosos. Se alguém quisesse se especializar na música de Villa-Lobos, teria de procurar ajuda fora.

Indignava-se ao ver um potentado brasileiro pedir *scotch* com misturas repugnantes.

– Whisky já é um horror. Imagine com água de coco, ou guaraná – disse na forte voz barítono, à procura da boina. Estava um frio danado.

"E o desconhecimento acerca de vinhos?!" Tirara a prova ao voltar da Europa, recentemente; na primeira classe de uma aeronave brasileira.

A piada já começara pela carta de bebidas.

Todas são para inglês ver (pouquíssimos no vôo vindo de Londres).

Além do *D. Perignon,* a companhia embarcara apenas duas qualidades de vinho branco (um Reno e um Frascatti) e outras tantas de tinto (um *Bordeaux* e um *Bardolino*).

"Sem qualquer protecionismo bairrista, aquele tinto francês era um vinho menor, para um europeu conhecedor. O italiano, safra de 1986, um belo vinho e nem gostar de *Bardolino* gostava..."

Suspirando, sentiu saudades de um bom *Marzemino*, do vêneto, tipo exaltado em voz baixo barítono, na ópera *D. Giovanni*, de Mozart. Os passageiros – 95% do Brasil – optaram pelos alemães e o francês de quinta, deixando o conterrâneo para ele e um advogado parisiense, próximo. O bom gosto os aproximara. Acabaram ficando amigos.

"Vero scherzo" – pensou com desprezo.

Por falar nisso, a namorada meio daquela região, por parte de mãe, já estava ficando pra lá de chata, apesar de ter sido uma coisa boa, no desterro.

Nos jantares semanais, costumava levar umas duas garrafas de diferentes tipos de vinho, queijos e alguns CD de música erudita. A moça era uma mulher elegante, sentira-se apaixonado; agora a relação já estava ficando pesada, coisas da vida. Só um santo para agüentar a oscilação dos humores.

"Sulamita deveria de ter saído à mãe – o que parece que não aconteceu" – pensou com uma leve irritação.

Não tirava Vicky Verzeri do pensamento.

"Chi femmina, Dio Santo!"

Jantara com ela, em Londres, no Soho, há onze dias, na noite em que se conheceram.

A extravagante ex-embaixatriz fora acompanhada por um indiano escuro, com idade de neto.

Linda, o corpo escultural, usara um terno de linho verde musgo e blusa creme. Os sapatos clássicos eram italianos, com certeza – conhecia o produto. Seus cabelos ruivos abundantes, cortados com elegância, enfeitavam o rosto quase sem rugas. As pequenas orelhas – uma obra-prima – tinham sido valorizadas por brincos de ouro.

Fechando os olhos, ainda consegue sentir o perfume da bella: *cabochard;* aparentava pouco mais de cinqüenta.

Fizera um esforço enorme para não ficar de boca aberta – a admiração estampada nos olhos experientes, o que havia encantado Victoria Regina.

"Deve ter sido uma beldade rara" – pensara quase em voz alta, ao inclinar-se para beijar-lhe a mão, fazendo uma mesura. A *bella* falava um italiano perfeito, sem o mínimo sotaque vêneto – algo de causar surpresa. O francês usado com o *maître,* delicioso, e o inglês – o idioma predominante (o pintor cretino não falava outra coisa) parecia o de sua Majestade.

Inteligente, charmosa, espirituosa e ferina, dirigira a conversa sobre diferentes temas: música, artes plásticas, balé e Sulamita.

Ficara satisfeita ao saber do namoro – os dentes perfeitos exibidos em um toque de sedução.

Sabia de cor o encontro quase perfeito – não fosse a presença do indiano. As palavras de Vicky acariciavam seus ouvidos:

– Minha filha sempre foi bem comportada e teimosa – esta última parte puxou de mim. Trancava-se no quarto até conseguir o que queria. Não deu trabalho. Gostava de estudar – eu detestava. Puxou Papito, o primeiro aluno da classe. Acho que era um pouco solitária. Vivia trancada nos muitos quartos das casas diferentes – o que acontece com os filhos dos diplomatas de carreira. Por um lado é bom, o mundo fica pequeno, aprendem-se vários idiomas, costumes... Mas a criança fica solta, sem identidade. Quando possível, viajávamos para casa. Sulamita passou muitas férias em Forchetta, quando meus pais eram vivos. Acho que era a neta querida da *mamma* – muito parecida com ela... muito mais do que eu, a própria cria.

Aproveitara o ensejo para saber detalhes sobre a vida da namorada. Pigarreara fingindo constrangimento:

– Como é que foi, mesmo, esta história de convento e candomblé, Vicky? – os vários tons de azul dos olhos brilhando interessados.

Sorrindo, antes que ela respondesse, olhara diretamente para a bela *signora*:

– Desculpe-me. Um homem em minha idade tem uma certa percepção... você parece que não é uma pessoa religiosa; pelo menos não me transmite esta idéia, ou estarei enganado?

A mulher dera-lhe uma palmadinha no queixo, com muito encanto (ainda sente o calor) dizendo-lhe, em português com sotaque gaúcho, que era bobagem falar em idade quando se é tão afortunado – *bah!* –, o que perturbara o jovem artista.

Ficara deliciado ao perceber o ciúme de alguém que poderia ser seu filho mais jovem. "Com um estalar dos dedos é capaz de colocar de quatro mancebos e cavalheiros de mais de cinqüenta." Lutava para não compará-la com Sulamita – certinha e previsível.

Bebendo um gole de seu copo, Victoria Regina respondera-lhe, com um leve sorriso irônico:

– Acho que não sou religiosa mesmo. Nunca fui. Gostaria de ser uma pessoa de fé. Mas as intempéries nos desanimam. Tenho uma irmã carmelita. Verdadeira e sincera, feliz com o tipo de vida que leva. Nos amamos. Ela me dá sermões e eu finjo ouvir. Sei que reza por mim e gosto disto. Coopero com as obras do Carmelo e me sinto útil. Mas nunca fui religiosa. Desde pequena fugi de sacristias e incensos.

Devolvendo o sorriso, atacara:

– Este interesse de Sulamita pela religião não teria sido influência, então?

A bela senhora não hesitara em responder, olhando dentro dos olhos do interlocutor:

– Não creio, caríssimo. Conheceu a tia desde que nasceu, mas sem nenhuma convivência. Visitava-a raramente. Minha mãe foi beata, depois mudou. Nem me lembro bem... era pequena... Quando dei por mim, fui estudar fora da cidade. Padre Luiggi, o pároco de Forqueta – querido amigo – chamava-a de herege, de brincadeira. A velha Elba Lucia tinha idéias próprias, avançadas. Gostava de rezar em casa, na própria intimidade. Sofreu muito quando minha irmã Giuliana pediu para ir para o Carmelo – um tipo de vida religiosa por detrás dos muros. Mesmo assim não levantou um dedo para impedir. A escolha era da filha – dizia-nos. Cada um tem o direito de ser feliz.

O vinho terminara. Fez sinal para o garçom. Em pouco tempo degustavam um outro excelente Borgonha. Entre goles e sorrisos a antiga bailarina continuara sua narrativa:

– Meu marido, também filho único, não era religioso. Minha sogra, ao que posso testemunhar, deve ter sido a líder de alguma seita satânica. Ocupava-se com a infelicidade do próximo. Quero dizer, vivia atentando contra o semelhante...

Rindo-se, colocara um cigarro em uma pequena piteira de prata – desculpando-se pelo vício de mais de quarenta anos – adquirido ao abandonar a arte da dança.

Acendera o cigarro roçando seus dedos, levemente na ponta dos dedos dela. Acendeu um charuto para si. O pintor recusara oferecimento de um outro, com maus modos, meio infantis.

Tragando a fumaça do cigarro, com prazer, Victoria Regina continuara:

– Nem sei explicar. Acho que minha filha tem alguma missão. Sempre foi diferente. Teve poucos namorados. Freqüentava igrejas e movimentos religiosos. Achava inofensivo, até que a coisa ficou séria para mim e Papito, o pai.

Dera um longo suspiro, passando a mão sobre os cabelos – um gesto erótico.

– Meu casamento não foi fácil. Um dia talvez lhe conte. Fui ingênua, o que me custou a carreira. Minha filha ficava a maior parte do tempo aos cuidados de terceiros. Pouco mais do que uma adolescente, deu para viajar para Siena, nos fins de semana, hospedando-se na Abadia – o que é comum entre estudantes, não é? Nunca fui uma mãe típica, destas superprotetoras, sabes como é...

Exalara a fumaça, momentaneamente imersa em seus pensamentos.

– Pensei que fosse ter um enfarte, quando minha guria me disse que seria freira. Minha primeira reação foi uma gargalhada nervosa de estragar a maquiagem; a segunda, um ataque de nervos. Joguei um vaso *mink*, da embaixada, na parede, perguntando por que estas coisas só acontecem comigo... tivemos de pagar!... Meu marido, normalmente calmo, teve um aumento de pressão e caiu de cama, quando lhe contei, naquela noite. Procurei fazer um acordo. Prometi-lhe uma viagem, talvez um cruzeiro... Nada adiantou. Agradeço a sabedoria da Giuliana, a carmelita. Aconselhou que Sula se afastasse do convívio das irmãs beneditinas por um ano. Deveria viajar, fazer amizades e – mais importante – arrumar um namorado. Por incrível que pareça, a teimosa seguiu os conselhos de minha irmã! Enterrou o assunto. As coisas pareciam ter marchado para o normal. Ficou um ano em Massachussets, num destes programas de *youth exchange*, hospedada na casa dos Haliwell. Mantínhamos contato com freqüência. Disse-me que estava namorando Cole, primo de Gween, a "irmã" americana – você se lembra destes programas, não é? Os jovens viviam um período na casa de uma família com filhos da mesma idade, freqüentavam a escola etc. Fiquei feliz ao saber que minha filha tinha arrumado um namorado. Confidenciou-me que dormira com ele... comemorei a vitória...

Expelira a fumaça devagar, bebericando o *Cuarenta y Tres* – seu licor predileto; o olhar momentaneamente no vazio. – Ledo engano! No meio de uma festinha da escola, Sulamita começou a sentir uma forte angústia e a certeza de ter nascido para a vida religiosa. Gostava de Cole, mas isso não era tudo. Desejava algo mais. Voltou para Roma, comunicando-nos suas intenções. Estava irredutível.

As mãos pareciam inquietas. Bebera um gole da água mineral, antes de prosseguir, um pouco ofegante:

– Desesperada, tomei um avião para o Rio, seguindo para Porto Alegre, onde fui de táxi até o Carmelo, em Caxias. Nem avisei. Quando cheguei no locutório... você sabe o que é? Uma sala de visitas parecida com aquelas onde os advogados falam com os presos... chorei aos soluços durante uns dez minutos. Minha irmã conseguiu me acalmar, dizendo que se o desejo partisse de Deus não adiantava insistir, caso contrário, daria em nada. Confidenciou-me que instantes antes de minha chegada, uma moça muito piedosa que acompanhara durante seis anos, voltara para casa, depois de uma permanência de oito meses no Carmelo. O dia-a-dia é que confirma as vocações – muitas vezes mais fruto da imaturidade.

Fechara e abrira os olhos amarelados, antes de continuar.

– Voltei para casa e depois de uma conversa com Papito, arrasado, resolvemos deixar – a guria era menor de idade. Sulamita passou por um acompanhamento de mais ou menos um ano – durante os fins de semana. Entrou no ano seguinte ficando lá três anos até o dia em que passou mal durante uma festa da Abadia. Quase morri quando minha bela filhinha rodopiou na igreja, caindo em frente de Mãe Totonha – a futura Mãe-de-Santo. Uma mulher muito digna e inteligente. Uma santa! Gostava muito dela e chorei sua morte. Toda vez que tinha dúvidas sobre minha vida ligava para Mãe Totonha, muito mais sábia do que meus muitos terapeutas.

Soltara um longo suspiro.

– Melhor estar no candomblé, onde não há carteira de santidade de araque, do que na Igreja Católica cada vez mais apegada a valores anacrônicos, tipo celibato etc. – interrompera-se, pedindo outra *sparkling water*. Antes de prosseguir, pegou o estojo de pó compacto, na bolsa, retocando o batom, atitude sensual que contrariara o pintor. Vicky dera-lhe um puxão de cabelos, carinhoso, fazendo-lhe festinhas no rosto. Sem lógica, sentira uma ponta de ciúme da *bella signora*.

– Fiquei felicíssima com a saída dela da Abadia, embora não concorde com o método de agir daquelas hipócritas – declarara com ênfase, passando a mão sobre os cabelos.

– Sulamita sofreu muito... pele e osso... Deu para beber, namorar sem critério, causando uma montanha de embaraços, em Roma. Seguindo os conselhos de Anselmo, você conhece? Cheguei a achar que tinham uma queda um pelo outro... – batera na testa, com um sorriso:

– Que bobagem, tu conheceu tua prenda, minha guria, no Mosteiro... Pois bem; aconselhada pelo Anselmo, um cara legal, deixou a Itália, o que foi a salvação dela.

Bebera um pouco de seu licor espanhol com prazer. O desprezo pela sogra emanava.

– A banda podre da história é que minha filha se hospedou na casa da avó – uma xenófoba que me detestou até o último momento de lucidez porque sou italiana e tive a ousadia de me casar com o filhinho dela. Morreu de *Alzheimer*, em uma clínica. Quando a megera descobriu que Sula estava metida com candomblé, quase teve um *stroke*. Vivia a proclamar que a guria de uma carcamana de cortiço tinha tudo para se dar bem na senzala, bah!

Os olhos cor de azeite transmitiam chispas de ódio.

– Tamanha hipocrisia me irritou tanto, que escrevi uma carta de próprio punho parabenizando-a pela neta: uma tetravó negra sem vergonha de suas origens.

Dera uma risadinha retomando a pergunta.

– Você acertou ao dizer que não sou do tipo religiosa. Mas cuidado... as aparências enganam, meu caro! Nosso amigo Anselmo tem um nome para Deus: Infinita Surpresa...

Seu inglês era bastante fluente. Talvez tivesse entendido mal. Victoria Regina confirmara os temores.

Prosseguira a história.

– Fiquei sabendo pelo irmão da *strega* – um sujeito muito legal, que Deus o tenha, chantageado por ela durante anos por ter descoberto que era *gay* – que eram netos de uma escrava, em Pernambuco, uma trisavó de Sulamita. Ninguém herdou os traços africanos. Até que Papito saiu bem ao pai, pelas fotos. Mas isso não quer dizer nada. Só os imbecis levam em conta essas bobagens. Minha sogra levava! Como era medíocre, *Dio mio!*

Ficara perplexo ao saber que a noiva, tão européia, era o que chamam de afro-descendente – a expressão da moda.

Dava para compreender o interesse por religiões africanas. Deveria estar no sangue. Graças a Deus, conhecera Sulamita depois da vasectomia.

Não apreciava a cultura dos negros. Sentia-se insultado pelos incautos que chamavam as manifestações barulhentas de música. A presença de senegaleses, pelas ruas da Itália, muito contribuíra para o aumento da sujeira – sinal da decadência do ocidente. Os brasileiros eram daquele jeito – desordenados – graças à herança africana, cada vez mais visível nos traços desencontrados.

Se dependesse dele, Sulamita jamais voltaria a se meter com aquela encrenca toda.

Bocejando, recordou-se de que a tal da Alzira lhe telefonara, no teatro. Uma lástima a incompetência dos funcionários. Passavam as ligações sem critério. Com a cordialidade de um homem civilizado, dissera-lhe que a noiva não desejava manter contato. Não contara a Sulamita por prudência.

Deixando as reminiscências, terminou de se ajeitar diante do espelho, engolindo o café fumegante com um *croissant* e um pedaço de salame.

Precisaria apressar-se.

Sentia um aperto de coração naquela manhã gelada. Tinha muita saudade de sua *bella* Itália.

"Maldito *Maglio* e todos os sicilianos cor de cuia. Por causa dele estava ali, no exílio do terceiro mundo."

Seu humor melhorou um pouco ao se recordar do fim de semana no Hotel Edelweiss, especialista em comidas suíças.

"A vida prega umas na gente" – refletiu, vestindo o sobretudo azul-marinho comprado na Marx & Spencer, horas antes do jantar no Soho.

Irritava-se ao se recordar do *escort*. "Victoria Regina deveria ter ido desacompanhada, puta merda!"

Fechando a porta, reconheceu que era um sujeito sortudo. Nunca se sabe o amanhã.

Assoviando o início de *In furore*, de Vivaldi, entrou no elevador.

### 5. Centro de São Paulo, manhã de 15 de outubro de 1999, sexta-feira

– Quase uma aventura andar por aqui – disse em voz alta, olhando para trás, o coração aos saltos.

Sulamita acabara de testemunhar a queda de um senhor de terno e gravata, aparentando mais de setenta.

O pivete – menos de dez anos – atravessara feito bala a rua do centro, metendo-se no meio de veículos e buzinas: a vida, uma conquista diária. O cavalheiro distinto, cabelos brancos, erguera-se dando graças por não ter sido roubado – a calça rasgada no joelho esquerdo. Esclarecera que era um homem de muita proteção. Só tinha dez reais. Guardara a carteira de identidade, o talão de cheques, e dois cartões de crédito no bolso interno do paletó.

– Se a trombada fosse há meia hora, teria perdido três mil e quinhentos dólares em *cash*, que estão em segurança no escritório, com o passaporte e passagens, por intuição da secretária (que merecia um aumento) – confidenciara com uma piscada de olhos.

Seguira seu destino feliz como um justo.

"Aquele idoso poderia ter morrido! Faria uma viagem muito mais longa – os dólares para pagar o funeral – cerimônia cada vez mais cara para os pobres, que nem um *axexê*, caríssimo hoje em dia. Deus nos sinaliza para que a gente aprenda. Acha que tem proteção porque o trombadinha arriscou a vida por dez contos" – refletiu, rindo-se do próprio cinismo.

Recordou-se Confúcio:

"Há pessoas que choram porque as rosas têm espinhos... Outras, gargalham de alegria porque os espinhos têm rosas."

Este pensamento sempre mexera com ela. Talvez tenha vivido chorando pelos espinhos...

A tentativa de assalto fê-la lembrar-se do poema "Soneto da separação", de Vinícius de Moraes.

"Como era mesmo?" – não sabia ao certo. Puxou pela memória:

"De repente, do riso fez-se o pranto, silencioso e branco como a bruma, das bocas unidas fez-se a espuma, das mãos espalmadas fez-se o espanto... da calma o pressentimento, do amigo próximo o distante, da vida, uma aventura errante. De repente, não mais que de repente."

Ardia suspirar tão fundo.

"Temos de viver o presente... não se conta com a vida... só que ninguém ensina sabedoria pros outros" – pensou, arrepiando-se ao se recordar da morte da ialorixá e do sonho. A primeira vez que a vira, durante o jogo de búzios, marco de sua vida, Mãe Totonha lhe dissera que teria uma tarefa importante.

"Talvez a profecia tenha sido cumprida. Foram anos e anos de convivência. E para que tudo aquilo?! A Sulamita do candomblé se espatifou com ela. Nem sei quem sou, nem o que fui; nem onde termina o sonho e começa a realidade."

Recordou-se da história sobre um sábio chinês que sonhara ser uma borboleta, vindo a questionar-se se não seria uma borboleta sonhando que era um filósofo.

Lembrou-se de sua avó Elba, ao lado da ialorixá, no sonho... Esquisito. Por quê? Talvez porque as tivesse amado muito.

"Como teria sido o ritual?" – perguntou-se, sentindo o gosto amargo no coração.

Especializara-se na liturgia dos *axexês* chamado sirrum ou azerim, pelo povo jeje, e mucondo pelos bantos.

Os participantes se vestem de branco, a cor síntese – reunião das outras, símbolo do nascimento e da morte.

As mulheres, com saias de crioula, camisú e pano-da-costa enrolado nos ombros, feito um xale. Os homens usam filá: um gorro. As roupas são de morim. Há comes e bebes. Os iniciados dançam individualmente, por tempo de feitura. A morte fica menos cadavérica: tudo alegre e descontraído.

Pouco antes de demonstrar sinais de decadência, Mãe Totonha a surpreendera dizendo-lhe que quando morresse queria que ela cantasse toda a obrigação. Na época não levou a sério. Mãe Totonha parecia imortal.

Com toda a solenidade, disse que não era brincadeira: falava sério e esperava que ela levasse a sério também. Paulina faria as obrigações mas ela, Oba Delê, cantaria o axexê.

"Vitú Bessency na liderança... já devem ter arriado a obrigação de um ano."

Riu-se, com tristeza, pensando em seu nome de feita no santo.

"Obá Delê morreu junto com Mãe Totonha, agi segundo minha consciência. Não poderia ter sido diferente. Já está consumado."

Testemunhara algumas vezes, em outras comunidades, o quanto a morte da ialorixá traz conseqüências para os filiados.

"As disputas, pelo poder, ameaçam a família-de-santo... O certo é que Licinha e o filho entregariam de bandeja o que levou gerações para ser construído."

Recordou-se da imagem da filha mais velha, no enterro sabotado.

"De preto da cabeça aos pés – egoísta até o fim. Até o fim desrespeitando os restos da própria mãe, morta por ela desde a festa de Oxum, quando foi expulsa."

Não conseguia esquecer-se das ofensas de Alzira.

"Quis me destruir. Errei sobre o caráter dela. Detesto errar. Que máscara enganadora! Proclamava-se limpa, com ódio dos falsos. A gente saía junto, uma encobria a outra; éramos unidas. Várias vezes ajudei a mentir, dizendo que tinha prova na faculdade, ou plantão, para sair com os namorados sem que a avó soubesse. Eu, justo eu, ser acusada da morte de minha mãe Totonha! Alzira nunca soube beber. Dizer que levei mais ensinamentos quando o direito era dela?! Justo ela, com muitíssimo mais tempo de orixá do que eu?! Tinha orgulho de não guardar mágoas. Dizia que não era rancorosa. Por que não me procurou para se desculpar? Era o mínimo que poderia ter feito."

Ficara aborrecida com Anselmo.

"Muita falta de tato dele. Deveria ter se mantido neutro, sem querer bancar o advogado de defesa. Eu o levei ao terreiro! Não acredito que alguém beba a ponto de perder o juízo. Isto é máscara para se ofender os outros."

Chegou até as arcadas franciscanas, conduzida pelas pernas livres da amargura. Faltavam cinco minutos para o sinal bater.

Próximo do busto do Soldado Constitucionalista, no pátio da Academia,.um jovem, no início dos vinte – com uma lata de cerveja –, declamava um poema revolucionário de Guilherme de Almeida, em louvor ao movimento de trinta e dois:

– "Creio em São Paulo, todo poderoso, criador, para mim, de um céu na terra..."

Teve saudade do *XI de Agosto*, no terceiro andar, do outro lado – o coral mais pasteleiro de todos; os coralistas, duros, comendo pastel na *Acadêmica,* depois do ensaio, estabelecimento extinto há anos, local de conversas intermináveis com D. Lídia, em 1975.

Sentiu saudade daquela baiana, provavelmente velhinha. Perdera o contato. Mira dava-lhe notícias, de vez em quando.

Preferiu subir os três lances de escada.

Apreciava os vitrais – uma grande obra, segundo a mãe.

Lembrou-se de uma trova acadêmica entoada pelo Coral no sesquicentenário da Faculdade de Direito, 1977, junto com as trovas oficiais. A então inédita era de Paulo Bonfim, o poeta de voz firme e forte, grande orador, membro da Academia Paulista de Letras. Ninguém melhor do que ele retratou, em versos, o espírito acadêmico "franciscano":

– "Quem entra na São Francisco tem mais amor à verdade, pois leva sempre no peito, a chama da liberdade!"

Achava lindo.

"Chama da liberdade! Poderia ser um dos apelidos de Iansã. Chama da liberdade – o Vento Sagrado que é livre e só faz o que quer. Mãe Totonha bebeu a garrafa inteira, diabética do jeito que era, quis e bebeu – a garrafa no chão, vazia. Não tinha copo. Bebeu do gargalo, o que é proibido. Quis, bebeu e pronto! Tomou a cápsula, que lhe dei, com guaraná! Não conseguiu segurar a urina... foi molhada para o banheiro, fora de si pelo efeito do vinho forte com o remédio. O Porto tem 18% de teor alcoólico! Seu açúcar devia estar disparado. Morreu sem que a gente soubesse o que pensou da ordem de Iansã. Mas até o fim foi a velha Totonha."

Não suportava o peso da culpa.

"Morreu por causa de meu cansaço insuportável, de minha alergia maldita, de minha irritação no telefone." O pânico se aproximava a galope. Sentia os lábios trêmulos e os olhos marejados.

"Por que não posso ter paz, como todo mundo?! Desejava cair em um poço interminável e dormir para apagar o sentimento cruel."

"Maldita égua! Era a noite de Alzirinha!' – fora fazer um favor e olha no que dera."

As acusações do velório caíam feito pequenas gotas de veneno ingeridas todos os dias. Acreditara que ela e Alzira se consolariam. "Como fora burra!"

O bedel chamou-a sem que ouvisse.

Ia entrando na classe. O velho impediu-a de prosseguir tocando-a, de leve, no ombro.

Voltou-se, sobressaltada.

Pediu que o acompanhasse.

– Doutora, há um casal esperando no Departamento de Direito Processual faz meia hora. Esperam de pé, uma pena. A gente vê cada coisa perto do século XXI... Dizem que é urgente.

Sulamita detestava aquela palavra.

O que poderia ser? Não esperava ninguém, muito menos lá. Não tinha amigos, inimigos ou clientes. Só via Carlo Stefano.

Acompanhou os passos ligeiros do velhote de um metro e meio, ouvindo as batidas descompassadas do coração.

### 6. Mosteiro, Paraná, final da manhã de 15 de outubro de 1999, sexta-feira

Anselmo tomou um choque ao ver a mulher tão mudada.

"Meus Deus, como engordou, era magrinha!"

Alzira parecia quinze quilos mais velha.

Vestida de branco, apesar do frio. Calça de malha, blusa de lã e um casaco de tricô, até o tornozelo. Os tênis, salpicados de lama. Fazia pena contemplá-la. Perdera o brilho travesso.

Conhecera a neta de Mãe Totonha na casa dos vinte, com jeito de quinze ou dezesseis.

Não herdara a imponência esbelta da avó.

Pequenina e magricela, lembrava uma indiana cor de jambo; tinha lábios cheios, cabelos negros, brilhantes, ondulados. Os olhos escuros, muito vivos, revelavam diabruras de uma menina levada. Transpirava exuberância e turbulência.

Inteligente, politizada, dotada de um ouvido genial, animava festas sambando no pé e nas cadeiras.

Aprendera a tocar atabaque e agogô com os meninos do terreiro. Ninguém dançava candomblé melhor do que Alzira, *Pimenta-de-cheiro*, a pessoa mais simpática do mundo ou a mais intragável, conforme os azeites. Mãe Totonha partilhara suas preocupações com Anselmo. Temia que sofresse, no dia que ela faltasse.

– Minha Pimenta-de-cheiro é carne de pescoço. Só eu posso com ela, porque tem pau que traça pau – dizia com amor, o coração mais generoso do mundo, não guarda mágoa. É mão aberta – o que é dela é de qualquer um, não liga às "coisa". Mas se tiver enraivada, ou contrariada, chuta tudo. Bate e esquece. Tem gente que não perdoa. Ganha inimigos sem necessidade... ah, pois, meu caro, o caso é que os "furacão" arrasa muita coisa porque não pensa primeiro.

Desejara que a neta fosse como ela. Pedia aos orixás muita proteção para Alzira, grande e abestalhada.

Recorda-se das palavras da ialorixá.

– Se eu fosse levar tudo nos *peitchu*, já tinha fechado o terreiro. Um dia ela vai tê de aprendê. Os antigo dizia que a dor ensina a gemer... Ela é boba, tem coração de criança. Bate, apanha e continua ajudando quem não merece. O caso é que sofre com a ingratidão que, tá na cara, vai levá... Estou cansada de dizê a ela que não se espera gratidão, que gostem da gente... O ser humano tem um lado *pôdi*. Chego a acreditá naquela coisa de pecado originar. As criatura são muito ingrata, meu irmão. Se eu levasse tudo a ferro e fogo, em vez de comê pirão tava comenu era terra e o terreiro tinha fechado.

Temera a inveja do próximo.

– Num tá veno esta amizade dela mais Sulamita?! Já cansei de ensiná que a gente não deve dizê... Fulano é meu amigo... Isso atrai a tentação... Vai tê gente feliz o dia que as duas brigá... Voduncy num mostra o que sente, ouve mais do que fala.

Alzira não sabia guardar conveniências.

Detestava conselhos gratuitos (nem escutava), odiando quando as coisas não saiam de acordo com suas expectativas. Falava sem refletir, deixando-se abater pelas retaliações e intempéries.

Sofrera muito com o ingresso de Licinha na Igreja Fogo da Betânia. Reconhecia os defeitos da irmã de sua mãe, admirando-a pelo charme e pela simpatia. No dia em que a tia tentara convertê-la, caíra doente, com febre. A partir daí nunca mais lhe dirigira a palavra, passando a enfrentá-la de peito aberto – o que magoara Mãe Totonha.

Recebera uma educação privilegiada.

Freqüentara boas escolas, ingressando na Faculdade de Veterinária, da Universidade Federal, com menos de 18 anos.

Falava inglês, pintava porcelanas e tecidos, sabia tecer panos-da-costa; tocava violão.

O acarajé de Alzirinha atraía gente.

Era apaixonada pela tradição afro. Filha de branco e mestiça clara, orgulhava-se de sua avó negra. Até mudar-se para a casa de Mãe Totonha, residira em um apartamento de classe média, em Nazaré. Muitas vezes descera no elevador, até a garagem, com roupas de baiana. Em seu carro havia um adesivo com os dizeres *Acredito em orixá.*

Detestava o sincretismo com a religião católica, sendo fã de carteirinha assinada de Mãe Stella de Oxóssi, de cujas idéias – contra o sincretismo – partilhava com fervor.

Participara ativamente da maioria dos seminários culturais no Axé Opô Afonjá, em São Gonçalo, compondo a equipe organizadora. Recortava artigos e entrevistas da ialorixá em diferentes idiomas. Era a veterinária de seus cães pastores: Olopá e Xirê. Almoçavam juntas, na Casa de Xangô, todos os meses na primeira quarta-feira.

Depois de anos de convivência com Mãe Totonha, Anselmo timidamente questionara como seria possível a manifestação do orixá em um bebê de três meses.

A velha rira-se, divertida, matando a curiosidade do *proguntadô*:

– Na *farta,* meu filho, um outro dá o nome. A Iansã da finada Ebame Clarice, na época com mais de cinqüenta anos de feita –, gritou o nome dela – Oiágbemi: "Oiá me sustenta". Iansã só pegou Pimenta depois da obrigação de sete anos, o que vocês, lá, chamam de profissão solene, não é, meu camarado?

Dera uma palmadinha na mão do monge boquiaberto.

– Sulamita me ensinou isso tudo... sou *véa* mas não sou burra – aprendi a lê, escrevê e contá praticamente só... tinha pouca escola pros nego no meu tempo...

Lembra-se de que a velha senhora aproximara a cadeira, diminuindo a voz, em um tom de confidência.

– Minha Pimentinha tem um enredo grande com Ogum. Quase que Ogum passa a perna em Oiá. Toda vez que dá um agrado pra Iansã tem que dá um pra ele *tombém*... Ogum e Exu – o desordeiro – são muito ligado. Por isso que ela não pode beber bebida forte. Quando desobedece, faz um bocado de valentia; um bocado de merda – vá desculpando a expressão de sua *véa,* meu camarado. Exú *irradeia* ela. Alzira é teimosa como quê!

Impressionante como a querida amiga engordara e envelhecera! – constatava penalizado.

"Os cabelos estão quase brancos; completamente grisalhos, sem brilho, precisando de um corte"; fazia pena.

Alzira não segurou a emoção ao ver aquele homem alto, imponente no hábito monástico usado nas dependências do Mosteiro. Abraçou-o, em lágrimas, recebendo um beijo na testa.

– Minha vida virou depois da morte estúpida de *voinha*. Estou quase diabética, hipertensa, sem graça para nada. Tive uma briga horrível com mamãe – tem oito meses que não nos falamos... Dei para sonhar com minha avó... O espírito dela está desassossegado, com medo de que a casa acabe.

Rompeu em um choro convulsivo.

Anselmo lhe ofereceu um dos lenços de papel retirado da caixa estrategicamente sobre a mesa do parlatório, testemunha de diferentes conflitos.

Esperou que se controlasse, sentindo compaixão pela mulher cujos olhos haviam perdido o brilho travesso. Orava por ela.

Mais calma, prosseguiu.

– Quando uma mãe-de-santo falece, é preciso fazer axexê de um mês, três meses, seis meses e um ano. Depois deste tempo, tem o jogo pra dizer quem vai ficar no lugar. Desde que me entendo por gente, ouvi pela boca de minha avó que a sucessora dela seria titia. Isto, antes da maluquice. A sucessão no Saketê Avessan se dá na família de sangue, que nem no Gantois e no Alaketu. É diferente da Casa Branca e do Afonjá, onde a mãe-de-santo é escolhida no jogo de búzios. É o orixá quem aponta, pode ser qualquer filha da Casa.

Foi interrompida por badaladas frenéticas.

Eram onze e quarenta e cinco, o *primeiro sino* – tempo da oração pessoal antes do ofício.

Anselmo comunicou que teriam, ainda, quinze minutos até a Liturgia das Horas, seguida do almoço. Era sua convidada para a refeição na comunidade, possível por se tratar de um Mosteiro liberal – diferente dos tradicionais. O refeitório é situado na clausura – área que compreende toda a parte íntima da comunidade monástica: as salas de aula e estudo, recreio, oficinas, escritórios, sala do Capítulo, biblioteca, o claustro (pátio com arcadas), jardins, cozinha, refeitório, os dormitórios dos monges, cemitério... A clausura é inacessível aos leigos; muito mais em se tratando de uma mulher em um Mosteiro masculino. Por ser o dia de Santa Teresa, sua festa, a comida seria melhorzinha. Um grande prazer almoçarem juntos, depois de tanto tempo.

Alzira pensara em recusar.

Não gostava de igrejas. Discordava do costume do Ilê Saketê Avessan de mandar suas iaôs para a missa, depois das obrigações.

Propusera à avó o fim da tradição, resquício do cativeiro – conforme proclamara longe dos ouvidos da velha senhora, com respaldo na doutrina de Mãe Stella.

A avó mantivera-se irredutível.

– Tradição é tradição. Não sou fundadora, sou herdeira. Já encontrei assim e é como encontrei que vou dexá no dia que Nosso Senhô me chamá... Quando vosmicê fundá sua Casa faça de seu *jeitchu*.

Aceitara o convite, porque seria uma indelicadeza participar apenas do almoço.

Anselmo admirou-se:

"Está mais amadurecida. É um bom sinal."

Batendo com delicadeza em seu ombro esquerdo, pediu-lhe que prosseguisse.

– Continue, por enquanto, Alzira. O resto conversaremos depois do almoço. Dispensarei a sesta, que é das 13 às 14 horas.

Um pouco agitada, continuou. Apesar do frio, gotinhas de suor brilhavam em sua testa. Ofegava:

– Uma ialorixá com mais de setenta anos de santo, que nem *voinha*; uma ialorixá respeitada, somente teve direito ao primeiro axexê, coisa que me corta o coração.

Prorrompeu num choro convulsivo, aceitando novo lenço descartável. Mais calma, continuou.

– Doné Vitú fez o primeiro axexê com policiais na porta. Você lembra o vexame que foi o enterro, né? Eu vi até um certo ponto; a doné voltou para Santo Amaro, ficando tudo acertado para ela fazer a obrigação de um mês. Só que os crentes estão jogando duro, ameaçando por telefone, aprontando... Soltaram mais de duzentos caranguejos vivos no terreiro da doné, que é jeje... Você sabe que caranguejo é tabu em muita Casa de candomblé, é quizila, principalmente no dela, cujo dono é *Sapata: Omolú,* para os iorubás, orixá que detesta este bicho... não se diz o nome, se diz *aranhola*. Tem um mito que fala que Nanã deixou ele, bebê, na praia, perto do mar, para Iemanjá levar para morar com ela. Enquanto Iemanjá não chegou, Omolú foi todo picado por caranguejos do mangue próximo. Daí a bronca contra caranguejo.

Assoou o nariz, aceitando a oferta do copo de água mineral, sem gelo, na mesa.

– Estou compreendendo, Alzirinha. Mas por isto ela não quis fazer o axexê?!

A moça fez um gesto de desprezo, um pouco impaciente.

– O povo antigo é invocado... Um neto dela levou uma surra em um beco, perto da escola. Acho que não tem nada a ver, mas a doné tem certeza de que foram os crentes. Resultado: deixou a gente na mão.

Aquilo tudo era inédito para Anselmo, acostumado com festas, mas não axexês.

Queria entender melhor.

– E não tinha mais ninguém disposto a concluir a parte religiosa?

Alzira não conteve um suspiro impaciente.

– Mãe Totonha era uma mulher muito velha no santo. Era de Iansã, a rainha dos *eguns* – nome que se dá para os espíritos de falecidos. Para fazer as coisas dela só uma pessoa muito antiga que nem D. Paulina, alguém que conheça os enredos da nação nagô-vodum, nação rara. Poucos conhecem.

Anselmo se lembrou da mãe de Alzira.

– Mãe Mira não poderia fazer? Parece-me que ela sabe de tudo, foi criada ajudando sua avó, não é?

A mulher sorriu com tristeza. Explicou-lhe que não podia.

– *Mainha* é a última do mundo. Filho biológico, pai, mãe, marido, mulher não podem fazer nada uns para os outros, em nossa religião. Para você entender melhor: se eu fosse sua mãe, sua mulher ou sua filha, não poderia participar de suas coisas espirituais, na condição de iniciadora ou linha de frente. Minha avó era minha ialorixá – eu era neta – tudo bem; *mainha* e minha tia foram feitas em um barco de iaôs de Mãe Totonha. Só que elas tiveram uma outra mãe-de-santo, a falecida Armandina de Oxoguiã. Neto pode, filho não.

Prosseguiu, mais calma.

– Fiquei desesperada, sem saber o que fazer. Só faltei me jogar de joelhos, mas a doné deu a desculpa de que era cardíaca etc. e tal. Fiquei tão arrasada, que fui ao Rio de Janeiro procurar o professor Agenor Miranda, o famoso sacerdote adivinho, que chamamos de *babalaô*. Foi muito compassivo. Se não fosse ele, teria enlouquecido.

Anselmo conhecia a fama do professor, o sacerdote que fizera o jogo de sucessão do Axé Opô Afonjá e da Casa Branca do Engenho Velho. Era um ancião de noventa e quatro anos, filho de portugueses – o pai diplomata e a mãe cantora lírica. Nascera em Angola, tendo sido iniciado por Mãe Aninha, do Opô Afonjá, aos cinco anos. Fora catedrático do Colégio Pedro II, no Rio, lecionando latim, português e matemática. Era poeta, escritor, teólogo, liturgista, tenor, pianista e exímio conhecedor da religião dos orixás. Lera seus livros sobre diferentes temas.

– Pai Agenor conheceu muito minha avó. Fez um jogo e disse que o espírito dela está sem sossego por causa das brigas em casa, o que pode trazer conseqüências péssimas. Quando o espírito está sofrendo, atrai muitos outros perturbados e outras coisas ruins. Perguntou se no terreiro tinha gente de Obá e Euá – a padroeira das Belas Artes, sua mãe. É filho de Oxalá e Euá, orixá que tem o dom de se fazer invisível para os inimigos. Disse-lhe que tinha uma pessoa de Obá. Ele jogou os búzios, novamente, e me falou que esta filha de Obá tem de participar do axexê de um ano. Que não me preocupasse. A filha de Euá será levada por ela e vai ser a salvação dela. Se isto não acontecer, a Casa vai acabar, porque o espírito não vai ter paz. E todos os membros do terreiro estão ameaçados: saúde, paz de espírito, equilíbrio... A Casa acaba, acabando com muita gente, antes disto.

As peças do quebra-cabeça começavam a encaixar-se: a angústia, os cabelos brancos, o excesso de peso...

Alzira prosseguiu.

– Durante quase um ano segurei a barra no terreiro, fiquei morando na casa de minha avó. Precisei viajar a trabalho. Minha titia aproveitou a deixa e invadiu a casa, dizendo que tinha mais direito que eu. Ebame Augusta de Badé – uma senhora idosa que mora lá desde viúva está muito abalada; os filhos-de-santo somem quando a gente mais precisa.

Lembrou-se de que ele conhecia a decana das ebames.

– Ebame Augusta é mãe-pequena de Sulamita e mãe de uma filha-pequena minha, Irene, casada com Toinho, o crápula. Parou para tomar fôlego, dando um suspiro profundo.

– Irene recobrou o juízo depois do enterro de *voinha*... não quis mais saber dos crentes... Não é fácil... É um milagre as coisas ainda estarem de pé com tia Licinha no terreiro.

A ansiedade fazia com que arfasse.

– Tive um sonho há dois dias com *voinha*. Mandava eu lhe procurar. Estava em um lugar cheio de verde, parecia um jardim, com uma senhora alva, do lado. Usavam um vestido branco, tipo túnica. Dizia-me que a outra mulher era avó de Sula, mãe de Vicky. Depois aparecia uma mulher linda... acho que era Iansã... coisa mais sem pé nem cabeça, como todo sonho, pelo menos os meus que não sou dada a sonhar.

Colocou as mãos no rosto, desanimada.

– Conheço Sulamita. Foi embora sem deixar endereço. Tudo bem; fui um monstro no velório de *voinha,* não sei o que me deu... o caso é que tenho quizila de bebida quente – sabe o que é, né?! – bebida destilada... Não posso e fui beber, estava doida com a morte dela, com tanto sofrimento, precisava apagar. Sempre fomos amigas sinceras, eu e Sula, muito mais do que irmãs e você sabe que meu coração não tem lugar para falsidade. Morro de saudades de Sulamita, a irmã que não tive – também sou filha única como ela, você sabe, né Anselmo?

Balançou a cabeça, constrangida.

– Fiquei sabendo que está tendo um romance com um italiano, regente do Municipal de São Paulo. Tanto fiz que consegui o nome dele: Carlo Stefano Nardelli. Liguei para lá. Ele atendeu com toda a cordialidade de um gelo, deixando claro que a noiva não desejava nenhum contato com o povo do passado. Só para testar, perguntei o seu telefone e ele disse que não sabia quem era Padre Anselmo. Foi curto e grosso. Não tive tempo de explicar-me. Arrependi-me de ter telefonado.

A atitude do maestro não surpreendeu Anselmo. Esperava por aquilo desde o início da relação. Sulamita seria infeliz ao lado de alguém com caráter duvidoso. A neta da ialorixá torcia as mãos.

– Pelo amor que você tinha à minha avó, junte-se na luta de salvação da Casa de minha trisavó, Doné Custódia. Esta gente digna só teve o próprio coração para pôr seus orixás. Quero poder olhar para o espelho e dizer que, enquanto eu viver, minha gente viverá.

Voltara a chorar.

O sino dobrou a *hora sexta.*

Precisavam apressar-se. Era o responsável pela liturgia até o dia seguinte, pela manhã.

### 7. Salvador, tarde de 15 de outubro de 1999, sexta-feira

– Estou um bagaço! – Licinha dizia entre náuseas, arrastando-se até o banheiro da casa de Mãe Totonha.

Quase não comera ou repousara desde que pusera os pés no antro de perdição.

Ainda não conseguira levar avante a promessa de se desfazer dos objetos de idolatria, livrando a raça das garras do "maligno".

Seu filho Petinho, covarde, não a acompanhara.

O pastor e os irmãos (um número reduzido depois do enterro da mãe, há um ano) oraram antes que ela entrasse. Afirmavam que o ambiente estava limpo, santificado, digno de uma cristã crente no Deus Verdadeiro. Não passavam de um bando de abestalhados amadores.

"Limpo uma ova. Muito me admira, Toinho, criado com *mainha* e tão por fora da seita."

Teriam de reforçar as orações para mandar os *icamburucú* e *ajéburucú* – as más influências e irradiações de mortos – pro quinto dos infernos. A casa estava cheia de porcaria. Sabia das coisas... nascera e crescera na seita pagã. Mesmo sendo uma mulher de oração, vinha perdendo mais e mais as forças contra o mal e seu poderoso exército de anjos decaídos.

A tentação não haveria de vencê-la. Muito menos ameaçá-la, disse em voz alta:

– Não sou feito essas cristãs possuídas pelo demônio do cemitério, crentes da boca para fora. As descaradas não voltaram à igreja. Uma ficou maluca de pedra – de rasgar dinheiro e andar nua – outra, pede esmolas na Baixa dos Sapateiros; a gordinha, "ótima pessoa", foi presa roubando bebida em um supermercado. As restantes – a começar daquela Irene, voltaram pro terreiro com a cara mais limpa.

Ficara furiosa ao saber que tinham sido recebidas de onde fora expulsa pelo próprio sangue. Mesmo sentindo muito enjôo, não cansava de repetir, em voz alta, com muito desprezo:

– Orixá nunca me pegou, com mais de sessenta anos de grita. Danço muito bem... sempre fingi que tava com Oxum e nem *mainha* desconfiava do *equê* – a palavra para fingimento, ou mentira.

Licinha se sentira ameaçada pela presença de Sulamita – de quem jamais gostara, embora fosse talentosa na arte da dissimulação. Vibrara ao saber da fuga da branca.

– Tá se tremendo toda lá nos "quinto" onde estiver... toda aquela dedicação não passava de *equê!*

Temera a influência sobre Mãe Totonha.

"Pensa que não sei que vivia fazendo a cabeça de *mainha?!* A *véa* escutava a metida – vai levar um bocado de cacete se tiver o topete de voltar. Nada como um dia depois do outro... se não fosse a barata descascada, Alzira e o tal do romano idólatra, o padre guloso, *mainha* tinha se convertido e tava viva e eu não táva agora passando tão mal."

Detestava sentir-se inferior às filhas espirituais. "Tanto chororô ao entregar minhas coisas na igreja, insistindo em me dá a benção, em me chamá de Mãe Licinha, pedindo para eu pedir perdão e voltar, como se eu fosse criança!... A branca e a ousada de minha parenta, cheias de moral... Tanto pegadio, uma com a outra... Cadê o chamego, agora?! Nem bem a velha fechou os olhos e já *baixaram* o *barraco*. É muita putaria... Em minha frente não ousariam levantar a voz! Quem é o maluco, minha gente?!"

Regozijara-se com o *barulho*. Divisão era tudo o que mais almejara.

"Quando Mira me contou – Alzira *cheia do pau,* trocando as perna, botando pra quebrá em cima da branca –, tive vontade de dá um sorriso e uma porrada na cara da mosca morta de Mira. Agora não me interessa brigá com ela. Preciso do apoio dela, apesar dela fazê o que eu mandá."

Pediu perdão ao Senhor pelas más palavras.

Não era sua culpa, mas da convivência, de muito tempo, com os pecadores do candomblé e idólatras romanos.

Provocara Anselmo em vão. Bastava avistá-lo para insultar a Igreja Católica, chamando os seguidores de romanos idólatras. Escarnecera de dogmas do Catolicismo, a exemplo da crença na virgindade perpétua de Nossa Senhora, com grosseria.

O padre tinha muito mais o que fazer para aceitar provocações infantis.

A ialorixá admirara o equilíbrio do amigo. Repetira várias vezes:

– Para palavras loucas, ouvidos mocos! Alzirinha deveria largá de sê burra e aprendê com você a não entrá no jogo do inimigo.

Licinha dava graças por ter sido escolhida pelo Senhor por intermédio de seu servo Toinho, o ex-ogã.

Certa ocasião ele pedira dinheiro à ialorixá, sem sucesso. Revoltado, comentara a frustração com um colega, evangélico, do trabalho. Empregando as palavras de Alexandre Dumas, nos *Três Mosqueteiros*, Ismael lhe afirmara que em sua religião eram "um por todos e todos por um". Não tinha gente pobre. Os convertidos alcançavam sucesso. Admirava-se do egoísmo de sua mãe de criação e líder espiritual. Emprestara a grana, atirando as sementes certeiras na terra gananciosa. Aleluia!

Licinha fora ao culto conduzida pelo irmão de Axé.

Identificara-se imediatamente.

Tanto mais dinheiro arrecadado, mais rápida a conversão. Encantara-se com a força da Palavra.

"Só uma religião verdadeira pra fazer as pessoas abrirem os cofres."

Em pouco menos de um mês estava dentro, preparando-se para ser pregadora.

Toinho caminhara na mesma direção. Nada mais de velas, azeite-de-dendê e verba curta.

O teto da parede do quarto de sua mãe ia e vinha feito onda. Licinha sentia-se cada vez mais enjoada.

"Ai, Senhor, novamente aquela sensação de quem tá num barco... Vou botar para fora de novo..."

O mal-estar chegava e desaparecia. Tinha muito sono e pouco descansava. Quando conseguia dormir, tinha o mesmo sonho: um culto a bordo de um navio. A manhã era quente e tranqüila; tudo muito agradável. Todos os irmãos da igreja estavam presentes. Sem qualquer aviso o tempo bom virava em uma tempestade que punha a embarcação a pique – a duzentos metros de uma ilha. Desde criança era excelente nadadora. Mesmo assim fazia um esforço enorme, mas não conseguia mover-se, começando a afundar, de tão exausta, sendo salva por duas mãos femininas, cheias de pulseiras, que a suspendiam em pleno ar. No melhor do alívio, afundava novamente.

Invariavelmente despertava gritando, com falta de ar.

Bocejava o tempo todo, sentindo a mesma sensação, insuportável, de quem está em um barco – indo e vindo... vindo e indo. O barulho -- tchuáaa-tchuáaa – provocava-lhe tontura e náuseas. O quarto, gelado, parecia submerso. Ao mesmo tempo em que sentia um frio de frigorífico, pegava fogo. As roupas estariam molhadas de suor ou água? Tudo passava, por encanto. Concluiu que devia estar sendo tentada pelos demônios do candomblé.

"Se fosse nos tempos de cegueira, eu desmanchava uns acaçá num balde d'água e salpicava na casa... talvez passasse algumas velas, ovos e bolas de farinha, no corpo, na rua... tomava um banho com folhas de dendezeiro, nativo e bilreiro; esfregava *efun,* punha pulseira de palha-da-costa, o contra-egum pra espantar os ajés. Mas isso não é coisa de cristão."

Quando melhorava, começava o "fedor insuportável" de angélicas, lírios, jasmins, alfazema, macaçá, dandá... sua cabeça ia explodir. Ouvia passos na escada. Via vultos, risada e choro de crianças; risos abafados, barulho de água, som de chocalhos, guizos. Aquele *ijexá,* a dança de Oxum, consumia-lhe o juízo.

Há pouco tempo fizera exame de dosagem de glicose, colesterol, triglicérides e tudo saíra normal.

Pedira socorro aos irmãos de fé.

O médico, enviado pela igreja, lhe assegurara que a tontura não era labirintite.

Tinha que dar um basta naquilo! Depois da quinta noite de sofrimentos, ligara para o conselho da igreja – composto pelos membros mais velhos e sábios –, ameaçando apelar para os conhecimentos dos tempos trevosos. Decidiram fazer uma limpeza espiritual no dia seguinte e, se preciso, um exorcismo. Toinho tinha sido o pastor designado pelos irmãos: conhecia melhor o ambiente.

Licinha não se conformava.

"Custe o que custar, os demônios vão ser lançados no abismo de origem" – sentenciou enjoada, arrastando-se até a latrina.

## 8. Londres, manhã de 15 de outubro de 1999

Duas coisas ameaçavam o humor de Victoria Regina: telefone ocupado e manhã mal-dormida. A bela senhora costumava recolher-se depois das quatro da madruga, levantando-se lá pela uma muito bem disposta, para enfrentar os almoços com pessoas oriundas de universos variados: artistas, diplomatas, nobres, ricos e jovens divertidos loucos por uma boa refeição.

Constatou que eram doze e trinta: cinco horas a menos em São Paulo.

Virara um copo duplo de *sparkling water*, mesmo assim tinha sede.

Sentou-se de pés para cima na poltrona elegante de veludo salmão – o mesmo tom do *pegnoir* –, impressionada com a realidade do sonho.

Tocara o vestido, diferente, da *mamma*. Fazia lembrar roupa do tipo que se vê em celebrações religiosas.

Estava impressionada e preocupada com Sulamita, sabendo – mais por intuição do que pela lógica – que deveria agir sem delongas. Detestava ficar de braços cruzados, pensando na vida.

O *maledetto* aparelho repetia a mesma gravação: "este número encontra-se fora de serviço por problemas técnicos".

Era uma mulher supersticiosa – embora nem sempre admitisse. A voz impessoal, de aeroportos e hospitais, trazia má sorte. Bateu na madeira da poltrona três vezes. – Nestes momentos os celulares fazem falta – desabafou alto.

"Sula é muito radical. Desde que soube da pedrada, no enterro de Mãe Totonha, não me separo deste demoninho utilíssimo quando menos se espera. Fiquei sabendo do acidente quase vinte dias depois porque também detestava telefone móvel."

Arrepiava-se ao se recordar dos fatos trágicos.

"Ainda bem que Anselmo acionou a embaixada, em Paris. Conseguiram me localizar em Ramatuelle, perto de Saint Tropez. Sulamita poderia ter morrido sem que eu soubesse."

Embora fosse uma mulher aberta, desejara, no íntimo, que Sulamita tivesse tido uma vida mais mundana, no bom sentido. Depois do sonho, já não tinha certeza nem da própria identidade.

"E se estivermos jogando fora a felicidade?" Sabia que todos sonham, mas contava nos dedos as vezes em que se recordara dos seus. Aquele fora profético – refletiu, dirigindo-se até a pequena cozinha elegante.

Serviu-se do café, da garrafa térmica, coado há poucas horas.

Bebeu fazendo careta, com vontade de fumar – o piso estava gelando seus pés descalços.

Colocou um cigarro na inseparável piteira de prata, expelindo a fumaça devagarinho, com prazer, pensando, rapidamente, qual seria o próximo passo.

Ligou de novo: a mesma mensagem. Decidida, telefonou para a empresa aérea, comprando uma passagem, *business class*, para aquela mesma noite, usando o cartão de crédito.

Teria um dia cheio; a maior parte dedicado a cancelar compromissos – a começar pelo chá com o namorado.

Foi à procura do passaporte, na confusão da gaveta da cômoda.

Ao tocar o fio de conta de Euá, presente de Mãe Totonha, no dia de seu primeiro jogo de búzios, sentiu um arrepio da cabeça aos pés.

Pôs o colar no pescoço, pensando no orixá das Belas Artes.

Ligou de novo – a gravação antipática. Teria acontecido alguma coisa com sua filha?

Fervendo de ansiedade, acendeu outro cigarro. Um dia deixaria de fumar.

### 9. São Paulo, manhã de 15 de outubro de 1999, sexta-feira

Sulamita acompanhara Silvino, o velho bedel, contando os passos da bota no chão de mármore.

"O que pode ser urgente? Stefano teria outra maneira de me localizar. Mamãe se esquece do fuso horário e liga quando quer – será que é ela?! – como teria conseguido o telefone daqui? – só se fosse alguma coisa séria! Anselmo nem sabe que estou no curso. Algumas pessoas empregam o termo urgente, por falta de responsabilidade."

Disfarçando a ansiedade – os lábios secos – entrou no Departamento de Direito Processual Civil sentindo a umidade da palma das mãos. Quem poderia achá-la na Faculdade de Direito, ainda mais àquela hora?

Liana – a secretária oxigenada macérrima, de óculos dourados na ponta do nariz – lia por trás do balcão, fazendo careta de quem sente mau cheiro. Em sua frente, de pé, jaziam um homem e uma mulher negros claros, vestidos de branco.

Sem levantar os olhos do jornal, a funcionária comentava com veemência.

– Onde já se viu um padre falar bem de macumba? Não sei onde o mundo vai parar! Do jeito que a coisa anda, daqui a pouco estes comunistas defenderão o fim do celibato, o direito de Eucaristia para separados. O que faz o Santo Padre, que não enxerga tanta heresia?

Uma onda de irritação fez com que Sulamita se esquecesse da ansiedade.

Dando bom-dia à oxigenada (também bacharel em Direito) perguntou-lhe de quem era o artigo. Admirando-se da interrupção de sua leitura – a coisa mais importante do mundo – retrucou que era de um monge – coisa absurda – um tal de Padre Anselmo Souza Barbosa.

Ao ouvir o que adivinhara, conteve-se.

– Perdoe-me a interrupção de seu trabalho, D. Liana. Mas qual é a sua religião?

A mulher ficou espantada:

– Católica Apostólica Romana, a única religião de gente civilizada, temente a Deus.

Sulamita investiu.

– Pensei que a senhora fosse de candomblé... parece de Oxoguiã...

Liana olhou nos olhos da advogada bem vestida, como se estivesse sem roupa:

– Eeeueeu de macumba?!!!?! O que é isto? Sou uma mulher religiosa! Faça-me o favor, como é que a senhora pode pensar uma coisa destas? Sou casada, mãe de três filhos, do grupo carismático da paróquia; catequista desde mocinha...

Fechou o jornal.

– Tenho, lá, jeito de ignorante, adoradora de demônios? Candomblé é coisa de gente que faz maldade pros outros, amante de homem casado que separa as famílias. Muito me admira que este sacerdote defenda esta corja!

Passou a mão sobre os cabelos de palha. Bateu no peito:

– Pertenço a uma família paulista tradicional, doutora. Meu avô foi Diretor desta Casa. Tenho cara de baiana?

Sula pensou em Alzira. Se a mulher tivesse o topete de falar assim na frente da filha de Oiá...

Foi arrancada de suas reflexões pelo olhar altivo do casal.

A mulher elegante de seus quarenta e tantos adiantou-se. – Nossa mãe, Lídia, falecida há dez dias, gostava muito de você, Sulamita. Foi funcionária do extinto Departamento Feminino. Morreu de repente, na segunda-feira passada. A família tinha se reunido na véspera. Não faltou ninguém: filhos, netos, muita alegria.

Sulamita sentiu um aperto na garganta. Gostara muito da velha baiana.

A mulher prosseguiu, no tom de voz necessário para se fazer ouvir:

– Temos urgência de lhe falar. Dá para ser fora daqui? Não gosto de julgar quem não conheço. Mas neste caso não é difícil...

Liana seguira a conversa com o rabo dos olhos – admirando-se de que uma mulher com aquele perfume caríssimo, filha de embaixador se desse com gentinha. Seria usuária de drogas?

### 10. Mosteiro, Paraná, começo da tarde de 15 de outubro de 1999, sexta-feira

Era a primeira vez em que Alzira botara os pés em um lugar daquele universo.

Sua experiência, em matéria de cristianismo, se limitava a uns poucos templos católicos na cidade do Salvador: Igreja do Bonfim, Misericórdia, Graça, Santo Antonio da Barra, Conceição da Praia e, em especial, a Igreja da Irmandade de Nossa Senhora do Rosário dos Homens Pretos, onde as missas do Ilê Axé Saketê Avessan eram celebradas.

Mãe Totonha pertencera ao quadro de honra da Irmandade, ao lado de muitos membros negros e mestiços de candomblés tradicionais – pessoas que conviviam com as duas crenças discretamente – o que, para ela, era uma faca de dois gumes. Sentia-se mal nas igrejas, lugar de muita energia ruim.

Evitava participar da religião dos opressores preocupados em lavar a mente dos incautos; em especial dos negros. Achava o cristianismo o causador de divisões sangrentas, reforço de injustiças sociais, arma de manutenção do poder na mão da pequena elite de sempre.

Aquela capela despojada a impressionara.

"Que vitrais magníficos... o incenso indiano de rosas... quem diria?!"

Começava a descontrair-se no pequeno templo onde os monges rezavam os ofícios de *matinas*, *terça*, *sexta*, *noa* e *completas*.

As *laudes* e as *vésperas,* seguidas de missas diárias, eram celebradas na igreja – com capacidade para o triplo de gente.

Entrara na capela, com Anselmo, no tempo exato em que o sino marcara o início da oração comunitária.

Os religiosos estavam sentados em bancos laterais, próximos do altar de madeira, entalhado, coberto por uma toalha branca, de um tecido espesso.

Sentara-se no penúltimo banco. Três pessoas de fora oravam de olhos fechados, na paz do silêncio.

O cântico gregoriano, ao som da cítara, transmitia-lhe tranqüilidade.

Estava exausta.

Movera-se pelo pavor de ver o terreiro profanado. Desde os últimos acontecimentos pouco dormira.

Mais e mais era envolvida pela melodia.

Bocejava sem parar. Lágrimas teimosas escapavam-lhe do controle. Cada vez mais. Estava flutuando. Só a luz vermelha por companhia.

O Crucifixo acenava para ela. A pequena luz ficou mais forte: um caleidoscópio nas mãos de um irrequieto usuário. Transmudou-se em muitas outras; em uma só. Ofuscada, seus últimos passos foram no abandono. Como era doce aquilo! A cruz sorridente era uma negra em peles de búfalo. Borboletas pairavam sobre a ereta criatura. Os olhos de fogo transmitiam compaixão.

Não sentira o peso ao esparramar-se na contemplação. Reconhecera sua mãe: eparrei!

Iansã falara dentro dela:

"Admire o vento sem pensar... aprenda a fala do silêncio."

A voz era firme e suave.

"Pense na sua comunidade. O amor afasta a insegurança, as divisões e o medo. Continue pura, mas aprenda a controlar-se." Exortara-a a pedir perdão à irmã machucada e a parar de combater a tia. Deveria abandonar-se ao sabor da fé.

"Você não está só, menina. Chame a brisa e terá suavidade."

Lágrimas purificaram-lhe a alma.

Foi tocada no ombro.

Uma, duas... algumas vezes.

Lentamente – com esforço – abriu os olhos.

Abriu os olhos espantada. Estava no chão fazendo o que?!

Anselmo ajudou-a a se erguer.

– Estou faminto, Pimenta-de-cheiro. Sabe que horas são? Quase três, tempo do ofício de *noa*, destinado à contemplação da morte de um guerreiro crucificado em um processo ilegal, na calada da noite. Morro de fome. Ainda bem que guardaram comida pra gente.

Conduziu Alzira até o refeitório, agradecendo a Deus a discrição da comunidade.

Alzira se prostrara diante do Crucifixo.

Um sorriso iluminava as feições da cor do jambo.

## 11. Londres, tarde do dia 15 de outubro de 1999, sexta-feira

Vicky apagara o terceiro cigarro (um em seguida do outro). O pintor indiano, Sandra, tivera um destempero ao ser comunicado da viagem. Insistira em acompanhá-la, o que não tinha a menor lógica. Esbravejara, ameaçara, terminando com súplicas e declaração de amor *old fashioned*.

– Isso já está ficando pra lá de irritante – esbravejou acendendo outro cigarro.

Teve um ataque de tosse – precisaria deixar de fumar.

"No retorno acertarei os ponteiros ao meu gosto. Não sei se fiz bem em aceitar encontrá-lo no aeroporto para um drinque ou dois. O vôo é longo... uma dor de cabeça é uma lástima. Se o guri começar com cobranças e melodramas, terei enxaqueca, bah!"

Discara o número da filha nem sabe quantas vezes e nada. A mesma mensagem. Aquilo já estava passando dos limites.

"Que desgosto, minha Nossa Senhora dos Navegantes! Bah, a pior coisa é a gente chegar de vereda, invadindo os compromissos. Vou direto para o hotel perto da Paulista. Descanso e me comunico. Muito melhor do que o apartamento cheio de recordações. O problema é que a guria pode ficar magoada."

Batendo na testa, lembrou-se de que o galanteador que lhe comera com os olhos anotara o número de seu celular em um guardanapo.

"Com que bolsa estava no restaurante, ó memória de ema?! A de pele de cobra ou a preta, de camurça? Tenho que procurar. Só faltava esta para quem está com o tempo curto e nunca acha nada quando precisa."

Dirigiu-se, ainda de camisola, até o *closet*.

O relógio marcava dezesseis e dez.

O encontro com o pintor seria às oito. Teria uma hora para um banho.

Ocupara-se, muito tempo, em transferir os compromissos sociais para os próximos trinta dias, *just in case...*

Não tinha planos de permanecer mais do que o necessário. Ainda bem que fizera as malas – *argh* – os cabelos não davam trabalho – o corte elegante era prático. Bastavam um xampu, um condicionador e um secador. As unhas estavam manicuradas. Roupas e sapatos, nos conformes. O maçante era a agenda repleta de adiamentos.

Abriu a bolsa de pele de cobra.

Graças aos Céus, o telefone do maestro estava lá. Tanto quanto o perfume no guardanapo de papel: patrício, com segurança. Encorpado e discreto. Adorava as essências masculinas italianas. Preferia as francesas para mulheres. Amava *cabochard:* o furo da moda, nos anos sessenta.

Discou o número escrito na letra firme, tamborilando na perna.

Um toque... dois... e ...caixa de mensagens.

Victoria Regina sentiu leve falta de ar.

– Alguma coisa, lá em cima, não está de meu lado – lamentou-se.

Torcendo para que o maestro pegasse as mensagens, comunicou-lhe a chegada, de manhãzinha, em Cumbica: não conseguira se comunicar com Sulamita – estava preocupada. Pedia a gentileza de lhe transmitir o recado. Não se preocupassem com ela. Mais tarde se comunicaria. Precisava relaxar.

Despiu-se ali mesmo, na sala, olhando-se no espelho. Ficou satisfeita. As carnes magras – rígidas e macias – os seios erguidos; ainda era capaz de atrair os homens e levá-los à loucura...

A balança do banheiro acusou os cinqüenta quilos, para o seu imenso alívio. Abusara nos últimos dias.

Ligou as duas torneiras da hidromassagem – quente e fria –, colocando a ponta do dedo do pé para conferir a temperatura. Abriu mais a água fria. Excesso de calor aumenta as rugas. Despejou um líquido para imersão. A espuma tinha cheiro de pinho, uma delícia! Já na água, abriu a revista americana solidarizando-se com a tristeza de

João Paulo II com rumores sobre pedofilia no clero. Seria verdade, ou sensacionalismo?

Havia uma reportagem sobre cântico lírico. Voltou a pensar em Carlo Stefano, desta vez pouco à vontade. Arrependera-se das confidências durante o jantar em Londres.

"Isto que dá tanto vinho. A gente fala mais do que deve para manter a magia. Aquele é um conquistador – está nos olhos galanteadores. O flerte discreto, o charme, o beijo levemente sensual em minha mão. Se eu topasse a gente tinha tido um romance."

Não conteve um suspiro ao pensar na filha.

"Pobre da fêmea que se envolver com ele. Quebra a cara. Vou sondar o terreno direitinho. O maestro não tem estrutura psicológica para compromissos sérios. Gosta de viver tanto quanto eu, Vicky Verzeri. Tomara que a Sula tenha me puxado um pouquinho e esteja se divertindo enquanto der."

A água estava tão boa que dava sono.

O telefone estridente interrompeu a quietude. Saiu da banheira, pingando, a procura do roupão. Deveria ser Sandra. Aquilo já passava dos limites.

– Justo hoje eu tinha que esquecer o telefone sem fio, sabe-se onde? – disse, irritada.

Atendeu.

Uma voz italiana meio eufórica fê-la recordar-se da teoria da sincronicidade, de Yung.

## 12. Salvador, manhã de 15 de outubro de 1999, sexta-feira

Toinho já não era o mesmo depois de ter acordado todo sujo de terra do cemitério, ao ser atingido pela Bíblia.

As mãos tremiam.

Adquirira olheiras fundas.

A palidez e a magreza já estavam dando o que falar. Tinha a impressão de ter ouvido: *tá de aids.*

Dera para escutar o ilá da Iansã de Alzira – reiiiiiiiiiiiiiiiiiiiiiiá – no ônibus, no trabalho e, pior do que tudo, quando tentava – sem sucesso – fazer o costumeiro amor de cada noite e manhãzinha, com direito a tris nos fins de semana.

Irene, mulher de menos de quarenta, ameaçava deixá-lo por justa causa.

A esposa tinha sido iniciada há dezenove anos. Quando decidira virar crente, Irene o acompanhara por companheirismo e cumplicidade – duas qualidades da crioula –, fato que quase matara a sogra Augusta.

Liderada por Licinha, sua iaquequerê, sua nega tinha sido a melhor vendedora de *acarajé de cristão*, bradando contra o candomblé e seus espíritos impuros.

Compusera a linha de frente do Exército do Senhor, no cemitério.

Depois de ter sido cavalgada por Iansã, no desfecho do funeral, vagara pelas ruas, descalça – feito louca –, indo bater às portas do terreiro.

Fora acolhida por Mira, Augusta e Alzirinha felizes da vida. A filha retornara à luz e à razão!

Cabeleireira, com o próprio instituto de beleza no bairro, amava o marido desde a adolescência.

O pastor era louco por aquela fêmea meio inconseqüente, divertida, que odiava rotinas; alegre, novidadeira, brava e trabalhadora; exemplo de mãe e mulher – um estouro na horizontal e na vertical!

Irene tomara pavor da Igreja Fogo da Betânia. Nem podia ouvir o nome sem ter um ataque de raiva, daqueles de quebrar os pratos.

Proibira a presença dos antigos irmãos em seu lar, não permitindo que os três filhos (um menino e duas meninas) – de doze, dez e sete anos – pusessem os pés naquele antro de fanáticos.

A coisa já estava dando o que falar. Recordava-se dos disse-me-disse.

– Onde já se viu a mulher do pastor não acompanhar o marido? Que pastor é este cujos filhos não freqüentam os cultos?!

Licinha tivera um ataque ao ser informada dos acontecimentos.

Esbravejara, praguejara, ameaçara; xingara a filha de Iansã de tudo quanto é nome: a divisão tinha sido estabelecida na casa do pastor – um problema para todos da igreja.

Sabia o quanto o filho de Xangô amava sua mulher. Aquilo fedia. A sorte é que o sacana devia as calças – ponderara.

O pastor não era homem de valores sólidos. Nadava conforme a música, segundo o ditado: "farinha pouca, meu pirão primeiro".

Mãe Totonha amara-o como a um rebento, tomando-o sob sua proteção.

Filho de mãe solteira – Otília de Nanã (morta em um desastre no ônibus que a trazia de volta do trabalho, na Baixa dos Sapateiros, poucos meses depois de tê-lo dado à luz) –, fora criado pelo pessoal da comunidade de orixá. Era uns dez anos mais velho do que Alzira, que jamais confiara no caráter bruxuleante do tio adotivo. Devido à diferença de idade, Toinho chamava as filhas da ialorixá de "tia Licinha e tia Mirinha".

Com muito esforço, concluíra o primeiro grau (conservando-se semi-analfabeto).

Na infância e na adolescência vivera às voltas com arraias, jogos de dominó e carteado, iniciando-se aos dezoito anos no mundo das drogas (graças a Deus, sem sucesso).

Toinho era um excelente tocador de atabaques e cantor de cantigas de candomblé das diversas origens.

Trabalhava muito bem com as mãos, fato que lhe assegurara o emprego no Pólo Petroquímico de Camaçari.

Levava jeito para a retórica.

Senhor de memória excelente, decorara a Bíblia, sem qualquer critério ou discernimento.

As ameaças de Licinha, por telefone, toda hora, estavam pondo ele *colori*.

Era o que faltava para piorar seu astral, mais baixo do que cu de cadela: a perseguição de tia Licinha.

Não podia desabafar-se com a mulher – o que jamais acontecera antes; aquele cálice de fel era todinho dele. Gota por gota.

Desligara o telefone, desta vez, com uma terrível azia.

As mãos pareciam *milk shake* na batedeira.

Sem que se desse conta, começou a falar alto – costume dos momentos de tensão:

– Não há quem agüente isso. Só faltava esta, um exorcismo na casa do candomblé! Se não tiver o efeito esperado, eu é que vou pagar o pato; vai sobrar pra mim de todo lado... quem mandou não ter axexê direto?! Até Petinho acha que tinha que ter tido a porra do axexê pra limpá o pedaço. A velha não tinha nada que invadir a casa nos peitos, cacete!

O tremor piorava dia a dia.

– Minhas mãos tão me deixando na mão... a valença é que Ismael é o encarregado-chefe, meu padrinho na fé. Mas até quando vou segurar a barra? Se não der conta do exorcismo, perco o respeito... vou ficar sem emprego, sem família e brocha.

Continuara a falar, sem perceber a presença de Irene no corredor.

– Prometi pra ganhar tempo. Preciso pensar rápido numa solução... vou ter de cunzinhá a velha em banho-maria... fazer com que ela queira um outro exorcista.

Irene ponderava sobre as circunstâncias com velocidade.

O coração batia descompassado. Fortes soluços sacudiam-lhe o corpo.

Lançou-se de joelhos – a cabeça enterrada no chão, apelando para a Iansã de Mãe Totonha.

"Acordei a tempo, minha mãe. Minha santa poderia ter feito o mesmo comigo, me deixá maluca que nem Mãe Licinha tá ficano por causa de minha falta de responsabilidade... Teve tanta misericórdia que veio quando menos eu esperava, no enterro de sua filha Antonia Pulquéria, minha ialorixá. Ela morreu mas a senhora é viva!"

Suplicou-lhe para que Licinha enxergasse tanto quanto ela enxergara: de pé no chão, rasgada e suja da lama do cemitério.

Fora acolhida pela mãe-pequena sem recriminações. Naquele momento não agüentaria bolodório. Um tapa-olho fora arrancado. Tomara pavor ao se recordar da Irene acusadora, o oposto da cabelereira alegre e generosa.

Oiá jamais a abandonara, apesar de sua infidelidade. Até então desconhecia o fato de Toinho caminhar na dúvida. Nem tudo estava perdido! Poderia ajudá-lo a voltar para casa.

Iria pedir ajuda à própria mãe, a velha Augusta, retada que nem ela só.

Mas teriam de fazer alguma coisa urgentemente – com muita discrição – para segurar um pouco a barra da iaquequerê. Tinham pouco tempo a perder.

Decidida, discou para a linha telefônica que respondia apenas no quarto de sua mãe, conversando por mais de meia hora.

Foi informada que Licinha estava muito fraca e estranha. Não falava coisa com coisa, parecia *colori*.

Irene decidiu que era o caso de colocar Alzira a par dos acontecimentos.

Cheia de esperança, telefonou para sua ojubonã.

Atendeu uma voz calma – diferente da elétrica.

Ia desligando quando foi chamada pelo nome.

A mãe-pequena parecia outra!

Entusiasmada, contou tudo: tintim por tintim.

## 13. São Paulo, manhã de 15 de outubro de 1999, sexta-feira

Sula e os irmãos sentaram-se em uma mesa na cantina, ainda calma, do Centro Acadêmico XI de Agosto, perto da Rua Riachuelo, próximo à Livraria Jurídica Buchatsky e do escritório de advocacia de Paulo Fará, orientador de uma infinidade de gerações de estudantes.

O burburinho começa a partir das onze.

O cheiro de café dera água na boca de Sulamita, bastante irritada com o procedimento de Liana. Qual seria seu conceito de cristianismo? "Gente assim afasta as pessoas de Deus" – pensou, sorvendo com delícia um pouco da bebida fumegante, recordando-se de invernos rigorosos do seu tempo de bacharelado.

Os alunos, cheios de capotes, bebiam café com *grappa*, nos bares vizinhos.

Tomou outro gole, em silêncio, triste pela humilhação imposta aos filhos da funcionária aposentada.

"O pior é que a Liana conviveu com D. Lídia, funcionária querida pelos professores e alunos." Lembrou-se da vovó Nilinha, solidarizando-se com Victoria Regina. Refletindo melhor, achou as duas parecidas: os cabelos de palha, o pó compacto mais claro, os lábios carnudos...

Jaciara, um tanto tímida, iniciou o diálogo, falando-lhe do apreço que a mãe lhe devotara.

Sula tentava adivinhar o motivo da conversa urgente. Rogava aos céus para que não lhe pedissem qualquer coisa relacionada com o passado.

A filha hesitava. A protelação era causa de uma inquietude maldosa.

O primogênito, Júlio, contemplava as mãos de elegantes dedos longos.

Jaciara retomou o assunto.

– Somos nascidos em Salvador, no Cosme de Faria. Mudamo-nos para a Aclimação, em São Paulo, no final da década de sessenta. *Mainha* veio antes. Passou no concurso público e chamou a gente. Deixou sua cidade por causa de nosso pai, que a abandonou por causa de outra mulher. Tenho certeza de que o amou até o fim. Por isto não quis voltar para a Bahia nem a passeio.

Sula tem lembrança de respostas evasivas da funcionária sobre participar das festas do terreiro.

Mudava a conversa, pretextando alguma coisa urgente a ser feita. Fora uma das primeiras filhas espirituais de Mãe Totonha, mantendo-se fiel à ialorixá que, ao referir-se à sacerdotisa, distante, deixava escapar um suspiro de saudade.

Recorda-se de que D. Lídia se encontrara com Mãe Totonha, algumas vezes, em São Paulo, em outros estados.

Pigarreando, para espantar a emoção, o homem de belos olhos verdes calmos, com cheiro de *azzaro* – que não aparentava mais de quarenta e cinco, embora tivesse bem mais –, prosseguiu:

– Nossa mãe foi feita pra Ogum muito jovem. Tinha quase sessenta anos de iniciada. Uma das primeiras a jogar búzios em São Paulo.

Sulamita começava a se sentir meio desconfortável.

Júlio bebericou o café (provavelmente frio) abrindo a lata de soda dietética – o refrigerante favorito de Victoria Regina. Bebeu um gole grande com prazer:

– Não sei se você sabe, mas sou ogã da Iansã de tia Clarice. Farei cinqüenta de confirmado em setembro próximo. Jaci, minha irmã, fez santo com sete anos. Quando nos mudamos, meninos, estavamos prontos.

Com muito jeito, Sulamita olhou para o relógio, torcendo para fazer-se compreender. Adivinhava o assunto que os trouxera.

Queriam que ajudasse nas obrigações fúnebres de sua mãe. A última coisa que desejava era voltar a cantar axexê.

A filha retomara o assunto.

– Faz muitos anos que não voltamos à roça. Sabe como é, fomos iniciados crianças. A gente se muda para uma terra estranha, com outros costumes... mamãe continuou a cultuar seus orixás, aqui. Nós acompanhamos *mainha,* que se dava com todo mundo. Nossa casa, na Almeida Torres, era a embaixada da Bahia, conforme diziam, de brincadeira. A parentela de santo de *mainha* se hospedava lá. Nem sei quantas tias e tios – disse com um sorriso, revelando dentes perfeitos.

Achou-a mais parecida com a mãe do que com o irmão – mais charmoso e menos bonito. Jaciara tinha olhos grandes e puxados, com uma pinta escura abaixo do olho direito: igualzinha a de D. Lídia – recordou-se.

A voz da filha de Oxum era doce e tímida.

Bebeu um gole do refrigerante, do irmão, antes de falar.

– Doné Vitú – D. Paulina – você conhece com certeza, não? Concordou em vir até São Paulo para fazer o axexê de *mainha.* Era muito amiga de nossa avó Elvira, *Ijijawo*, iniciada para Obaluaê. Disse-nos, para nosso tremendo alívio, que faria qualquer coisa por uma parenta de vovó.

Marcamos o início pra 1º de novembro, Jujú, meu irmão, não pôde antes. Queremos oferecer o melhor à nossa mãe. Tinha pouquíssimos filhos-de-santo, sabe como é. As coisas dela estão na Roça dela, em Osasco. Mãe Totonha entregou os assentamentos de Ogum e dos outros orixás, porque ela não queria ir até Salvador. Boa do jeito que era, Mãe Totonha acolheu os motivos. Por isso o axexê de *mainha* tem que ser feito lá. Você é irmã de Axé. Contamos com sua presença. Sulamita deixara escapar um suspiro de alívio.

"Um convite para o axexê, nada mais do que um convite, graças a Deus."

Não compareceria para não se encontrar com a doné, testemunha dos maltratos no velório.

Jaciara abriu a bolsa, retirando um envelope. Suas mãos manicuradas tremiam. A voz confirmava os sentimentos. O irmão lhe deu um tapinha no ombro. Engolindo as lágrimas com outro gole da soda, estendeu-lhe o envelope:

– É para você, irmã. Encontramos atrás da cama dela, faz dois dias. Reflita sobre o assunto. Mamãe era uma mulher sábia. Jamais errou um julgamento em toda sua vida longa e boa.

Tremendo, sentiu uma corrente elétrica ao recebê-lo. Por que com ela as coisas eram sempre assim?

Levantou-se, com polidez. Uma ligeira vertigem aproximava-se. Seus olhos estavam duros, secos.

O homem de mais de um metro e noventa prendeu sua mão direita nas suas mãos enormes.

O gesto firme, mas carinhoso, balançou sua disciplina. Uma vontade de chorar começou a invadir sua alma, devagarinho. Se começasse, romperia em soluços.

Os olhos verdes transmitiam-lhe ternura:

– Não deixe de refletir sobre as palavras de uma moribunda. Ninguém desperdiça o que recebe, nem foge ao destino, que é ser feliz. Mamãe se sentia responsável por você, mesmo longe.

O celular de Jaciara tocou.

Teria de apressar-se se quisesse estar nas Clínicas em pouco tempo. A operação cardiovascular começaria em cento e vinte minutos. Era a cirurgiã-chefe, professora adjunta da USP.

Despedindo-se da mulher entorpecida, Júlio entregou-lhe um cartão, com seus telefones, anotando, à caneta, os da irmã.

Apontou para o número de seu *bip*.

– Caso o celular não atenda, deixe recado no bip. É mais confiável que a caixa de mensagem do outro. Sou piloto comandante da Viação Brasep. Minhas rotas são complicadas. Tá na época da aposentadoria, já passei dos cinqüentinha há mais de cinco anos.

Sorriu com bondade.

– Às vezes a gente está em pleno céu, no meio das nuvens e não tem como falar com os amigos na terra.

Mantendo o sorriso, continuou:

– Folgo nas próximas setenta e duas horas. Segunda à noite sigo para Estocolmo. Deixe recado que retornarei para você assim que puder. Desde o divórcio moro em um *apart*, perto da Rebouças. Tenho tempo para ouvir as mensagens.

Dando um beijo na testa daquela moça revoltada com o tratamento desprezível que ele e a irmã (dois então estranhos) sofreram – de castigo, atrás do balcão, em pé –, refletiu sobre o julgamento da falecida.

"Mamãe sabia das coisas. Ela é reta de caráter, embora esteja me parecendo perdida, pobrezinha."

Abraçou-a solenemente.

– Que Obá e Oxóssi, meu pai, iluminem seus caminhos, minha filha. Mamãe não era de exageros. Continue a águia que você é. Não perca altitude. Nosso povo precisa de gente de fé e coragem que se mantenha no ar.

Viu os irmãos se afastarem, abraçados, com uma certa inveja.

– Como estive enganada pensando que Alzirinha fosse a minha irmã – refletiu com tristeza.

A funcionária do departamento feminino tinha sido uma mãe orgulhosa. Recorda-se disto muito bem.

Pensou em Vicky. O relacionamento entre elas ficara melhor depois dos seus quarenta anos. Durante um longo tempo lamentara a dificuldade. Com o pai tinha sido mais fácil. O temperamento exuberante da mãe gerara muitos conflitos familiares.

Lembra-se da fotografia em uma praia de nudistas na riviera italiana. Era garotinha – Papito atirara a revista em Victoria Regina, chamando-a de ordinária... tinha sido horrível. A mãe ficara uns tempos no Rio Grande do Sul, abandonando-a com uma empregada indiferente.

Hoje compreende Victoria Regina, ávida de liberdade, tal qual *Fraulëin Maria, no convento* – a protagonista do *The sound of music*. No início do musical, as religiosas – as mestras das noviças e das postulantes – emitem opiniões polêmicas sobre a futura esposa do capitão Von Trapp. Para uma, a candidata era um anjo; para a outra, a *demon*. Com a sabedoria dos anciãos, a velha abadessa sentenciara: "you can't hold a moon light in your hands".

A mãe era assim: um raio de luar que não se prende nas mãos.

O envelope parecia querer revelar-lhe o conteúdo.

Seu primeiro ímpeto foi o de rasgá-lo. Mas seria um desrespeito à memória da morta.

Sentou-se na cadeira da mesma mesa. Não fumava há séculos, mas naquele momento teve muita vontade.

Dois calouros recém-saídos da adolescência fizeram-na desistir de ler.

Levantou-se em direção ao Largo de São Francisco.

O sinal do intervalo tocou, misturando-se com as badaladas dos sinos vizinhos. Eram nove horas.

Decidiu dobrar à esquerda de quem sai, para os lados da igreja. Talvez fosse um bom lugar. Uma missa estava sendo celebrada. Pelo jeito, de defunto. Pessoas de óculos escuros trajavam preto.

"Tantos anos de branco, em homenagem a Oxalá... sinto uma certa angústia ao ver gente de preto às sextas-feiras" – admitiu seguindo em frente.

Um pouquinho adiante, reparou que a capela da Ordem Terceira estava completamente vazia.

Sentou-se no último banco, reunindo coragem.

## 14. Mosteiro, Paraná, tarde do dia 15 de outubro de 1999, sexta-feira

O refeitório era moderno e aconchegante. Alzira contou seis mesas de madeira – com o mesmo número de bancos sem encosto. O ícone da Santíssima Trindade, feito por algum artista merecedor de elogios, se impunha na parede branquíssima. Abaixo, o púlpito para as leituras. No meio, a mesa *self service*. Águas buliçosas de uma cascatazinha nas pedras do pequeno jardim japonês – atrás da porta de vidro – produziam um som místico.

Sorrindo, após a ação de graças, Anselmo disse que nem só de pão – ou de reza – vive a criatura. Precisa dos dois.

A comida convidava: lombo de porco com batatas assadas, arroz, feijão, farofa, salada de alface com tomates, pão caseiro, gelatina de framboesa, pêras e limonada.

Saboreou com prazer, dando-se conta de que não comera há vinte e quatro horas.

Anselmo devorava com garra.

"É a segunda vez que repete" – o toque brejeiro de volta nos olhos rápidos.

Entre garfadas, o monge esclareceu que o refeitório dos Mosteiros é um lugar de silêncio mitigado em raras ocasiões, a exemplo da Páscoa, Pentecostes e Natal.

Comia e explicava, matando a curiosidade de Alzira: para aquela Ordem contemplativa a visita de alguém de fora era a presença do Cristo – o que reforçava a hospitalidade.

– O desjejum, depois das *matinas* e antes das *laudes,* costuma ser ligeiro e em recolhimento – algumas vezes um CD de música sacra, baixinho, sustenta a meditação da leitura do Evangelho ouvida no primeiro ofício do dia: o ofício da madrugada.

Mudou o assunto para o motivo que a trouxera ao Paraná.

– Enquanto você estava na capela, estive pensando na melhor maneira de contribuir com vocês. Temos que rezar muito – do jeito que confiarmos – e agir sem demora – já que sua tia está no terreiro. Vou recomendar as orações dos irmãos. Sempre ajuda.

Alzira precisava partilhar o que se passava em seu íntimo.

– Nem sei como consegui dirigir de Curitiba até o Mosteiro, tamanha a angústia. Acho que dormi na capela. Estava exausta há meses – não consigo explicar o que aconteceu, nem como andei até o altar. Tudo indica que fiz isso, né? Seja como for, sei que um peso foi arrancado de mim. Estou conseguindo respirar, mais aliviada.

Serviu-se de suco, limpando os lábios em um guardanapo de papel.

Prosseguiu.

– Devo procurar Sulamita, queira ela me receber ou não. Já deveria ter feito isso. Não sei como agir, nem o que dizer. Talvez deva seguir o coração. Amizade como a nossa deixa raízes que superam a dor.

Suspirou profundamente, cruzando as mãos.

– Acho que ela tá no apartamento da Maria Paula. Fiquei lá durante um congresso, em 1998.

Anselmo ouvia com os olhos marejados, sua intimidade protegida pelas lentes fotocromáticas.

Alzira tinha um outro brilho.

Ao vê-la sob o altar, achara que tivesse sofrido um ataque de sonambulismo causado pelo estresse.

Ao contemplá-la, há poucos instantes, de cabeça baixa, em oração, já não sabia o que pensar, ignorante que era acerca dos desígnios divinos.

Dava graças em silêncio.

"Louvado sejas Tu, Infinita Fonte de Juventude por Tua Misericórdia."

O celular de Alzira tocou. Esquecera-o ligado.

Desculpou-se pela gafe, atendendo com uma certa apreensão.

Era sua filha-pequena, Irene de Oiá.

Ficou curiosa ao saber notícias de Toinho – com medo de enfrentar a barra no terreiro – embora não confiasse nele.

Concordou com que alguma coisa deveria ser feita para aliviar a barra da tia, mas não lá. Seria arriscado demais. Se ela desconfiasse, o tiro sairia pela culatra. Determinou que oferecesse um omolocú, para a Oxum de Licinha, nas águas doces. Fizesse com discrição, longe dos olhares dos crentes. Pensando bem, talvez fosse melhor Ebame Augusta espalhar um pouco de acaçá desmanchado em um balde de água na entrada do terreiro e no barracão. Mas com muita cautela. Licinha era esperta que só, com um um faro para descobrir as coisas.

Percebeu que Irene gaguejava. Tinha uma notícia para dar mas hesitava:

– O o o t t a á de Oxum de Mãe Li Licinha está comigo. Troquei por "uma pedra falsa". Sei que a senhora cuidou do otá de minha Iansã e do Xangô de Toinho este tempo todo. Não lhe contei, antes, porque tive medo de não ter feito a coisa certa. Sou muito nova para tanto fundamento, mas achei que tinha que proteger o Axé.

Terminara a confissão aos prantos.

Anselmo percebeu que alguma coisa acontecera. Estava estampado no rosto de Alzira – mortalmente pálido, seguido de um vermelhão. Os olhos pareciam chamas. Começou a chorar. Desta vez, de alegria:

– Uma filha de Iansã não tem medo de transgredir as regras em defesa da vida! Ainda mais uma filha-pequena de Alzira! Que Iansã abençoe você, minha criança. *Eparrei*!

Conversava como nos velhos tempos, de pernas cruzadas sobre o banco. Deixou cair o garfo.

Tinham a faca e o queijo na mão! Poderiam arriar o omolocú em cima do assentamento de Oxum, graças a Irene!

Franzindo a testa ponderou que seria difícil explicar o cheiro de azeite-de-dendê.

Irene riu-se, divertida.

– Toinho nunca deixou de comer comida de azeite. Só não faz isto na frente dos outros, para não dar pé de conversa. Até cerveja continuou a beber, na boa!

A mãe-pequena respirou, aliviada.

– Se é assim, Oiá Tobi, mãos à obra! Amanhã, sábado, é um dia bom... dia de Oxum e Iemanjá. Peça pra minha Ebame Augusta arriar a comida em Oxum. Eu pensava em voltar para casa depois de amanhã. Com esta notícia de que Toinho tá com medo, ainda mais com você, esperta do jeito que é, agindo, vou ver se faço das tripas coração para procurar sua Ebame Sula, em São Paulo e convencê-la a viajar comigo. Isto se Padre Anselmo me acompanhar. Peça a Deus por mim. Até segunda ou terça tô de volta, com fé em Deus. Qualquer coisa me ligue, *Oiacy*. Que Oiá tome conta de você e de seus filhos! Tchau, tchau – concluiu desligando.

Anselmo estava boquiaberto.

Lembrou-se de que não alimentara o falcão peregrino, ainda muito fraco para voltar à caça. Teria de dar um jeito. Pena que sua ida para São Paulo estivesse descartada. Recordara-se de que se comprometera a pregar o Retiro para as monjas de João Pessoa, a partir de segunda. Era compromisso assumido há um ano. Só se acontecesse um milagre...

Ia abrir a boca para explicar a situação, quando Irmão Plácido entrou no refeitório trazendo o telefone sem fio.

Tapou o bocal:

– Irmão Anselmo, é do Mosteiro Nossa Senhora da Luz, de João Pessoa. Madre Paola quer falar com você...

Baixou, ainda mais, a voz.

– O retiro vai ter de ser adiado – dez monjas estão com dengue – verdadeiro horror. Vai ver que não seguem as instruções higiênicas, coisa inconcebível em se tratando de beneditinas. Se fossem destas ordens eremíticas, vá lá...

Alzira mordeu a língua para não rir. "Mudam os credos mas o ser humano é sempre o ser humano! Este cara me parece familiar... óxente, com quem será que se parece?"

Bateu na testa, engolindo a gargalhada: "É a cara do *Painho;* só falta gritar: ó cunhã!"

## 15. Salvador, começo da tarde de 15 de outubro de 1999

Dava pena olhar para o pastor, filho de Xangô. Poderia vencer D. Quixote de la Mancha em uma disputa pelo título de cavaleiro da triste figura.

Ouvia vozes e via coisas.

Chegara a sonhar com Mãe Totonha terrível e acusadora.

"A merda é que não tenho com quem me desabafar" – reconhecia.

Estava ficando cada vez mais insuportável esconder os sentimentos de sua negona porreta, companheiraça disposta a erguê-lo. Até quando agüentaria dissimular daquele jeito? Ainda bem que Irene não estava pegando no pé – graças a Deus.

Toinho ficara em casa por determinação médica. Desmaiara no trabalho e o convênio havia pedido uma porrada de exames. Justo ele, que detestava hospitais, doentes, cheiro de formol, tirar sangue, tomar injeção, ver defunto, eguns! Por falar nisto, adquirira pavor do toque da campainha e do telefone. Esperava, a qualquer hora, um comunicado para ir fazer a maldita limpeza espiritual ou o tal exorcismo – a zorra que fosse – no terreiro de candomblé, coisa que lhe azucrinaria a vida e o casamento com a crioula.

O telefone tocou insistentemente. Fosse quem fosse, desistiria de encher o saco.

Tocou de novo, uma vez e mais outra; dez vezes sucessivas até cair, sem que respondesse. Aquilo estava lhe deixando maluco. Ao tirar o fone do gancho, para interromper os malditos toques, ficou paralisado ao ouvir as ameaças na voz desvairada de Licinha.

Tremendo, meio grogue, colocou no ouvido.

A voz estridente ameaçava:

– Filho-da-puta frouxo; você acha que não sei que cê tá aí, com o fone no ouvido, se cagando de medo? Pensa que pertenço ao seu bloco? Se eu morrer levada por estes eguns que não largam de meu pé, vou desassossegar sua vida, de sua mulher e de seus filhos. Não descansarei na sepultura enquanto não arrastar todos comigo!

O suor de Toinho encharcava a roupa.

Tremia e gaguejava:

– Mmmas titia, o que é que a senhora quer eu eu faça? Está certo que a senhora pediu um exorcismo, mas não tenho me sentido bem, por isto estou em casa, de tarde. A senhora não acha melhor chamar o pastor Ricardino ou o Isma... – foi interrompido aos berros.

– É você que vai ter que encarar esta, cagão da casa do caralho! Você quis ser pastor e foi ser, deu uma banana pra *véa* e ainda me puxou! Onde é que está a vergonha desta tua cara? Pra mim, agora, mais do que nunca – doente do jeito que tô –, transformar esta macumba em igreja é ponto de honra! Mais do que antes! Senão tô desmoralizada, até o último fio de cabelo que me resta. O que vão pensar de mim, a começar da porra de minha irmã, a cretina de minha sobrinha e a puta da branca de merda?! Pode vir quem quiser, mas é você que vai encarar de frente, seu sacana! Se você não aparecer aqui, amanhã cedo, que é sábado e num tem desculpa, conto pra tua nega o chamego com a "loira a pulso" – que não é loira porra nenhuma – no Rio, três anos atrás – "a tal de Franceline" – no Hotel Glória! Pensa que não sei onde ela te deu o relógio que você não tira nem pra tomá banho?! Tá lembrado, seu saqueba? Abestalhada de tua nega que acreditou no monte de *equê*.

Licinha bateu o telefone proferindo um palavrão meio estranho, deixando Toinho em um beco sem saída.

Tinha que encarar as coisas de qualquer jeito. Se Irene soubesse da galega de bunda grande, seria transformado em um defunto capado.

Sentindo uma dorzinha no peito, ligou para os pastores Ricardino e Ismael, dizendo que a boa e virtuosa irmã Licinha precisava de ajuda, naquele antro de perdição.

Marcaram o encontro para as nove do dia seguinte.

O problemaço era a desculpa que teria de dar para Irene – não havia atividades na manhã de sábado, dia de descanso: o domingo era lotado.

"O caso é que a nega é esperta que só ela, difícil de sê enrolada" – precisara se valer da cumplicidade de Licinha na história da galega cheia de carnes. Agora tava no bolso da bruxa que não alisava...

Abriu o armário da cozinha e bebeu um gole de cachaça. Quase caiu de costas ao ouvir, mais uma vez, o brado guerreiro de Iansã – "reiiiiiiiiiii".

## 16. São Paulo, tarde de 15 de outubro de 1999, sexta-feira

Carlo Stefano sentia-se em estado de graça no restaurante aquecido aos 20ºC – a temperatura ideal para o *Brunello de Montalcino* à sua frente, safra 77, na *caraffa di cristallo,* ansioso para ser degustado com as devidas homenagens de quem reconhece seu estilo.

A primeira, foi a lágrima imponente com um bocadito do *pecorino* da infância; a segunda homenagem, *o bravissimo,* da temporada lírica.

O ensaio não fora dos piores.

Pode se dizer, até, que tenha sido dos muito bons, além de sua expectativa.

O agente do velhote francês herói de guerra violonista maestro *best seller* telefonara do Hospital Albert Einstein, comunicando a impossibilidade do comparecimento do artista, no soro, coitado, um perigo para alguém de setenta e tantos anos, exagero no consumo de uma comida brasileira cremosa com nome estranho, amarelada, sabor de camarão, feita com um óleo dourado muito forte, de nome mais estranho ainda. A refeição fora acompanhada de muitos copinhos de uma bebida branca de forte teor alcoólico e um doce amarelo de coco.

O maestro ria-se por dentro – na verdade gargalhava – à custa do infortúnio de Pierre Favret, o metido a besta: bem feito!

"Quem mandou comer vatapá com quindim... isto sem falar nas batidas de coco... O problema é que pode atrasar toda a programação, *ostrega*!"

Dando de ombros (gesto seguido de um gole para espantar pensamentos aziagos) dirigiu as atenções ao anfitrião da Broadway, entretido com o vinho na taça larga de cristal, para que o *bouquet* intenso, amplo e etéreo, de madeiras aromáticas misturado com fragrâncias de baunilha e pequenas frutas não se perdesse.

Herman Cauffmann, o *producer* careca, vestido com uma camisa azul social de mangas curtas – coisa de americanos –, parecia hipnotizado.

Lia a garrafa, ao lado da jarra, na qual a bebida fora despejada para arejar.

A conversa transcorria em inglês – "quase uma blasfêmia diante do poema latino moreninho"; "a tradução portuguesa de *brunello*, pensou condescendente, tropeçando nos erres da língua bárbara de William Shakespeare: muito pior, de lá para cá."

O ouvido musical era orgulhoso.

Lembrou-se de Victoria Regina, um gênio para idiomas.

Ouvira-a falar quatro, sem o mínimo acento de sua região vêneta.

Respondendo à curiosidade do anfitrião, disse-lhe que aquele tipo se encaixava dentre os ótimos vinhos do planeta.

Aspirou a fragrância com respeito religioso:

– Preste atenção, Cauffmann, na cor límpida, vívida e brilhante deste moleque de minha toscana. Aspire devagar o intenso perfume, a sutileza da mistura com outros aromas de frutas. O americano, obediente, seguia as explicações maravilhado, embora o capeta da avareza insistisse em cochichar-lhe nos ouvidos o preço da garrafa.

Não gostava de esbanjar... era a última vez que pediria sugestões.

O maestro continuou:

– Nem todos os *brunello* têm a mesma qualidade. Isto varia de safra. Este vinho é cheio de surpresas, engana até os grandes *somelliers*. Na média dos casos, pode-se afirmar que precisa de um mínimo de dez a trinta anos de envelhecimento para ficar muito bom. É claro que a garrafa deverá ser mantida deitada em uma adega fresca e escura – sem barulho e odores desagradáveis. Tudo isto soma, *caro amico*!

Dando um gole com um estalar de língua, pediu desculpas pelo gesto deselegante, tão bom era aquele *brunello:*

– Estamos degustando um, de vinte e cinco anos. Uma média ideal para o justo envelhecimento, embora esta safra não tenha sido a premiada, o que elevaria o preço.

O americano deixou escapar um quase imperceptível suspiro de alívio ao ouvir aquelas palavras mágicas.

– Se o vinho for velho, como este, é necessário despejar o conteúdo em um recipiente de cristal aberto, a fim de que tenha um contato tranqüilo com o oxigênio e não perca a fragrância e o sabor originais. Isto, pelo menos quarenta minutos antes da degustação. Deverá ser mantido a uma temperatura de 18 a 20ºC.

O novaiorquino bebeu um gole grande e olhou discretamente para o relógio, com medo de se deixar envolver pelas emoções do italiano e perder o compromisso no Rio – o que lhe custaria mais de trezentos mil dólares: nem pensar!

O maestro bateu com a mão direita no peito.

– Nós, italianos, gostamos dos queijos no final das refeições. Pedi um pedaço deste, da Toscana, de leite de ovelha, perdido nas próprias memórias. Minha avó fazia este pecorino. Quase não acreditei. É ideal para ser saboreado com *brunello*. Na falta, um *parmigiano regiano* vai bem.

Por falar nisso, sugiro ao amigo uma perna de cabrito com brócolis – o molho ligeiramente enriquecido por cogumelos e trufas. Este vinho também é muito bom com carne de javali e outras caças selvagens. Saborear uma caça é pedir demais à sorte. Na próxima vez eu preparo e lhe convido.

O produtor ficou mais aliviado ainda.

"Sorte minha que não tenha javali. A conta seria muito mais alta" – pensou, fazendo um sinal ao garçom, na espreita.

Ao ver a jarra no fim, o *maître* aproximou-se dos cavalheiros, perguntando ao maestro (freqüentador da casa) se poderia trazer outra garrafa, daquela mesma safra, já respirando há meia hora para o paladar de primeira dos ilustres senhores.

Olhando nos olhos do anfitrião ruborizado, a velha raposa sorridente deu de ombros. O profissional reclinou a cabeça, mandando o garçom recolher a jarra – atitude que fez o maestro dar-lhe uma piscadela traquinas.

Em pouco mais de cinco minutos o *brunello* retornara tal qual a fênix, renascida das próprias cinzas.

O celular tocou.

"Como pudera deixá-lo ligado, cáspita?!"

Detestava telefones nos restaurantes.

Desligou-o sem olhar o indicador de chamadas.

O novaiorquino se levantou em direção ao banheiro, mais vermelho do que nunca.

"Parece um peperoncino sovinas" – pensou Stefano, abafando um sorriso maldoso.

Examinou a caixa de mensagens. Qual não foi sua surpresa ao ouvir Victoria Regina, a *bella*. Compará-la com a filha seria o mesmo que comparar o *brunello* com o *rosso* di Montalcino. Muito bom, mas perto do parente espetacular, ora, ora...

Animado, retornou a ligação.

O fim de semana no Edelweiss perdera completamente a graça.

## 17. Londres, tardinha de 15 de outubro de 1999, sexta-feira

Durante o trajeto até Gatwick – um dos aeroportos internacionais –, Vicky, no banco traseiro de um táxi, enxugava as lágrimas no lenço de cambraia rosa chá: suas iniciais bordadas a ouro.

O sonho batera fundo.

Gostaria de saber rezar.

"Vou ter de refazer a maquiagem. Ainda bem que as lentes destes óculos são escuras.'"

Não era dada a choros.

Refletia, espantada com a própria reação, o quanto as palavras da mãe (no vigor da idade, no sonho) causaram-lhe emoções múltiplas, bastante fortes para atirá-la em uma viagem internacional de última hora. Andavam, juntas, de mãos dadas. Não sabe onde nem para onde. Ainda sente, na mão esquerda, o calor perfumado da *mamma*. Na direita, segurava um par de sapatilhas de balé parecido com o primeiro de sua vida; talvez fosse, mesmo, o primeiro par de sapatilhas de balé de sua vida desperdiçada. A então criança de dez anos escutava a mãe com adoração.

"O surrealista, disso tudo, é que Sula já existia" – recordava-se, o olhar fixo no diamante solitário do anel, absurdamente adulto nas mãos marcadas pelo incorruptível tempo.

A jovem *mamma* falava com a criança Victoria Regina como se fosse adulta:

– O orgulho e a covardia confundem e dispersam. São ervas daninhas sobre o dom, a pequena faísca da chama divina que nos é entregue a serviço da vida, para sermos felizes.

Parecia preocupadíssima com Sulamita.

– À minha neta foram confiados os dons de síntese e agrupamento do disperso: caminho espiritual de radicalidade e renúncias alimentado e mantido pela fé.

Ainda sente as mãos delicadas naquele rosto de criança, agora no táxi, para o aeroporto, pegando fogo.

– Vá até ela, Victorina. A falta de humildade e o rancor são os atuais guardiães de seus dons. Ajude-a na tarefa de recuperar as dádivas celestiais para que possa reunir as ovelhas, entregando-as à liderança do rebanho. Clame por auxílio, bambina, e seu dom adormecido para a vida despertará. Uma surpresa a espera. Dádivas alheias somarão forças. Antes de tudo é preciso uma boa limpeza.

Tudo muito oracular.

Algo além da compreensão compelira-a a seguir viagem.

A bordo do *cab*, pensava no próprio caminho.

Como esbanjara o dom, meu Deus! Não confiara em ninguém, agarrando-se à covardia, fruto de um caráter débil.

Nascera para o balé. Sabe que fora muito boa nesta arte, usando a dádiva para alimentar a vaidade. Pisara em muita gente. Tinha sido arrogante, atroz. Desperdiçara o tempo por egoísmo, soberba, medo da solidão inevitável, pavor do fim de uma vida fútil, disposta a pagar um garoto de programa para continuar a enganar-se mais um pouquinho com as mentiras compradas. Admite, agora, que doara dinheiro para o Carmelo porque tinha medo do desconhecido, talvez para manter acesa a labareda da própria incerteza, *just in case.*

Enxugando as lágrimas, admitia estar disposta a ajudar Sulamita a seguir o próprio dom, impedindo-a de cometer erros semelhantes aos seus, carente como uma guria faminta.

Fechou os olhos sem saber que estava rezando. Não tinha certeza sobre o que exatamente falar com Sulamita.

Torcia para que não estivesse enamorada do *maschio* com a voz atraente um pouco arrastada depois de uns copos a mais de *brunello* – conforme lhe confidenciara.

Eram confusos seus sentimentos em relação a Carlo Stefano: simpatia, atração e repulsa – concluiu pragmática, acendendo um cigarro para aterissar. A tosse do motorista fê-la mudar de idéia.

Apagou, sem ao menos tentar fazê-lo enganar a tosse com uma boa gorjeta.

Disse, alto, a famosa frase de Machado de Assis:

– Mudaram os natais ou mudei eu? – O motorista voltou-se espantado.

– *I can't speak spanish, ma'm. Could you repeat it in our language, please?*

## 18. Salvador, tardinha/noite de 15 de outubro de 1999, sexta-feira

Reunindo coragem para espiar pelo buraco da fechadura, a velha Augusta constatou que a iaquequerê vagava apenas de calcinha furada na bunda.

Os seios flácidos cobriam o umbigo.

Diversos maus cheiros formavam um fedor insuportável.

A mulher, protegida pela intimidade de seu cômodo vizinho ao barracão de festas – quarto-cozinha e banheiro minúsculo –, jamais sentira tamanha coisa ruim.

As duas eram as presenças vivas no terreiro cheio de irradiações de eguns – o que aumentava ainda mais o desconforto da filha de Badé – o Vodum semelhante ao orixá Xangô: divindade alérgica à morte.

Egum causara muitos transtornos, fazendo-se passar por Xangô. Vestira-se da mesma forma, recebendo homenagens e presentes, como se fosse o outro. O senhor do fogo percebeu o embuste e mandou cortar a cabeça de Egum, que evita se encontrar com Xangô e vice-versa.

A velha filha de Oxum, seminua, berrava, como se estivesse diante de muitas pessoas, o que aumentava o desconforto de Augusta:

– Está pagando as penas... nas profundezas dos infernos... há, há!

Apesar do inusitado, o sangue de Augusta começara a esquentar. Não engolia falta de respeito com a memória de pai e mãe.

Licinha parecia responder a uma pergunta, o que aumentou sua perplexidade:

– É isso mesmo, meu irmão. Uns casquinhas, pão-duro, canguinha... Estes filhos-de-santo só servem pra comer e beber de graça e ainda têm boa vida. Na Casa do Senhor quem não trabalha não come!

Gritava e batia palmas, embaralhando assuntos.

– Quem não trabalha atrapalha, atrapalha alha, alha, minha talha, minha talha... Ainda bem que mandei jogar a talha de Oxum nas águas do dique, com otá de Oxum e tudo.

O sangue de Augusta entrara em ebulição.

A pior besteira que a velha ialorixá fizera fora mandar entregar Oxum de Licinha na Casa dos crentes.

"Olha no que deu... tá maluca, pode acabar o terreiro... santo antigo despachado nas águas... pode sobrar pra muita gente."

A desvairada empurrava cadeiras, atirando algumas no chão sagrado.

Chorava copiosamente.

– Uiiiiii! Perdão, Jesus; meus pés santificados pelo batismo no Jordão pisam este solo pecaminoso em seu nome AIIIII, MEU DEUSSSSSSSS, limpa este recinto do pecado.

Com a voz trêmula e estridente começou a atropelar o último trecho do salmo 17. Augusta fez o sinal da cruz. As palavras santas pareciam demoníacas naquela boca pôdi:

– PROTEGEI-ME QUAL DOS OLHOS A PUPILA E GUARDAI-ME, À PROTEÇÃO DE VOSSAS ASAS, LONGE DOS ÍMPIOS VIOLENTOS QUE ME OPRIMEM, DOS INIMIGOS FURIOSOS QUE ME CERCAM... ME CERCAM... ME CERCAM.

Começara a rir até perder o fôlego.

– Me cercam... me cercam... ão, cercão... cão... CÃO É CACHORRO, o macho da cachorra que não casou. Porra de terreiro que me empatou uma vida normal... me cercam... Cão é satanás... nunca acreditei em nada, porque não sou burra, não existe coisa nenhuma, é tudo potoca pra enganá os trôxas!...

Brigava com o invisível:

– CACHORRA É A PORRA, TÁ PENSANDO O QUÊ?! EU NÃO SOU CACHORRA NÃO!... CACHORRA É A PORRA DO TINHOSO!

Dirigiu-se até a porta do quarto, descalça, dando um pontapé. Berrou de dor:

– Ai, armadilha do tinhoso. Badecy, cadela filha-da-puta, mãe de puta e puta sê mesma... puta do dono do armazém, colocando monte de chifre no corno véio. Pensa que não sei?! Cultuadora de demônio... a *nigrinha* de tua Irene teve aqui de calça baixada, pedindo perdão; a *nigrinha* vai voltar pra igreja de joelhos e mesmo assim vai tomá um pé no cu, do marido... Que feitiço você botou na porta pra queimá meu pé? – gargalhava histérica.

Palavrões, insultos à sua filha e à memória de Laurindo, o falecido, e Mãe Totonha compunham o elenco das coisas que tiravam a Ebame do sério. Tinha que pôr um ponto final naquele escândalo.

Licinha continuava a ameaçá-la como se estivesse no púlpito.

– Depois desta casa da perdição virar igreja de Deus, você vai pros quinto, sabe neguinha?! Fazê companhia a Mãe Totonha, no colo de Belzebú. Não vou lhe dar boa vida porra nenhuma!

A aposentada pegou uns acaçás na geladeira. Retirou a folha de banana daqueles bolinhos retangulares de creme de milho branco. Desmanchou em um pouco de certo preparado "que a gente não chama o nome".

Disse, com raiva, enquanto trabalhava:

– "Só de sentir este cheiro, Exu sai correndo pra fazê suas gracinhas em outras platéia com tempo de lhe dá *assistênça*." Despejou tudo em um balde, completando com água limpa. Era um paliativo. O resto ficava para depois, como ficava.

Licinha silenciara.

Augusta espiou pela fechadura. A iaquequerê estava de cócoras, a calça abaixada, pronta para defecar.

Não sabe se foi ela ou Badé quem abriu a porta e virou o balde na *sujeitcha*.

Licinha levantou-se berrando o nome da mãe; as mãos escondendo os seios.

Um frio de morte descera sobre tudo.

Ebame Augusta se arrastou até o quarto, tremendo que nem geléia – os cabelos arrepiados para cima.

Tremendo, desmanchou uns acaçás em um balde d'água, tomando um banho gelado com sabão-da-costa: um sabonete *de descarrego.*

Batendo os dentes, vestiu roupas limpas sem secar-se, colocando, por último, uma pulseira de palha-da-costa para espantar eguns e uma conta de Xangô.

Em poucos minutos a temperatura voltara ao normal, o ambiente livre da irradiação causadora do frio insuportável.

"A coisa mais atentada é espírito desassossegado" – sentenciara pragmática.

"Até onde vai isto, meu pai? Mãe Totonha tão boa, tão cheia de amor sem direito ao descanso... isso tudo por quê? Por causa de uma arrenegada que sempre acreditou no deus-dinheiro."

Ligou a televisão sem conseguir concentrar-se na novela quase no fim.

"Este negócio de crente é para enganar os desavisado. Quem quiser que compre ela, não eu que botei muita gente no mundo com estas mão de parteira de mais de sei lá quantos *menino.*"

Acendeu o cachimbo de barro, dando umas baforadas, sorvendo o odor. Olhou para a fumaça, pensando na vida.

"Tenho oitenta e quatro primavera. O que levou Licinha pros crente foi a usura. Pobre de Deus... Tão bom filho pra José e Maria, morreu na cruz pra tê o nome dele na boca de herege. Graças a Oiá, minha Irene não se perdeu. Inda bem que tem santo na cabeça e eu também – com meus joelhos ralado de tanto suplicar nos pés dos orixás. Preciso pagar a promessa do caruru para Ibeji, assim que tudo tomá o rumo certo."

Suspirando, telefonou para a filha.

Toinho – o outro usurário que só pensava em se dar bem – atendeu dizendo que a esposa ainda não chegara do salão.

Augusta desligou sem despedir-se do genro.

"A batata do ordinário também tá cunzinhando, deixa estar. Não demora muito, ele é que vai andar maluco pela rua Chile, um bocado de menino, atrás, jogando pedra."

Misturou bem uma quantidade de pó de café com farinha de mandioca e cinzas de fogueira guardadas no armário capenga há décadas. Esquentou um pedaço de carvão no fogo.

Satisfeita com a brasa, colocou a mistura na lata de leite de mais de quinze anos, improvisada como incensador, um hábito das voduncys antigas. Começou a defumar o quarto – de dentro para fora, pensando em voz alta:

– O pau que dá em Chico dá em Francisco! Quero vê Toinho, que é de Xangô, metê a mão em coisa de egum de gente antiga, cheio de enredo feito por africano... vai se obrar todo! Era antiga e velho é desconfiado.

Não tinha o entusiasmo da filha, muito menos tempo a perder:

"Se *não amarrarmos a saia na cintura* logo, logo, a desnaturada endoida de vez."

Deu uma cusparada no urinol, debaixo da cama, com desprezo.

"Vou agir em amor à memória da minha ialorixá que me merece até depois de morta. Se não fosse por ela, ai, ai... O caso é que se o pote for de vez para o fundo da fonte, o espírito não vai ter sossego, nem a gente nunca mais."

Ligou para o salão de Irene colocando-a a par dos acontecimentos.

Foi informada sobre a viagem de Alzirinha.

A moça não teve coragem de lhe contar, por telefone, que estava com a Oxum da iaquequerê. A emoção seria muita. Pedira à mãe para aguardá-la na saída dentro de meia hora. Iriam até a Ribeira, comer alguma coisa e tomar sorvete de coco verde – sua sobremesa predileta. Precisavam conversar olho no olho. Tinha notícias boas. Fazia tempo que não saíam só as duas.

Balançando a cabeça para espantar maus pensamentos, Augusta começou a mudar de roupa.

O vestido branco de cassa combinava com a pele retinta.

Separou os chinelos novos de chagrim e um torso aberto em pontos de barafunda. Bordara-o há mais de trinta e tantos anos, grávida de sua menina de Iansã.

Colocou as argolas de búzios, em ouro, e o lagdbá: o colar consagrado mais precioso do orixá Omolú, cujo uso é restrito às ebames. Fora presente da avó de Ijijawo, por ocasião de sua maioridade religiosa – a obrigação de sete anos, no início da década de quarenta.

Tirou do armário sem porta o vidro de efun – espécie de giz branco africano, coisa de preceito, esfregando um pouco na testa (em forma de cruz), nos pulsos, acima dos seios e nos calcanhares.

Pôs duas gotículas de *fleur de rocaille* – o perfume predileto, presente de sua filha-pequena Obá Delê. Sentiu um aperto ao pensar em Sulamita. Ficara muito decepcionada – fora embora sem ao menos dizer até logo, *cachorra*.

"Onde andará? Amizade que não é feita em porta de bar não termina assim. Irmãs de Axé têm que se entendê... Obá Delê, aqui, ajudaria as coisa, se ajudaria, apesar de ainda muito menina no santo, comparado com a gente... Mesmo assim, canta axexê melhor do que qualqué aqui – tirando a maluca de Licinha que sabe tudo e canta tudo melhor que todo mundo, pra enganá os desavisado."

Deu outra cusparada...

"De que adiantou a inteligência se não tem fé nem respeito? Duvido que Oxum tenha chegado naquela cabeça algum dia. Para mim era puro fingimento, que Deus me perdoe!"

Olhou-se no espelho.

Ainda parecia a velha Augusta, uma das melhores parteiras e vendedoras de acarajé, cujas roupas de baiana causavam inveja nas colegas. Bonita, assim, somente Luiza de Iansã, hoje em dia, gaiaku de importante Casa jeje do recôncavo.

Uma vez Irene lhe perguntara a diferença entre gaiaku e doné.

Augusta lhe ensinara.

"Como ela é oloiá, é gaiaku, em vez de doné. Se fosse filha de Badé, como eu, Loco, Kpó, Sobô, seria chamada de doné. É tudo o mesmo posto. O nome muda pelo santo de cabeça."

Gostava de ensinar, tanto quanto sua amiga Bida de Iemanjá, que morava no Rio há quase cinqüenta anos. Lamentava o quanto se perdia porque muita gente antiga estava levando pra sepultura o que sabia.

Gostava de Gaiaku Luiza, a musa inspiradora de Caymmi em *O que é que a baiana tem?*! Fazia muito tempo que não via a amiga de juventude.

"Deve ser mais velha do que eu alguns aninhos. Na *seitcha*, não sei quem é mais velha... devemos estar taco a taco."

Por último, tirou uma semente de dandá, dentro do vidro de efun, guardando-a no sutiã.

Colocou os óculos de aro dourado, fechando a porta com a chave.

Estava quase na saída quando voltou para buscar a bengala que pertencera à sua mãe.

"Nunca se sabe o que acontece quando tem maluco por perto."

Irene aguardava, na porta, do lado de fora do fiat verde, valente que nem o armário.

Pediu as bençãos, orgulhosa da anciã ereta e disposta naquela idade.

– A senhora parece a noiva no dia do casamento, *mainha,* atrasada vinte minutos, fazendo o noivo abestalhado esperar na porta da igreja.

A ebame abençoou a filha, não aceitando ajuda para entrar no veículo.

Licinha espiava da janela, enjoadíssima, onde fora respirar.

Não se lembrava do banho de acaçá, nem dos episódios anteriores. Acordara do mesmo pesadelo repetido, sufocando e com muita falta de ar.

O quarto recendia a macaçá e jasmim. Precisava de ajuda com urgência. Conhecia aquelas coisas.

"Por que Toinho está demorando com o exorcismo? Mesmo que eu queira dá um jeitcho por aqui já não tenho mais força."

Sentiu-se observada.

Voltando-se para trás, viu a falecida mãe apontar-lhe o indicador direito. Rodando como se estivesse em um carrossel gigante, começou a cair em um poço escuro, interminável.

## 19. São Paulo, fim da manhã/início da tarde do dia 15 de outubro de 1999, sexta-feira

O coração pulsava-lhe nos ouvidos que pareciam escutar o libelo em co-autoria com a morte, na voz contralto de D. Lídia. Os olhos amarelados vagaram pelo manuscrito vezes e vezes. A letra começava firme, terminando em garatujas. Tudo indicava que a moribunda deva ter-se sentido muito mal ao longo da carta:

"A dor no peito, de novo. Sei que não escapo, desta vez. Não estou só. Marcho para a luz, a força maior que chamam Deus; vou pobre, mas sigo confiante na misericórdia. Levo muita coisa; deixo muita coisa. Minha vida foi de sacrifícios, renúncias e boa colheita. Não abaixei minha espada, de Ogum, a quem servi com o coração sincero. Criei meus filhos, frutos do único amor: um homem e uma mulher de bem, que me deram netos promissores. Hoje nos reunimos, foi a despedida. Imploro a Ogum que faça com que alguém entregue isto que escrevo à Sulamita, para que eu vá em paz. Levo comigo a culpa de não tê-la procurado para dizer-lhe o que penso. Há quase um ano, neste mesmo quarto, ouvi a voz angustiada de minha querida ialorixá. O pressentimento de que viera despedir-se foi confirmado, dias depois, pelo telefonema de Mira. Contou-me a morte trágica, o destempero de Alzira no velório, a infâmia de Licinha no enterro, o acidente e a fuga de Sulamita. Aí tomei um baque. Silvino, da faculdade, me contou que ela está aqui, em São Paulo. Fugiu deixando os pequeninos ao sabor da própria sina. Apostei em Sula como se aposta na terra boa, preparada para dar vida à semente. Como o ser humano desperdiça o próprio dom, danando-se para sempre! Alzira errou muito. Acontece que estava fora de si, suas atitudes são justificadas pela caridade diante da morte. Onde está a compaixão da outra, às voltas com o egoísmo isolado?! Onde está o amor pelo terreiro, que é a causa de Mãe Totonha, que lhe acolheu quando precisou?!

(As garatujas começavam a partir deste trecho.)

"...deu as costas para o destino.. d fil a de Obá, a dona da guer... Que Ogum e Obá, Euá /..façam e..a enxerg....s..TÁ EM TEMP/destruiç/ //entreg... meu espíri...Ogu Des tenhhh... pena de minha alm..m.. Mã Totonh."

As mãos enterradas na cabeça não sabiam pedir ajuda. Aquelas palavras, de além túmulo, iam e viam na confusão da noite no deserto: montes e mais montes de areia... tinha de caminhar nas trevas.

Precisava de luz, como de oxigênio, mas não conseguia gritar por socorro. Desejava a paz de criança dormindo, da canção de Dolores Duran. Temia olhar dentro de si.

O sonho com Mãe Totonha e a *nonna* começava a ser esclarecido pelas palavras de Lídia. Uma voz interior lhe dizia que seu conflito girava em torno da falta de humildade.

Jamais fora uma pessoa simples, sem complicação ou enfeites. Prendera Sulamita, mostrando o *clone*, palavra da moda, a cópia idêntica na forma e diversa na essência. A máscara dominara o eu enfraquecido pela falta de fé. Limitara-se a enterrar a cabeça, feito avestruz.

A falta de humildade a impedira de olhar para o alto. Agira amparada na razão tão carente.

Admite que a sua vida tenha sido um discurso sobre o sagrado na terceira pessoa.

Recorda-se de que ao sair de casa dirigira palavrões contra Alzira. A pedra lançada pela filha de Oiá havia atingido o orgulho, ferindo muito mais do que a pedra, no cemitério.

Dentre seus piores defeitos estava a dificuldade de perdoar as ofensas.

Não conseguia reconciliar-se. Talvez se levasse demais a sério.

Um irmão leigo, da Ordem Terceira, no hábito franciscano, disse-lhe que a igreja fecharia em cinco minutos: às catorze horas.

"Nossa, perdi a noção do tempo" – constatou surpresa, recompondo-se. "Carlo Stefano vai me apanhar em vinte minutos."

Sorrindo, o desconhecido lhe ofertou um pequeno cromo:

Santa Teresa de Ávila segurando um livro e uma pena de escrever: um pombo branco pairando sobre o ombro direito.

Embaixo, a frase "Só Deus basta".

No verso, a transcrição da poesia "eficácia da paciência".

## 20. Salvador, noite de 15 de outubro de 1999, sexta-feira

Ebame Augusta cochilava no automóvel.

Irene deixara a mãe descansar. Os embates foram exaustivos.

"Certos banhos de preceito são o mesmo que banho de mar. Dá uma moleza da zorra na gente" – refletia entre toques de buzina, freadas e muitos *puta-que-pariu*.

A Ribeira ficava na Cidade Baixa, uma das particularidades de Salvador, dividida em Cidade Alta e Cidade Baixa. O famoso elevador Lacerda e os "planos inclinados" são acesso de uma localidade para a outra.

Pegara a Avenida Bonocô até o Retiro e a São Martim em direção ao Largo do Tanque, via Cidade Baixa e subúrbios. Chegaram em meia hora.

A *véa* roncava a sono solto.

Com pena de acordá-la, seguira até a Pedra Furada, à beira-mar. Poderiam comer, bem servidas, e voltar pela sorveteria da Ribeira.

Dez minutos depois estacionou com dificuldade.

A música, altíssima, despertou a velha voduncy, admirada de ter dormido daquele jeito.

Adorava aquele lugar. Não sabia há quanto tempo tinha ido à Pedra Furada.

"Tô precisando de espantar meus males" – pensou decidida.

O cheiro de acarajé chiando no tacho cheio de dendê encheu os olhos de Irene – maiores do que a boca – segundo Augusta.

Desejou comer um poema daqueles, pelando, de botar fumaça pela boca.

"Não é a primeira sexta-feira do mês, quando não se come azeite em respeito a Oxalá. Hoje pode" – ponderou, menos radical que outros iniciados.

Os bolinhos de feijão-fradinho lavado, catado, transformado em massa branquinha e misturada com cebola e sal, cujo nome, em língua iorubá é *akará, modificado para akara onge* (pão de comer) *e acarajé*, estavam quase no ponto de tirar do fogo.

Quis completo: com vatapá, camarão, caruru, salada e, também, bastante pimenta.

Augusta fez um ar de desprezo:

– Em meu tempo, não tinha nada destas *bestage* de turista. Acarajé – coisa de africano – era com pimenta e nada mais... camarão seco puro, vá lá... mesmo assim com muito favor! Nada de camarão seco cozido no azeite. Salada, vatapá e caruru... onde já se viu tamanha maluquice, minha gente?!

A *baiana*, vestida de branco, mulher de mais de sessenta e alguns, balançou a cabeça, concordando, olhando Augusta de alto a baixo com a ponta dos olhos, tentando disfarçar.

"A *véa* de nariz em pé, com certeza, é gente grande de terreiro famoso."

A vendedora era *equede* – o corresponde feminino de ogã (acólito do orixá) – em um candomblé em Plataforma, na Cidade Baixa, de poucos anos de existência.

Com respeito (e um sorriso) confidenciou que era obrigada a fazer caruru, vatapá e salada (tomates vermelhos e verdes picados com folhas de coentro miudinhas) para manter a freguesia. Sua mãe falecida há mais de dez anos, vendera pelas ruas do centro histórico, em uma gamela de madeira, na cabeça. "Os acarajés eram abafados com folhas de bananeira pra não esfriá." Era de Oxum, como ela, feita no Alaketu, nos velhos tempos.

A anciã, mediando-a, disse-lhe que vendera por mais de cinqüenta anos, na Ladeira da Praça. No começo, perambulando pelas ruas. Agora estava aposentada da "vendagi e de apará menino".

A comerciante ficara impressionada ao saber que eram do Saketê Avessan. Conhecia Alzira, sua freguesa há muitos anos.

Não cobrou o acarajé de Irene, por ser filha de Oiá:

– Hoje sei que vou tê sorte. A senhora, que tá me contanu que é de Iansã, é minha primeira freguesa. Sei que vô vendê tudo. Tô precisano, mermo. Minha filha se separou do marido com seis neto. Tudo lá em casa pra cumê e vestí.

Pediu a benção a Augusta.

Com condescendência, a ebame estendeu as mãos para a colega mais jovem, não trocando o cumprimento, isto é, limitando-se a abençoá-la sem pedir-lhe as bençãos dela de volta, apesar de a outra ser uma equede. Isso, porque pertencia a terreiro de subúrbio, fora das antigas linhas do bonde de números 15, 7 e 20, distante da Avenida Vasco da Gama, Federação, Brotas, Cabula e Mata Escura (e também Campinas de Brotas), que passavam pelos terreiros da Casa Branca, Oxumarê, Bogum, Cobre, Muriçoca, Tumba Junçara, Camilo de Oxóssi, Alaketu, Vicente de Ogum, Gantois, Opô Afonjá, Bate Folha, Viva Deus, Neive Branca, Saquetê Avessan, legitimados pelo partido alto.

Despediu-se refletindo.

"Como pode alguém, que é filha de gente do Alaketu, sê equede de candomblé de Plataforma?"

Deu de ombros ao se recordar de que este ponto de vista irritava a jovem Alzira – muito cheia de opinião. Ouvira-a declarar, muitas vezes, indignada, que estes preconceitos provocavam uma divisão burra que contribuía para encher os bancos dos crentes, nos dois sentidos. Frisava que os "crente tinha representante no Governo, ao contrário do povo-de-santo".

O pequeno restaurante ainda estava vazio.

A televisão ligada, baixinho, não empataria a conversa.

Um garçom sorridente perguntou à jovem (referindo-se à Ebame Augusta) o que gostaria de comer. Tinha uma moqueca de arraia de fazer inveja.

A velha levou o braço direito sobre a cabeça, estalando a mão e jogando longe – um gesto de quem despacha algo indesejado.

Irene bateu três vezes na madeira.

– Ave Maria, moço, não ofereça para nós isto, não! A gente não come arraia que parece cobra, nem peixe de couro ou pele. É quizila.

Mudou de assunto.

– Se tivé moqueca de vermelho, traga bem quente, o azeite chiando. Vamos querer farofa e aquela pimentinha retada.

Ficou alegre ao saber que havia.

Augusta fez um muchocho de desagrado pela expressão da filha.

Não conseguia entender os jovens de hoje, tão diferentes dos tempos em que mulher casada não dizia palavra feia.

Irene prosseguiu.

– Como é seu nome, meu irmão?

O homem respondeu, revelando todos os dentes em um largo sorriso:

– Ariosvaldino, mas pode me chamar de Ari, moça bonita. É assim que sou conhecido no pedaço.

Irene devolveu o sorriso, dando um tapinha na mesa:

– Então, Ari, traga uma geladinha daquelas da gente riscá seu nome na garrafa: a letra a, de Ari, bem forte! Se não dé pra escrevê o nome, tá fria, mas não tá no ponto de bala. Traga logo pra comê com o acarajé enquanto tá fervendo, a cerveja e dois copos.

Piscou carinhosamente para a mãe.

– Hoje, tenho certeza de que Dona Augusta vai querê. – a ebame apreciava muito uma *rama*, gíria para bebida alcoólica, herdada dos terreiros da nação jeje. Ao completar oitenta anos, raramente bebia.

Chegou a cerveja geladíssima, *de riscá o nome.*

Irene saboreou o acarajé encomendando outro: puro, só com pimenta.

Pediu ao garçom que não dissesse que era para ela. Queria pagar.

Brindou com a mãe, copo contra copo.

– À Oxum de Mãe Licinha, que ficou comigo! Não tive coragem de despachá nas águas, quando me mandaro. Oxum está bem guardadinha, minha mãe!

Augusta deixou a bebida cair, o que atraiu a atenção dos poucos clientes.

Suas mãos tremiam.

Começou a rir, até gargalhar, olhando para a filha com admiração e espanto.

– *Nigrinha* descarada que carreguei nove meses e pari... Tu tinha que sê mesmo de Iansã, né, *nigrinhota ruim!?* Virou crente só pra ajudá Licinha a não se perder de vez. Licinha e o sacrista de teu hôme, ogã dela – de Iansã! O orixá te usou como mensageira!

Continuou, rouca de emoção.

– Irene, minha filha, não sei nem o que dizê. Tô abalada demais, com a cabeça girando... Ó, nigrinhota ruim; tua *véa* tá que não se cabe em si de tanto orgulho e contentamento, que tenho até vontade de botá meu pé de *pincé* numa roda de samba de viola!

Irene enxugava as lágrimas, na barra da toalha.

Aquelas palavras espantaram os restos da culpa que lhe afugentara o sono.

Ari veio recolher os cacos.

A velha piscou-lhe, dizendo que queria beber um *rabo de galo* no capricho: vinho tinto doce misturado com cachaça – a bebida de sua geração de mulheres de candomblé. Depois beberia a cerveja, *de riscá o nome, pra rebatê.* Enxergava uma luz no túnel. Combinou com a filha que jogaria acaçá no barracão no dia seguinte. Depois, iria ajudar no omolocu na hora que o ordinário *num tivesse* em casa... a batata dele tava *cunzinhando*, deixasse estar Ela, Augusta de Badé, partiria um obi para Oxum de Licinha.

Pensava, com tristeza, na finada.

"Coisa que Mãe Totonha, que Deus a tenha no Reino da *Glóra*, deveria ter feito mas não teve coração nem ânimo. Tinham muito que conversar – ela e Oxum da sujeitcha agachada tentando defecá no barracão, onde já si viu isto?!"

Deixaria Mira, por enquanto, por fora; às vezes parente atrapalha.

Irene comia o segundo acarajé – delicioso – com imenso gosto.

Não resistindo, Augusta provou um pouquinho. Torceu a boca e o nariz dizendo que a massa estava azeda e o acarajé meio cru, ótimo "pra dá dor de barriga, de batê banhero a noite intera" – que ela não se queixasse, depois: *o que é de gosto, regala os caroço!* Irene ria-se por dentro: a *véa* Augusta sempre será a *véa* Augusta...

# III
# O Renascer das Chamas

## 21. BR 116 – Curitiba – SP – manhã de 16 de outubro de 1999, sábado

A ebame e o padre viajavam no carro alugado.

Alzira dirigia pensando em Júlio Cesar, o ogã da Iansã de sua mãe Clarice, ponderando se agira bem em lhe telefonar.

Depois do jantar, ligara para o velho *bip* meio na aventura. Continuava sendo o número dele – ogã antigo – ainda mais que era confirmado para a Oiá de sua falecida mãe-pequena.

Júlio era mais velho do que ela, Alzira, com mais de quarenta anos de orixá, atual decana entre as filhas de Iansã: uma *mocotona* – expressão utilizada para as veteranas cujos tornozelos (mocotós) engrossaram com o tempo de vida religiosa.

Júlio Cesar retornara a ligação, quase em seguida.

Ficara encantado ao saber que estaria em São Paulo, na tarde seguinte. Intimara-a a se hospedar em seu apartamento; vivia em um *apart-hotel.* Mais prático; a "ex" em outra casa, no Brooklyn. O *flat* de Higienópolis estava ocioso e limpo. Seria um prazer recebê-los: ela e o amigo monge: "Quem diria, coisa bonita". Estava livre nas próximas quarenta e oito horas; iria convidar Jaciara, a irmã feita de Oxum.

Depois de ensinar o caminho desligara entusiasmadíssimo; ditara-lhe um montão de telefones copiados no talão de cheques.

Anselmo, distraído, lia algumas laudas impressas.

Alzira espreguiçou-se, bocejando – o que atraiu a atenção do religioso, que também se espreguiçou enxugando os olhos.

– Preciso fechar meu "Lineamentos Teológicos da religião dos orixás", que vai sair por uma editora do Rio de Janeiro. Estou com dois meses de atraso e morrendo de preguiça. O pior é que tem um artigo para uma revista alemã que ainda não entreguei.

Com um gesto, a filha de Iansã confirmou as palavras do amigo.

Anselmo arrancou os óculos, dando um tapinha na perna da calça *jeans*, veterana, de Alzira.

– Será que esta sacerdotisa gostaria de auxiliar um monge pecador? Não é todo dia que tenho o privilégio de partilhar um trabalho com uma especialista na área.

Alzira concordou em ouvir – o velho brilho divertido nos olhos escuros. Dispensava a adulação não remunerada.

– Sou uma veterinária que entende de bichos comuns: cavalos, cães, gatos; muito pouco de falcões, sua especialidade, colega! Puxa, Anselmo, só acreditei quando vi. Pensei que você estivesse confundindo com uma harpia, chamada de *brazilian eagle* (águia brasileira) pelos gringos da terra de onde ele veio, pobre peregrino... milagre ter sobrevivido com a asa machucada. Parabéns, Doutor Raridades! Vamos lá, sou toda ouvidos. Lembre-se de que Sulamita é que é a teóloga do bloco. Não passo de uma pobre omorixá iniciada aos três meses de nascida.

Pondo os óculos, sem aro, novamente, Anselmo leu, vencendo o barulho do motor:

"O principal terreiro jeje mahi da Bahia é o Bogum, cujo nome é 'Zogodô Bogum Malê Rundó'. Destacou-se o templo jeje savalú 'Corcunda de Iaiá' (em Salvador), hoje em dia praticamente desativado. No Maranhão, a Casa das Minas – Querebetã de Zomadonu – é o principal terreiro da tradição jeje-mina do Brasil. Os voduns mais cultuados pela tradição mahi são Bessen, Sobô, Badé, Kpó, Loko, Aziri, Gú, Aganga-Tolú, Sàpáta, Lissa. Os minas adoram divindades ligadas às famílias reais do antigo Daomé divididas em grupos de voduns, que são os voduns da família de Davice, os voduns reais, dos quais se destacam Zomadonu, Nochê Naé (a grande mãe), Acoicinacaba e Arronoviçavá; os voduns da família de Savalunu, família de muitos voduns Toqüens (jovenzinhos); os voduns da família de Dambirá, da qual citamos os voduns Acossi, Sàpatá, Azili, Azonce e os da família de Keviossô, que é considerada a família estrangeira pelas demais. Fazem parte desta família, entre outros, Nanã, Nochê Sobô, Badé, Liça, Averequete e Euá."

O único terreiro no qual os orixás são cultuados ao lado de alguns voduns, mina e também mahi, é o Saquetê Avessan, em Campinas de Brotas, em Salvador.

Bebeu um gole da garrafa de água mineral, prosseguindo:

"Os bantos cultuam divindades denominadas de inkices, cujos principais são Mavambo, Inkossi, Mutuculambô, Insumbo, Tempo de Abanganga, Catendê, Gongobira, Inzazi, Lembarenganga, Jamafurama, Kissimbi, Caiaris (Caiá), Bamburucenavula, Kissanga, Inkodiamambo, Zumbá. Os terreiros soteropolitanos Bate-Folha – Mansu Banduquenqué, comunidade religiosa situada no Bairro da Mata Escura, e Tumba Junçara, localizado na Vila América, que são descendentes do terreiro Atombenci, fundado nos fins do século XIX pela Nengua Maria Neném, são grandes centros culturais das tradições congo-angola."

Alzira aprovou com entusiasmo:

– De fato, nossa casa é a única. A que mais se aproxima do Avessan é o Maroalaje, conhecido por Alaketu, que fica perto da gente, no Matatu de Brotas, também considerado da nação nagô-vodum. Lá são cultuados orixás praticamente desconhecidos em outros terreiros, a exemplo de Adirê, uma divindade infantil. Acho valiosíssimas as suas informações. Muitos ignoram a sutileza da coisa, afirmando que nossa religião é um amontoado de maluquices desordenadas de gente primitiva.

O padre passou para uma outra página:

"A religião dos orixás não é proselitista – conforme já dissemos. De nada adianta querer ser iniciado. Isto não depende da própria vontade, o que não impede que qualquer pessoa seja adepta desta religião. Para ser iniciado (um sacerdote ou sacerdotisa do orixá) é necessário que a divindade chame o neófito ao sacerdócio. Esta vocação é composta de sinais, discernimentos, reconhecimentos, um processo complexo e importante. Assim como existe o chamado espiritual para o sacerdócio, também existe para o sumo sacerdócio de uma comunidade: a escolha de um babalorixá e ialorixá pressupõe o chamado, ainda mais quando se trata de sucessão pelo falecimento do sacerdote ou sacerdotisa líder chefe da comunidade. O babalorixá/ialorixá deverá ser uma pessoa dotada de liderança e tino administrativo, além de conhecedor profundo de sua religião e dos costumes da casa que comanda."

Alzira sentiu um aperto no coração, ao ouvir aquilo. Pensou em sua mãe.

"Ela tem de deixar o egoísmo e assumir o posto. Não tem mais ninguém. Ou ela ou eu, muito mais nova de santo e sem tanta aceitação por parte do povo."

Virando uma outra página, Anselmo continuou a leitura em voz alta:

"A religião dos orixás, na diáspora brasileira, é historicamente conduzida pelas mulheres. Na Bahia, as ialorixás dos templos tradicionais – que são as suma sacerdotisas das comunidades religiosas de matriz iorubá –, representaram um papel decisivo de resistência contra a opressão que caía e, ainda cai, sobre as mulheres pobres, marginalizadas, excluídas, pelos poderosos, do conceito de cidadania. A importância da liderança feminina na diáspora baiana, tem como palco os terreiros Iá Nassô Oká – a Casa Branca do Engenho Velho – e seus descendentes, o Ilê Omi Axé Iyamassê (o Gantois) e o Axé Opô Afonjá. A ialorixá responde pela guarda da tradição e continuidade do terreiro. É quem da à luz, espiritualmente, os filhos para o orixá, e acolhe em seus seios o sofrimento dos que a procuram; muitos vindos das camadas mais pobres e excluídas do povo."

Alzira viu Mãe Totonha naquela descrição.

Uma mulher boa, correta, segura.

Seria difícil, para a mãe, vestir aquela carapuça porque lhe faltava mão-de-ferro.

Sua mãe se deixava emprenhar pelos ouvidos, ouvia fuxicos e acabava sofrendo. A avó conhecera a natureza humana. Jamais se deixara envolver.

De fato, a liderança era feminina.

No Saquetê Avessan só eram iniciadas mulheres, na condição de omorixás, ou filhas de orixá. Lembrou-se de um filme sobre o assunto:

– Você assistiu *Ilê Obinrin – Cidade das mulheres*, Anselmo? Um documentário feito na Bahia. Tem uma trilha sonora bacana. Achei sensível e verdadeiro.

O sacerdote concordou. Assistira em Brasília, fazia pouco tempo.

Espreguiçando-se, novamente, disse que leria uma página, muito mais adiante:

"A religião dos orixás, na diáspora, foi muito influenciada pelos valores cristãos-católicos tradicionais, sem que com isso tivesse perdido a própria essência. Esta religião de matriz africana parte da observância de inúmeros preceitos estruturados em uma hierarquia muito complexa que tem como pressuposto a senioridade religiosa e a vivência do mistério.

Com o passar do tempo, o sacerdote e o mistério se fundem e confundem. A religião dos orixás é necessariamente extática e, portanto mística, embora o êxtase, a união do indivíduo com a divindade, somente tenha sentido na partilha comunitária, na festa, celebração alegre com muita comida, bebida, danças e cânticos."

Nesta referida tradição religiosa de tantos milênios, só se abate um animal para comer e a comida é dividida entre os membros da Casa e os convidados, em comunhão com o orixá.

"A religiosidade, no conceito de percepção do sagrado, faz com que o indivíduo se conheça melhor e se reconheça como espaço para a divindade que o habita e também está na natureza e no outro. Uma vez total, a união mística (divindade + criatura) dará surgimento a uma ética refletida e partilhada com o Mistério Infinito, revelado para os seres humanos nas diferentes línguas e culturas, em igualdade de condições. A experiência do mistério é total no amor que espanta o medo e ensina uma linguagem comum a toda a Humanidade, combatendo qualquer forma de intolerância. A religiosidade ecumênica dá nascimento a uma ética movida não somente pelo dever, mas, sobretudo, pela solidariedade; na defesa da vida no planeta que também precisa de defesa para que a vida continue. A ética da solidariedade é a ética da compaixão que exorta contra a repetição dos erros reconhecidos como frutos da intolerância. A ética da solidariedade é a ética do amor e da lucidez que repudia as honras lavadas com o sangue dos pequeninos sempre excluídos do poder e sem direito a escolha."

Alzira parabenizou o amigo – brilhante e sensível – "embora nem todos tivessem a capacidade de compreender aquelas afirmações profundas" – admitiu para si mesma.

Os conceitos de Anselmo lhe chamaram à realidade do momento: a substituição de Mãe Totonha seria um desafio e tanto.

Olhando para o relógio, percebeu que sentia fome e precisava fazer xixi.

Anselmo adorou a proposta da pausa para comer, esticar as pernas e tirar água dos joelhos. Tinha vontade de tomar uma cervejinha ou duas.

"Nem só de pão vive o homem" – pensou, divertido, imaginando o horror de seu finado Abade D. Antão: hierárquico e positivista.

## 22. São Paulo, manhãzinha de 16 de outubro de 1999, sábado

A aeronave aterrissara em São Paulo no horário previsto.

Eram seis horas e cinco minutos, *local time.*

Victoria Regina sentia-se pior do que uma adolescente, temerosa de conduzir a conversa, que na verdade nem sabe bem sobre o que seria.

Era dotada de uma percepção mediúnica – dom reconhecido por uma infinidade de gurus, magos e feiticeiros, confirmado por Mãe Totonha, nos búzios.

Tinha certeza de que algo não corria bem.

O telefone fora do gancho, ou de serviço – sabe-se lá – fora um pedido de socorro, caso contrário teriam falado de longe e nada como olho no olho.

Sentia dificuldade em se descontrair na presença da filha muito racional – puxara Papito. Em parte porque não desempenhara a tarefa da mãezona feito a *mamma*: uma leoa na defesa da cria.

Não se tratava de amor, mas de capacidade. A renúncia da carreira a transformara em um vaso caríssimo e belo, fadado a viver sem flores.

"Para que existir, então, *Dio Santo*?"

Sua vida tinha sido fútil, ao sabor do ressentimento contra o marido que, na verdade, a amara e muito, dentro de sua capacidade altruística de amar. Papito se preocupara em lhe dar prazer. Lembra-se da primeira vez em que fizeram amor, na lua-de-mel, no Rio. Abraçados, ouviram *Italiana*. O marido lhe dissera – a voz emocionada – que considerasse as palavras inspiradas de sua autoria. Ela era a obra de arte mais linda de um pintor.

Reconhece que tivera muitos homens, mas nenhum amante.

Poderia ter tido algo mais sério com o brasileiro de olhos límpidos e profundos. Conhecera-o em um hotel, em Ramatuelle. Fora seu par por quinze dias, mas não tiveram nada além de olhares e toques de mão, algo quase inacreditável em se tratando de Vicky Verzeri.

Tivera medo de se envolver e quebrar a cara.

O acidente de Sulamita apressara o bilhete impessoal de despedida. Para que devolver as ligações na secretária eletrônica? Deixara para lá.

Esperou, impaciente, a bagagem: sempre achava que haveria um extravio.

Avistou o D. Juan no desembarque.

Não viu Sulamita. O que teria acontecido? Rezava para não ser nada.

As maneiras do músico a tranqüilizaram. Dirigiu-se a ela, formal, na língua pátria. O mesmo sorriso do Soho, o perfume italiano e o beijo de mão sustentado pelos olhos galanteadores.

– *Benvenuta, cara signora! Vero piaccere trovarla oggi, in questo lontano Brasile!*

Estava charmoso nas roupas esportes. Calças cinzas de lã, blusa vinho, de gola olímpica, *blazer* grafite, boina cinza, sapatos da cor do paletó.

Vicky era excelente observadora.

"Parece que engordou um pouquinho. Pudera, devorando o que devora e bebendo o que bebe..."

O maestro foi logo justificando a ausência da filha, omitindo a oscilação de humores. A *ragazza* se levantara muito deprimida.

– Tua bambina está dando um jeito na casa. Quando soube da chegada ficou muito apreensiva. Mas depois relaxou, feliz. Assegurei-lhe que a voz da *mamma* era alegre como um solo de flauta.

A comparação fez Victoria Regina sorrir.

"Incrível como se vale do universo musical com naturalidade" – refletiu, lembrando-se da conversa, durante o jantar.

Sem demonstrar esforço, o homem ergueu as malas. Propôs que o aguardasse enquanto pegava a *machina*, no estacionamento.

Vicky recusou sorrindo.

– Preciso exercitar-me um pouco, depois de tantas horas de vôo.

A manhã era cinzenta e fria, embora houvesse muita luz; promessa de tempo bom.

Começava a descontrair-se.

Perguntou-lhe se a visita inesperada estragara os planos de fim de semana.

O maestro negou com veemência, na voz de um barítono no Scalla em temporada lírica:

– Tua bambina vai ficar inconsolável se você não for para lá.

Victoria Regina deu de ombros. A vida era cheia de sacrifícios. O apartamento já deveria ter sido despachado desde a morte da megera. O melhor era viver um dia após o outro e não esquentar a cabeça.

Stefano abriu a porta dianteira do automóvel, indo acomodar a bagagem no porta-malas.

Vicky colocou os óculos escuros, começando a sentir o peso da viagem.

Descansara muito pouco.

Invejava os passageiros que dormiam a sono solto. Lera, assistira a um dos filmes: chato que nem comida inglesa. A maior parte do tempo pensara na vida.

Espreguiçou-se antes de amarrar os cintos de segurança, voltando-se para trás, com a sensação de estar sendo observada.

Fora impressão. Deveria ser o cansaço.

**23. São Paulo, tardinha de 16 de outubro de 2002, sábado**

O apartamento de Higienópolis – um por andar – era arejado e moderno, repleto de objetos de diferentes países.

"Elegante e sóbrio" – refletiu Alzira, comovida com a hospitalidade de seu pai Júlio: feliz feito menino em noite de Natal.

A tardinha estava por volta dos dezenove graus, gelo suportável para a baiana amante do calor.

Chegaram em torno das dezessete. Foram instalados em suítes com cestas de frutas, guloseimas, champanha e jarros de flores: rosas tífane, para "sua filha dileta".

O anfitrião sugerira que se encontrassem na cobertura, em quarenta minutos: teriam de subir uma escada em espiral, à esquerda. Antes, tomaria algumas providências e eles um bom banho para se livrarem do pó da estrada. Entregara a cada hóspede uma cópia da chave do apartamento.

Alzira reconhecera o carinho escancarado nas esmeraldas brilhantes – responsáveis pela exuberância do espécime raro, que encontrara há mais de dez anos, nesta capital.

"Pena que seja meu pai, ogã de Oiá" – pensou rindo-se.

Tomou um banho e vestiu um caftã de tecido africano branco, enrolando-se em um xale de lã rosa pálido: o Ilê Axé estava de luto.

Júlio – um fio de conta de Oiá no pescoço elegante – usava *jeans* desbotados e camisa branca de malha. Anselmo reaparecera vestido de branco e bege, com um boné.

A área da cobertura compreendia a piscina retangular minúscula, mesa redonda branca com quatro cadeiras verdes, sob um imponente guarda-sol da cor das cadeiras.

"Para combinar com os olhos" – pensou divertida. "Meu pai deve ser 'bem namorador' e faz ele muito bem: é bonito e cheio de charme."

Ao lado da mesa principal, para suporte, tinha uma mesinha de apoio e plantas resistentes ao tempo paulistano.

Anselmo e Alzira acompanharam o hospedeiro no brinde com *bloody mary*: disse que adorava aquele coquetel.

Degustando, a moça partilhou, com o monge, a associação que costumava fazer entre Vicky Verzeri Almada e o suco de tomate com vodca – que provara, pela primeira vez, em Londres, na companhia da bela ex-embaixatriz.

Júlio estava de costas – ajeitando o guarda-sol inclinado pelo vento. Voltou-se para a filha de Oiá, parecendo pálido e ansioso.

– O que foi que você falou, Alzira?

A moça ficou um pouco perturbada. Havia alguma coisa no ar.

– Perdoe a grosseria de falar, em sua casa, de gente que você não conhece, meu pai. Tenho o costume de associar este drinque a uma amiga, a mãe da filha de Obá do terreiro.

Mais pálido ainda, perguntou-lhe se havia outra filha de Obá além de Sulamita.

Foi a vez de Alzira se espantar.

– Não, meu pai Júlio Cesar. Sulamita é a única. Obá é um orixá raro, com pouquíssimas filhas. O motivo de minha estada é tentar encontrá-la e convencê-la a viajar comigo até o Saquetê Avessan. Precisamos fazer o axexê de um ano de minha *voinha*... uma história triste. Daqui a pouco lhe conto – deixe-me tomar algum fôlego. O senhor precisa saber.

Boquiaberto, o gigante arriou os quase noventa quilos na cadeira, enxugando o suor. Bebeu de um gole – os olhos verdes meio avermelhados. Abaixou a cabeça por alguns instantes. Seus olhos estavam marejados, ao interromper o silêncio constrangedor:

– Conheci Vicky no sul da França, há pouco mais de um ano. Apaixonei-me como nunca em minha vida cheia de percalços, embora não tenha rolado nada entre a gente. Sofri o diabo quando viajou, deixando um bilhete gelado.

Fechou os olhos, cruzando as mãos no peito. Falava em voz baixa:

– Que mundo louco! Victoria Regina, mãe da advogada amiga de *mainha*. Então não restam dúvidas! Era ela no BMW – de óculos escuros. É mais ou menos o horário de chegada do vôo diário, da companhia, vindo de Londres.

Sentiu uma ponta de ciúmes ao se lembrar do cavalheiro de boina, guardando a bagagem no porta-malas. Quem seria? Estava na cara que não se tratava de um motorista.

Alzira e Anselmo estavam perplexos.

– Você conhece Sulamita de onde? – perguntou o monge.

– Tenho certeza de que me disse que jamais encontrara os filhos de Ebame Lídia!

Júlio Cesar não escutava. "Pensei nela estes meses todos. Não retornou minhas ligações e parei de insistir, para não parecer inconveniente. Sabia que tinha uma filha no Brasil, mas como poderia adivinhar que era Sulamita, meu Deus!?"

Erguendo-se, preparou outro coquetel. Os lábios estavam secos e sem cor. Bebeu um copo d'água gelada com sofreguidão.

Dando um suspiro, passou a relatar o encontro do dia anterior com a filha – "quem diria?!" – de Victoria Regina.

## 24. São Paulo, tardinha de 16 de outubro de 1999, sábado

Victoria Regina detestava preconceitos.

Aquele edifício antiquado lhe recordava Leonília Eugênia. Graças ao seu medo de ter batido de frente na injustiça, transformara-se na bela ave de asa quebrada em uma gaiola cara.

No percurso, mais ouvira o conterrâneo.

O maestro deixara claro seu desprezo por tudo que não fosse o Velho Mundo.

"Uma avestruz que não quer desenterrar o nariz" – constatara, irritada.

Admitira o preconceito contra as culturas africanas. Afirmara que somente a egípcia se salvava do primitivismo.

Vicky ficara chocada.

"Que horror – um homem tacanho por opção... O mal mistura a verdade com a mentira para criar confusões" – costumava dizer.

Detestara a atitude triunfalista do conterrâneo, interiormente indignada ao saber, *from the dog's mouth,* que havia omitido da filha o telefonema de Alzira: "coisa inaceitável quando se tem caráter, bah!". Sulamita os aguardava na entrada do apartamento.

As olheiras confirmaram os conflitos: "poveretta". Os olhos parecidos com os seus não escondiam o medo disfarçado pelas palavras de boas-vindas.

Stefano pretextara um compromisso, convidando-as para o almoço, mais tarde.

Com firmeza educada, Victoria Regina recusara, declinando, também, o convite para o jantar. O italiano não se deu por vencido. Ficou combinado que se encontrariam no dia seguinte.

Dormira umas boas horas. Estava necessitada. Sentia-se repousada e pronta para outra.

No banho, Vicky ponderara sobre a melhor maneira de conduzir a conversa. Resolvera confiar na Divina Providência, deixando a coisa se resolver por si.

A filha a aguardava na sala de estar repleta de coisas. Não sabia por quanto tempo conseguiria permanecer no local onde o *valpolicella* emigrante se misturara com o sangue nobre de mentirinha. Aquilo era sofrido demais.

Sulamita parecia séria – algo nela era reflexo de sua própria imagem. Uma mulher perdida no vazio.

Iniciou o diálogo.

– Mamãe, a senhora continua surpreendendo! Apavorei-me ao saber de sua chegada. Stefano tentou me aliviar. Fingi que fiquei convencida. Mas o que foi que aconteceu, afinal?! – parecia ansiosa e insegura.

Vicky acendeu um cigarro, apagando-o ao se lembrar da alergia de Sulamita.

– Liguei muitas vezes, mas o telefone estava fora de serviço. Fiquei angustiada, com medo de que mais alguma coisa ruim tivesse acontecido contigo, guria.

Sorriu com tristeza.

– Mesmo não tendo sido o modelo da mãe desejável, você não imagina quanto eu te amo! É tudo que tenho *in questa mia vita*, que não passa do mesmo baile de máscaras e uma montanha de fantasias.

A declaração perturbou a filha. O pai vivia dizendo que a amava... mas a mãe?! Custava a acreditar. Durante muito tempo achara que a embaixatriz fosse inacessível. O que teria acontecido com a *bella signora*?

A mãe prosseguiu, emocionada, falando com voz meio rouca.

– Sonhei com a *nonna* Elba. Caminhávamos de mãos dadas. Eu era guria, mas tu já existia, *chinoca*. Foi a coisa mais real de minha vida.

Relatou o sonho, procurando ser fiel às palavras da *mamma* sobre o dom, centelha divina; a preocupação com a neta e com ela própria. No final soluçava – a almofada amparando a carência; comportamento inacreditável, para a outra.

Recorda-se de tê-la visto chorar de raiva porque o pai saíra de casa. No enterro da mãe permanecera de olhos enxutos por trás dos óculos de lentes escuras.

– Brinquei com o tempo, assim como o toureiro, na tourada.

Desafiei-o, assustando-me com sua marca incorruptível em minha mortalidade.

Sulamita estava perplexa.

Não era dada a partilhar assuntos íntimos. Conta nos dedos os amigos com quem conseguira abrir-se. A mãe não fazia parte do rol encabeçado, outrora, por Anselmo; reduzido a Carlo Stefano.

Engolindo em seco, resolveu avançar naquele caminho desconhecido.

– Sonhei com a vovó e Mãe Totonha de anteontem para ontem. Chorei muito, pela primeira vez, desde a morte estúpida dela. Foi tudo muito rápido, mamãe, mesmo assim era real. Parece que eu sentia o cheiro delas, mexia nas roupas, coisas assim... Daria minha vida para mandar embora esta sensação de culpa que me persegue. Tenho vivido este sentimento todos os segundos depois do acidente. Aquilo foi demais para mim. Alzira era a pessoa que eu tinha para chorar a morte de Mãe Totonha... Nem me deu notícias depois do que me disse em público, para aliviar minha culpa...

Começou a soluçar, deixando Victoria Regina sem saber se deveria, naquele momento, expressar sua opinião.

Foi até o quarto e deu um calmante – dos seus – para a filha, que bebeu obediente.

Mais calma, Sula prosseguiu:

– Não sou fácil de perdoar, mamãe. Sei que isto é péssimo, mas não consigo, falta algo em mim. Invejo Alzira e Anselmo... Reconheço que fugi da luta. Mas não tinha como ficar. A gente dá o que tem e estou vazia, face a face com o orgulho, meu maior problema. Nem sei como uma pessoa como eu, tão pouco humilde, pode ter vivido esta busca do sagrado.

Chorava copiosamente.

A angústia de Sulamita preocupava a mãe – a guria estava a ponto de fazer uma tolice. Achava melhor ouvir. Era mais frágil do que aparentara.

Perguntou-lhe por que havia falado de humildade. Sulamita foi até o quarto, retornando com a carta de Lídia. Estendeu-a para a mãe que a leu e releu, empalidecendo a cada linha. O tom das palavras recordava-lhe ainda mais o sonho com a *mamma*. Aquilo tudo era muito incrível, bah!

O motivo de sua viagem desceu feito um raio, arrepiando-a dos pés à cabeça.

De olhos fechados, pediu a Deus, fosse quem fosse, quem sabe na forma de Euá – a senhora do misticismo e da inspiração –, ajuda e confiança para enfrentar aquela empreitada.

Comunicou o telefonema de Alzira – ocultado pelo conterrâneo – começando a tecer as próprias impressões.

Foi interrompida pelos toques insistentes de seu celular, dentro da bolsa, no quarto.

O som estava alto, diverso do que programara, ainda em Londres. Talvez tivesse mexido em algum lugar errado. "Coisa estranha, nem mesmo o deixei funcionando." Antes de atender, teve um pressentimento.

Não se admirou ao ouvir a voz nordestina, calma, querendo notícias de Sulamita.

## 25. Salvador, tardinha de 16 de outubro de 1999, sábado

Toinho estava preocupado com o comportamento "da crioula".

Aceitara numa boa a desculpa esfarrapada, sem ao menos perguntar o tempo que levaria na rua.

Pode ter sido impressão, mas demonstrara um certo alívio. "Será que minha nega tá com o pensamento em outro alguém?" – balançou a cabeça sacudindo o azar.

O pior é que ele continuava negando fogo. Se aquilo não mudasse, preferia morrer.

Ajeitou a gravata, no espelho dourado da sala pequena repleta de móveis, gravuras e um cromo do Sagrado Coração de Jesus – presente da sogra no dia do casamento.

"Quem era louco de tirar aquilo dali?!"

Vestiu o paletó, saindo em seguida.

Tinha o pressentimento de que a coisa iria acabar em merda pra cima dele, o bode expiatório. A sogra iria vê-lo e *cagüetá*...

Tinha uma folga de meia hora até o encontro com os irmãos evangélicos.

Iria a pé para refletir.

Arrepiou-se ao perceber que estava com um terno preto, cor proibida nos terreiros, coincidência infeliz. Poderia parecer provocação.

Ao vê-lo fechar a porta, Irene não perdeu tempo. Telefonou para a mãe, dizendo que a barra *tava* limpa. O melhor seria pegar um táxi o quanto antes.

Colocou o feijão-fradinho, catado de véspera, na panela, adicionando cebola, camarão seco pisado e azeite-de-dendê.

Adicionou dezesseis ovos de galinha no fogo para cozinhar.

Poderia fazer a comida com três, cinco ou dezesseis ovos, que são usados para enfeitar o molocum, colocados de pé, ligeiramente enterrados na iguaria – uma pasta – com um pouquinho de azeite-de-dendê por cima.

Oxum merecia um molocum bem grande, deveria estar com uma bruta fome – tanto tempo no esquecimento. Sabe que Mãe Totonha cuidara do orixá, mas isto fazia um tempão, infelizmente.

Sua mãe se encarregaria de oferecer o *ongebilê*: a comida seca, como se diz, e partir o obi para conversar com a senhora das águas doces.

O coração estava leve.

Tinha o pressentimento de que tudo acabaria bem. Deixou a comida entregue à ação do fogo. Enquanto isso, ligou para Alzira. O celular caiu na caixa de mensagens – coisa frustrante.

Voltaria a telefonar depois de tudo consumado.

Enquanto isso, no terreiro, Augusta cumpria o ritual de mais de uma hora antes de pôr os pés na rua.

Tudo estava muito quieto.

– A sacrista deve estar dormindo – falou em voz alta, dando de ombros, com desprezo.

Ligou para um motorista de táxi conhecido – servira Mãe Totonha durante anos –, pedindo-lhe que a buscasse em quarenta minutos. Era o tempo de a comida esfriar.

– Não se *arreia* nada quente. Oxum é capaz de recusar – disse alto.

De banho tomado, passou creme nas pernas rachadas pelo tempo.

Concluído o rito, perfumou-se com a água de cheiro de alfazema. O velho corpo ainda estava rijo; valente que só!

Calçou as meias finas, conferindo-se no espelho. Vestida, ajeitou o torso, pondo as argolas de búzios. O relógio lhe dava poucos minutos até a entrada da casa, onde combinara encontrar-se com o *taxero* Vardemá de Cotinha.

Guardou na sacola uma saia de crioula de trabalho e um pano-da-costa, separando um obi bonito, enterrado na areia molhada, entre outros, para levar.

Satisfeita, ganhou a rua. O motorista estava à sua espera, admirado da pontualidade inédita.

No momento em que o táxi dobrava à direita, avistou uns homens de terno, gravata e Bíblias, descendo a rua do candomblé.

Um deles lembrava Toinho, o *saqueba – traidor*. Aquilo não lhe cheirou bem.

"O causo é que os óculu tava impindurado na corrente, quando os sujeitchu atravessaru a rua" – pensou com raiva.

Não podia ter certeza. Deveria ser coincidência, ou tentação.

Fosse o que fosse, a desconfiança roubou-lhe um pouquinho da alegria... Jurou que nada iria lhe botar gosto ruim aquela noite. Custasse o que custasse, ficaria calada. Irene não era de confiança, porque era esquentada. Deveria ter saído mais a ela, de cabeça fria, cheia de juízo.

Fechando os olhos, começou a rezar o primeiro mistério do terço contado nos dedos – hábito de todos os dias, desde os tempos de menina em Muritiba, no Recôncavo.

Nossa Senhora do Desterro haveria de mandar aqueles ventos maus pra bem longe.

"Quem tem fé atira para todos os lados que Deus escuta" – reconheceu com um esboço de sorriso maroto.

## 26. São Paulo, tardinha de 16 de outubro de 1999, sábado

Victoria Regina desligara o celular boquiaberta. Alzira e Anselmo na mesma cidade; no apartamento de alguém do terreiro, a pouco tempo de distância; tudo muito incrível – *amazing*!

Não sabe se agira certo convidando-os. Coisa que respeitava era privacidade alheia...

Mas não tinham tempo a perder. O melhor seria a reunião o quanto antes. Sofrida do jeito que estava, a filha compreenderia. Interfonou deixando determinações de que os amigos deveriam subir direto.

Anselmo desligara, perplexo; a emoção repartida com Alzira e Júlio Cesar – enebriado pela certeza da presença de Vicky em São Paulo.

Prontificou-se a acompanhá-los naquela embaixada urgente; por nada neste mundo abriria mão de se encontrar com a dona de seus pensamentos.

Bastante objetiva, Alzira relatara os fatos: da conversão de Licinha até o velório e o enterro da avó, concluindo pela recusa de Doné Vitú em dar continuidade à obrigação fúnebre – o que entristecera o ogã.

O silêncio materno não lhe causara surpresa.

Duas fortes características de D. Lídia tinham sido a discrição e a lealdade. Sabia que trocara telefonemas com Mira, seus olhos não ocultaram a preocupação. Podia compreender a dor de Sulamita. Agora, as palavras a ela endereçadas, na carta, se revestiam de uma solenidade muito maior. Podia imaginar o quanto a leitura deve ter lhe pesado; as linhas amorosas e sinceras – a ponto de parecerem cruéis –, tentando arrancá-la do próprio marasmo.

Gostara muito de Sulamita. Faria tudo para ajudá-la. "Quem diria, filha de Victoria Regina..."

Anselmo não tinha certeza do sucesso de um encontro inesperado.

Conhecia Sula: boa, mas cabeça dura. Teriam de confiar na ação divina em seu coração magoado.

"O que Deus permite abençoa" – ponderou sua alma em oração. Mais do que nunca teriam de ter fé, a começar por ele, temeroso e incrédulo.

Sulamita notara a transformação na mãe após "o telefonema de Sandra – um pintor indiano".

Parecia ansiosa, não tirava os olhos do relógio Cartier.

Ao que fora informada, a elegante senhora não tinha compromissos naquela noite. Vestia um *jeans* velho e uma camiseta de Greenwich Village. Ela mesma estava de roupão.

Depois de um bom banho, encomendaria comida chinesa. Estranho o olhar da mãe. O que teria acontecido, brigara com o amigo? Não compreendia aquelas relações, a mãe rodeada de gente esquisita – *freak* – na língua que seu pai desprezara. Ficaria contente se encontrasse alguém que a fizesse feliz de verdade, arrancando-a daquele mundo de faz-de-conta. Impressionara-se com as palavras sussuradas. Não era típico de Victoria Regina, na luta contra o tempo, às voltas com o "espelho, espelho meu", moda, almoços e cartões de crédito. O sonho a surpreendera. Havia algo nele que a conectava com o que tivera. Por falar em surpresas, estava muito zangada com o maestro. Não admitia que tomassem atitudes por ela. Por que omitira o telefonema? Era adulta, com capacidade de dirigir a própria vida sem muletas. Já não sabia o que pensar. O que teria acontecido? Sentia um misto de irritação e angústia. Falaria duro com Carlo Stefano.

Foi tirada das conjeturas pelo barulho, de leve, da aldrava na porta. Não suportava campainhas, olhos mágicos e visitas inesperadas. Estranho aquilo. Carlo Stefano jamais subiria sem se fazer anunciar, mesmo tendo uma cópia da chave. Ignorou a batida. Novamente o barulho, desta vez mais forte, com insistência.

Bem que a mãe poderia poupá-la de atender à porta naqueles trajes íntimos! Abriu com uma certa irritação.

O pequeno grupo, em sua frente, parecia um espelho, devolvendo-lhe o espanto. O silêncio foi quebrado pelo homem abraçado com Alzirinha – quase não a reconhecera, de cabelos grisalhos e bem mais gorda.

"Nooossa, o filho de Lídia?!"

O homem empurrou Alzira nos braços inertes de Sulamita, falando com autoridade. Sua voz era calma e firme:

– O abraço – faraimará, em nossa tradição – diz mais que palavras. Sinto o amor fraternal entre vocês. Vamos, Sulamita, confio em sua generosidade e no arrependimento de minha filha Alzira.

Deixou-se abraçar pela outra, desmanchada em lágrimas, sentindo que estava prestes a desfalecer.

Aproximando-se dos recém-chegados, Victoria Regina quase caiu para trás.

"O comandante brasileiro entre Sulamita e Alzira?!"

O coração, livre que nem um potrinho, batia nos tempos azuis do Albergo. Enrubescida, cravava as unhas nas palmas das mãos querendo dominar-se, forçando um sorriso. Tudo o que conseguiu foi uma careta de garota enamorada. Abandonando-se à magia, as lágrimas borrando a maquiagem, deixou-se proteger pelo abraço gigante.

## 27. Salvador, tardinha/noite de 16 de outubro de 1999, sábado

As Escrituras bailavam nas mãos apavoradas de Toinho.

Um cheiro estranho invadia o ar absurdamente gelado na noite sem brisa. Fazia das tripas coração para controlar a tremedeira. Os outros seguiam atrás.

"Ainda bem que não podem ver minha cara. Daqui a pouco a dentadura vai me trair. Seria bom que eu desse logo um *pipoco* e caísse duro."

Os outros dois esperavam as iniciativas do irmão Antonio, que faria qualquer coisa para passar o comando. O mais velho, Ricardino, trouxera uma vassoura, que entregara a Ismael.

Inclinando a cabeça, Toinho autorizara o início do ritual de limpeza.

Com a voz alta e trêmula, o decano começara a oração:

– Príncipe da Paz, afaste as forças trevosas do príncipe deste mundo, enviando os anjos decaídos para os abismos de onde vieram!

O mais jovem, varrendo o ar, respondeu amém, amém, sendo seguido por Toinho, dois passos atrás. Por ele, ficariam somente na parte externa. Para seu desagrado, os homens entraram no barracão – a porta estava entreaberta, coisa mais estranha.

O silêncio incomodava.

Sem aviso, o retrato de Doné Custódia caiu da parede principal – embora o tempo estivesse estático. As bandeirolas balançavam, furiosas.

Ismael varria brigando com o inimigo.

– Cão dos Inferno, quem é tu pra querer batê testa com o filho de Deus Pai Todo Poderoso, que te lançou nas profundezas das trevas porque tu não quis servir Seu único Filho?!

Ricardino corroborava, sustentando as palavras do irmão mais jovem.

– *Amardiçoado*, serpente maldita, dragão tenebroso, abandone este recinto que tem o destino glorioso de virar o Templo do verdadeiro Deus, criador do Céu e da Terra, semente da Igreja Fogo da Betânia. Pela força e pelos sete dons do Espírito Santo, o Pentecostes, te ordeno que abandones esta casa que agora é de Deus e retorne às imundices eternas.

Ismael berrava – "louvado seja Deus para sempre" – timidamente seguido por Toinho.

"Sorte minha que estes dois estão tão entretidos que não estão prestando atenção em mim. Senão, estaria frito."

A janela rangeu, o que aumentou o remorso do ex-ogã.

Lembrou-se de sua festa de confirmação. A Iansã de Alzira – bela como nunca – gritou seu novo nome: Bojutoiá.

Não tinha mais certeza de coisa nenhuma.

Recordou-se de Mãe Totonha em sua cadeira, imponente naquele barracão.

"Nunca teve boca pra fofoca. Foi a mulher mais discreta do mundo. Não me lembro de ter visto a *véa* falar mal dos outros. Gostava tanto de conversar com o padre, nem parece mãe de titia..."

Sentia vontade de chorar.

"Pobreza é foda, sô; a gente faz umas coisas pra melhorá de vida, pra dar mais conforto pra família... quando presta a atenção tá num buraco sem fundo. Percebe que era rico e não sabia, pô – que era livre, pô, coisa que num tem preço."

Com discrição, pegou o lenço, assoando o nariz.

Tomando a vassoura, Ricardino começara a dar vassouradas no poste central.

Em um impulso, Toinho agarrou-o pelo braço. Muito contrariado, o homem mais velho dobrou a intensidade da ação. Uma quartinha de barro – colocada discretamente sobre um pequeno suporte – caiu, com estardalhaço, espalhando água e cacos, o que fez Toinho se sentir mortificado. Aquele preceito – a quartinha – tinha sido realizado pela fundadora!

Sem deixar intimidar-se, Ricardino aumentou mais ainda o timbre de voz, a ponto de ficar meio rouco:

– Senhor, este antro de maldade é contagioso. O Espírito do Mal, zombeiteiro, já está aprontando das suas, querendo confundir nosso fiel irmão de fé em *Vóis...*

Voltando-se para Toinho (louco de vontade de urinar, tamanho o frio), declarou, piscando muito os olhos (chamando Ismael para perto), que teriam que fazer um exorcismo.

O filho de Xangô engoliu em seco proferindo, em pensamento, um palavrão cabeludo. Detestava exorcismos – na verdade participara de poucos – um ritual cansativo e estridente, no qual se combate o inimigo por socos e pauladas no possuído...

A droga toda é que, para isso, teria que dar de frente com a endemoniada. Em se tratando dela, nunca se sabe o que pode acontecer. Talvez lançasse a culpa sobre ele. Não tinha jeito; teria de encarar.

Sorrindo, concordou com o irmão; encontrava-se em um beco sem saída: fodido e mal pago.

Mas cadê Licinha e a sogra? Cada vez mais a casa estava imersa em um silêncio de assombração...

O Pastor Ricardino quis saber onde estava a presa do Princípe das Trevas: pobre irmã Maria Alice, mulher temente a Deus.

Foi interrompido por um grito reconhecido somente pelo ogã: "reiiiiiiiiiiiiia".

Uma tempestade de vento desabara, derrubando cadeiras e objetos. Do jeito que veio, parou. O barracão foi invadido por um perfume intenso de alfazema e angélicas. Folhas de diversos tipos entraram pelas janelas e portas escancaradas. De Bíblias em punho, os crentes marcharam rumo à casa da finada Mãe Totonha.

A filha de Oxum acabara de acordar encharcada de suor, sentindo calafrios e náuseas.

Espreguiçando-se, deu de frente com os olhos acusadores, os quais a lançaram em um poço interminável. Muito distante, vibrava o som de tambores batás, executando o ijexá mais lindo.

Foi invadida por uma vontade de dançar. Queria abrir os olhos e não conseguia. A escuridão desceu sobre ela. Ao longe, uma luz que acendia e apagava, feito um pisca-pisca.

## 28. São Paulo, noitinha de 16 de outubro de 1999, sábado

Sulamita se desvencilhou de Alzira. Precisava trocar de roupas; voltaria em meia hora.

O comportamento não foi novidade, exceto para Júlio Cesar.

"Tudo muito formal e distante" – reconheceu um tanto aliviado pelo cumprimento entre as duas.

"Já é o primeiro passo. Farei tudo para que fiquem bem. É o que Sulamita também deseja, no íntimo, tenho certeza; é gente boa, de caráter."

Estava furiosa ao entrar no quarto, fazendo de tudo para não esmurrar a porta. Enraivecida e trêmula; insegura, sem saber o que fazer, vítima de uma cilada.

Tudo muito rápido. Sentira-se tonta, prestes a desmaiar... sequer falara com Anselmo... pelo menos não por palavras... Teve a impressão de que a mãe conhecia o filho da finada Clarice... Estranho aquilo.

Tinha que pensar no que fazer. Mais cedo ou mais tarde precisaria dar as caras. Era uma mulher de mais de quarenta.

Uma dor de cabeça fina apontava, chata. Pouco se alimentara durante o dia; deveria ser isso.

Foi até o pequeno frigobar, servindo-se de uma dose dupla de *bourbon*, *cowboy*. Stefano bebia aquela coisa quando estava muito cansado; quem sabe ajudasse.

Tomou dois grandes goles, tapando o nariz.

Começou a relaxar. Bebeu tudo, até o fim, voltando a encher o copo. Desta vez, sem ajuda.

Começava a gostar da bebida.

Falava para os próprios botões – velho hábito desde menina, quando alguma coisa a surpreendia:

– Não é que dá certo, mesmo? Até que o sacana sabe das coisas. Mesmo assim, não pense que vai me fazer de besta, que cai do cavalo.

Estava suando.

Tirou o *jeans* do armário do banheiro – onde era colocada a roupa suja (tinha preguiça de procurar outra coisa) –, vestindo uma *t-shirt* preta com suas iniciais em ouro – presente do namorado. Talvez não fosse a cor adequada. Que se danasse o mundo, era Sulamita!

– Foda-se o povo de candomblé! Não tenho mais nada a ver – disse com uma gargalhada, tomando mais um gole da bebida boa.

– Parece pimenta com fogo – desce em ziguezague.

Estava em sua casa e não convidara ninguém. Que não lhe enchessem o saco.

– Os incomodados que se retirem. A porta da rua é a serventia da casa.

Riu-se da frase antiga. Vira e mexe a ouvira na boca da avó Nilinha.

Tropeçou em uma cadeira, falando um palavrão.

Estava com muita vontade de beber.

Encheu o copo vazio. Levou-o para cima – o braço direito esticado ao máximo – em um brinde imaginário.

– *Cheers* – como dizem os gringos.

Sentia-se o máximo.

– Estou ficando molhada; tudo culpa da pimenta com fogo, de filme de *cowboy*.

A última coisa que estava em seus planos era se envolver com as emoções de um passado sacana, deixando os ouvidos ficarem contaminados por lamúrias.

Não via a hora de que aquilo terminasse o quanto antes, para ser reintegrada em seu mundo de paz total... ou não?! Faltava-lhe a certeza... No íntimo, a presença daquelas pessoas até que não era tão ruim...

– Parece que gosto de desafios; adoro brigar com quem me enche os *culhão*...

Gargalhou alto, soluçando.

Sentia o sexo pulsar.

Ligou para o maestro, sussurrando-lhe frases impetuosas.

Mandou-o abrir a porta com a chave dele, não precisava avisar.

Carlo Stefano desligou sem saber bem o que pensar. Saíra para comprar charutos, atendera em trânsito, no carro. Sulamita não era dada a grandes vôos. Poderia ser considerada sofrível. Talvez fosse influência da mãe toda sensualidade. Em quinze minutos saberia o que se passava. Talvez o destino lhe reservasse uma surpresa. Era um homem de muita sorte.

Ia saindo do quarto, descalça.

Voltou para pegar uns sapatos de lona. Abaixou-se para procurá-los, sentindo a cabeça rodar.

Foi até a janela e respirou fundo. Tomou os últimos goles daquela porra de bebida que queima por dentro e faz tão bem. Bebeu do gargalo, lembrando-se da transgressão de Mãe Totonha. Riu-se, com desprezo, da confusão dos que pensam que Obá é uma Iansã velha.

– Como é que podem achar que Obá e Oiá são a mesma coisa? Somos mais prudentes. Jamais faria com Alzira o que ela fez comigo. Detesto escândalos. As filhas de Iansã gostam de situações escandalosas – Deus me livre e guarde.

Ao entrar na sala, descalça, percebeu o clima entre sua mãe e o comandante simpático. Incrível como não perdia tempo, bem próxima do "super-homem" no sofá de palhinha antigo, do tempo do Matusa, que já deve estar no além... Deu uma risada alta seguida de um acesso de tosse.

Alzira estava perto de Anselmo, falando alguma coisa. Tinha o nariz de quem chorara. O monge colocara a mão direita no ombro dela. Desejava dar umas porradas naquela estranha.

Estendeu a mão direita, para que Anselmo a beijasse.

Puxando-a, o amigo lhe deu um abraço, surpreendendo-se com o hálito e as roupas.

"Os olhos estão descontrolados, vermelhos. Valha-nos Deus; ela está embriagada e isto pode não dar coisa boa."

Sabia que a amiga não puxara a mãe – no que diz respeito à resistência ao álcool.

Victoria Regina e Anselmo, acostumadíssimos com situações delicadas, mantinham o sangue frio. O comandante se fazia de desentendido. Alzira, boquiaberta e vermelha, parecia um balão prestes a estourar. O padre se recordou das palavras da falecida sobre a neta.

Sula foi até o bar, servindo-se de vodca.

Tomou um gole grande, estalando a língua. A mãe abafou um riso nervoso, com a mão. Lembrara-se de Padre Luiggi.

Sugeriu à filha um pouco de água com gás, excelente com vodca.

Sulamita fez um sinal de *ok* – trocando as pernas até a cozinha.

Alzira estava indignada com a indiferença dos outros. Levantou-se para acompanhá-la, sendo impedida por Victoria Regina, com um gesto enérgico.

Rebelde por natureza, não conseguiu controlar-se mais, falando em uma voz estridente e trêmula:

– Óxente, será que vão ficar todos parados, aí, fingindo que está tudo bem? Sulamita pode se machucar feio, bêbeda deste jeito! Ninguém percebe que ela precisa de ajuda, só eu?!

O silêncio foi rompido pelo barulho do copo na parede. Sulamita, em uma velocidade inacreditável, para quem estivera trôpega, partira para cima da outra aos socos e pontapés, derrubando-a no tapete.

Júlio Cesar ergueu Sulamita, como se fosse criança, com a intenção de levá-la dali. Victoria Regina fez um gesto negativo. A filha precisava falar para poder esquecer-se.

– Você não respeitou meus sentimentos. Sua avó era minha mãe de *chanto* e eu a amava muito, muito. No dia que ela morreu eu tava fajendo um favor pra você que nem podia tê feito... – interrompeu-se para abafar um arroto.

Alzira estava de cabeça baixa, petrificada, frente a frente com a agressora. Um pequeno fio de sangue lhe escorria da boca. Os cabelos estavam desgrenhados, os óculos pendidos na corrente.

Anselmo se afastou, indo ficar ao lado de Victoria Regina. Júlio Cesar, de olhos fechados, segurava Sulamita pelo braço.

– *Chê chempre* olhou *chó* para o *cheu* umbigo. Apesar das acusações não arredei pé do lado de minha ialorixá... Fiquei firme, até o fim; a *pedada* no *chimitério*. *Vochê* fugiu. Sua mãe num me deu *foooça*. Pouca gente gostava de mim. Fiquei *chozinha*. Minha mãe tava na *Euuopa*, no mundo dela, Anselmo chegou pro enterro... veio *achim* que pôde.

Vicky ignorou os olhares, mas a filha não estava mentindo. Anselmo, de cabeça baixa, lutava contra os sentimentos. Sula tinha que esvaziar o poço de mágoas. Dava graças a Deus por Alzira não ter reagido.

Sulamita prosseguia inchada, envelhecida. Seus olhos tinham perdido a cor.

– Fui ficar em seu lugar e olha o que deu. Você não ignorava o tamanho de meu *canchacho*.

Começou a soluçar.

– Na véspera da tragédia, minha querida Mãe Totonha conversou a noite inteira. Cê sabe o quanto sou alérgica. Chego a sufocar. Fiquei até o final. Depois da pedrada, Anselmo me levou pro Mosteiro pra eu pensar na vida. Quero paz; não agüento ouvir suas acusações todos os dias.

Agora, soluçava alto, meio arroxeada, o corpo sacudido por espasmos. Anselmo se aproximou, sendo repelido:

– Vai embora. Sua presença me faz recordar de muita coisa boa que perdi por minha culpa, minha máxima culpa. – terminou o pensamento com uma gargalhada entre soluços.

Victoria Regina achou que já tinha sido suficiente. No dia seguinte a filha acordaria com uma ressaca daquelas.

Abraçou-a – uma guria – desvencilhando-a do gigante compadecido.

Dócil, deixou-se amparar pela mãe.

De repente, sem que tivessem tempo de domá-la, empurrou Vicky para cima do sofá, atirando Alzira no carpete:

– Seu monstro, como é que voce pôde acusar-me de ter matado Mãe Totonha? No velório cheio de gent... Uma golfada de vômito atingiu Alzira. Sulamita continuou a ser sacudida por náuseas, tapando a boca, com as mãos. Júlio Cesar a levou para o quarto, nos braços, acompanhado por Anselmo.

Ninguém percebera a presença do maestro. Chegara a tempo de presenciar "as baixarias":

"Incrível, esta gente brasileira. Um estranho entrando no quarto... Quer dizer que a *ragazza* me ligou porque estava *ubriaca*?!... E eu que cheguei a pensar que seria minha noite de sorte..."

Não seria ele quem a carregaria até a latrina. Não tinha estômago nem coração.

"Em se tratando de uma mestiça, tudo se espera, mesmo que seja a filha de uma beldade do norte da Itália. Jamais conseguirei me esquecer desta cena patética..."

Victoria Regina dirigiu-se até ele com firmeza.

Olhou diretamente nos olhos. Com altivez pediu-lhe que voltasse depois.

Fazendo-se de superior, com uma reverência elegante, o maestro saiu do jeito que entrara: na surdina.

Sorrindo – com uma vênia teatral – deu a chave do apartamento à *putana* decadente – rogando-lhe o obséquio de entregá-la a Sulamita.

## 29. Salvador, Cosme de Faria, noitinha de 16 de outubro de 1999, sábado

– Óxente, Irene, isto aqui está uma lindeza digna de Oxum – ainda mais um santo tão antigo! Como é que você conseguiu esconder este céu aberto daquele *desinfeliz* de seu marido, cuja batata *tá cuzinhanu*?!

A filha de Iansã transformara o porão da casa – espaço a que ninguém vai – em um templo de muito bom gosto, todo em amarelo gema, dourado, ouro velho e rosa chá: as cores favoritas da Senhora das Águas Doces. Enfeitara os assentamenos de Oxum com pratos de louça finíssima. O cheiro de um perfume bom pairava no ambiente. Almofadas nas mesmas cores decoravam o pequeno espaço em que se via um aquário com peixinhos multicoloridos.

Irene deu uma risada satisfeita. Sua mãe não era do tipo de elogiar por educação. Gostara, mesmo, do quarto-de-santo.

– Obrigada, *mainha*. No começo não estava assim. Eu tinha guardado a pedra da santa no fundo do armário embutido, aqui. Lugar que ninguém mexe. Depois que contei para minha mãe-pequena e para a senhora o que tinha feito – e não fui criticada – resolvi ajeitar nossa rainha da melhor forma. Gostaria de ter arranjado uma estátua de uma sereia dourada, igual àquela que tinha na casa de Ebame Octacília, da Casa Branca. Se lembra, minha mãe? Eu era menina mas me recordo *inda gorinha!*

A velha fez um gesto afirmativo. Aquilo já estava pra lá de bom. Demais, seria exagero. Oxum teria de voltar para o terreiro, mais dia menos dia.

– Irene, minha filha, cadê o molocum? Vá buscar. Não temos muito tempo, criança. Daqui a pouco o *saqueba* volta para casa e a última coisa que desejo é *pobrema.*

A filha ocultou um sorriso para não magoar a velha senhora.

– Ave Maria, mainha, está bem de junto da senhora, em cima do pepelê, pra ficá fácil – respondeu – referindo-se a um local alto, feito altar, onde os assentamentos dos orixás permanecem.

A ebame deu uma risadinha amarela, sem perder a pose. Os óculos, como sempre, estavam na corrente. Ajeitando-os, pegou o obi. Precisava parti-lo para conversar com o orixá; saber se aceitara a oferenda e ouvir o que tinha a dizer.

Ajoelhou-se, sendo seguida pela filha: ambas com os corpos inclinados, as cabeças quase no chão.

Saudaram Oxum, batendo *paós*: três seqüências cadenciadas de palmas.

Augusta pegou uma quartinha de barro com água – em sua frente. Destampou-a, colocando a noz-de-cola dentro dela, para ficar umedecida.

Jogou três pingos no chão – da esquerda para a direita – dizendo em iorubá: *koju aye mi kotutu*.

Saudou os ancestrais e os orixás, recitando uma ladainha comprida. A filha respondia: *ibá axé*.

Colocou a ponta dos dedos direitos sobre os três pingos de água. A outra mão fechada em gesto característico de invocação.

Com a ajuda de uma pequena faca apontada (o obi não era africano, caso contrário poderia ser partido com as próprias mãos) cortou a noz em quatro partes semelhantes. Retirou pequenas partículas superiores, de cada pedaço, atirando para trás.

Juntou, primeiro, tudo na mão direita, levando-a para cima, repetindo o gesto com a esquerda. Recolheu todas as quatro partes nas duas mãos, estendendo para a frente, mostrando-as para o orixá homenageado, a quem se destinava o obi:

– *Obi lati Oxum nló ô*:

Irene retrucou.

– *Apania ô*!

Lançou as partes em um pequeno prato, em sua frente. Franzindo a testa, jogou de novo, sacudindo a cabeça, surpresa. Irene acompanhava, ansiosa, na expectativa.

Enxugando o suor, depois de mais de dez minutos de silêncio e diferentes jogadas, comunicou que Oxum recebera a oferenda e estava muito agradecida por toda a demonstração de carinho. Não queria falar mais, porque estava em diligência. Deixara uma ordem. Deveriam fazer *ongebilê* para Exu, Ogum, Oxóssi, Xangô, Oiá, Obá, Euá e Oxalá o quanto antes e arriar no terreiro.

As aiabás e Oxalá são representados por seixos conservados em vasilhames de louça, sobre os quais se fazem rituais de consagração. Xangô também é representado por um otá (pedra) de raio em uma gamela de madeira.

A sacerdotisa mais velha pediu à filha que arriasse a comida "em cima de Oxum": sobre a soupeira amarela de louça que continha a pedra consagrada.

Irene obedeceu.

No momento de oferecer a comida, Iansã chegou em homenagem à Oxum da iaquequerê. Disse que o espírito da ialorixá estava mais apaziguado. Mas teriam que fazer o axexê logo, logo: "Boca fechada e pé ligeiro!".

Vardemá de Cotinha já esperava a velha ebame, ávida para ir embora. Sua cabeça estava estourando de dor.

Pedia a seu pai, Badé, de todo o coração, forças para o velho corpo. Teriam muito chão e lágrimas.

## 30. Salvador, Campina de Brotas, noitinha de 16 de outubro de 1999, sábado

O som dos batás estava cada vez mais profundo: tã, tã tãtã tã tã tã tã: melodia cortante e acolhedora.

O pisca-pisca acendendo e apagando: tinha instantes de lucidez, como se emergisse e voltasse a afundar. Brigara e perdera a aposta. Aquele ijexá penetrava suas entranhas. Não conseguia controlar os movimentos. Mal percebera as lágrimas.

Com esforço, viu uma mulher roliça na cama, ao seu lado. As roupas eram luzes do crepúsculo em águas límpidas: cores que surgem no amanhecer e no entardecer. Pássaros sobrevoavam-lhe a cabeça iluminada.

Os braços carnudos tinham muitos braceletes.

Mirava-se, paciente, em um espelho. Seu perfume era musical.

Eram as jóias dos pesadelos: os braços que a salvavam – quando estava prestes a se afogar – lançando-a, novamente, nas profundezas abissais! Gritou *ora iê iê ô,* a saudação da Senhora, abrindo-lhe os braços: a choupana transformar-se-ia.

Oxum recebeu Licinha, sua filha, e, também, o omolocum de Irene e Augusta: o quarto, em sua homenagem, estava uma beleza; as preces de Anselmo, a esperança de Alzira, o desespero de Zuza, o ogã.

Uma testemunha de fogo segurava nos seios de dama-da-noite a imagem de Oiá Bumim no aiê, a terra: em breve libertar-se-ia.

Ereta, Oxum esperava contemplando-se no abebé de ouro: para frente e para trás, para trás e para frente: não existe nada mais decidido do que a correnteza de um rio. A porta e a janela do quarto onde tantas vezes Mãe Totonha questionara o comportamento de Oxum Tunbi – a gananciosa –, estava entreaberta, indo e vindo feito onda produzindo música no quebra-mar.

O ruído, cada vez mais próximo.

Ricardino berrava:

– Cá viemos para expulsar o mal desta morada. *Vade retro*, anjo decaído, príncipe dos infernos. Nós, seguidores do Senhor, estamos aqui para livrar nossa irmã de suas artimanhas, ó pai da mentira, rei da imundície; deus do candomblé e da umbanda!

Ismael e Toinho respondiam – este último sem muita convicção. Alguma coisa lhe dizia que aquilo tudo iria feder mais que caganeira.

– Amém, amém!

Lágrimas escorriam da divina face.

Cenas da vida de Ricardino e Ismael eram contempladas. Oxum lamentava a cegueira de Ricardino, filho de Ogum, o senhor dos caminhos, e de Ismael, filho do rei da terra: Obaluaê.

Eram primos, descendentes de Candinha – Oxum Tolá – que a servira por mais de oitenta anos. O que dera nestas suas crianças ? Fantoches do rancor, da inclemência; combatentes do ódio... pobres perdedores... faziam o jogo do inimigo, achando que estavam no caminho certo.

Ricardino tinha sido o primogênito de Constância de Kissimbi – como é cultuada entre seus filhos bantos, que também a chamam de Guiamasi e Dandalunda. Aquele menino recebera a adigina de *Lemboinkossi* – seu nome religioso – poucas horas depois do parto. A mãe, *Simbiê,* fora iniciada, grávida dele, por Nengua Maria Neném, nos anos trinta: Lemboinkossi lhe pertencia.

Ismael, filho de Obaluaê, tinha sido amamentado por Janice do Axé Opô Afonjá. O leite bom de Ominiuê – o orucó de Janice, sua sacerdotisa, o salvara. O pai de Ismael tinha sido ogã de Oxum; morrera fiel ao compromisso. Toinho, Bojutoiá, já estava se entendendo com sua filha. O moleque precisava de uma pequena lição para que compreendesse.

Os membros da Igreja Fogo da Betânia se aproximavam da porta, empunhando suas Bíblias. Ismael, com a vassoura de varrer o demônio.

Toinho não sabia se estava sentindo frio ou calor. Tudo o que podia dizer é que não deveria ter caído naquela esparrela.

Ricardino continuou a exortação:

– Príncipe Trevoso, nós lhe damos a chance, em nome do Senhor, de abandonar esta casa, sua morada por tanto tempo. Belzebú, recolha-se à sua insignificância, levando consigo seus anjos decaídos, em nome de Deus. Viemos limpar este recinto pecaminoso de toda sua legião amaldiçoada.

Oxum sentia muita pena de tamanha ingenuidade. O vento abriu a porta. Depois tudo ficou parado. Poder-se-ia apalpar o silêncio, quando entraram no quarto.

Toinho, boquiaberto, não acreditava em seus olhos.

"Aquela não era Licinha!" Muito menos a Oxum que vira antes de aprender a andar e falar.

"A Oxum dela era uma excelente bailarina – mas não passava disso: um belo pé de dança."

"Aquela não era a Oxum de Licinha!" Estava contemplando o sagrado, a união transformadora do humano em divino; frente a frente com o Mistério. Desmaiou de emoção.

Oxum movimentava-se lentamente para frente e para trás, para trás e para a frente, na contemplação do próprio reflexo.

Apontou o verso do abebé para os dois invasores.

O espelho transmitia cenas das vidas de pouquíssimas opções e muito jugo. No momento em que o reflexo os atingiu, um amor penetrou nos corações. Tal qual Alzira, na capela do Mosteiro, prostraram-se perante a eternidade.

Oxum os acolheu em seus braços, embalando-os. Sussurrou-lhes que o Amor se apresenta como quer, tem um guarda-roupa sem fim... reúne amante e amado em uma mesma luz: aprenderiam com o desejo de liberdade.

Repousaram nos seios de águas doces. Ao despertarem, no tapete, Oxum não estava lá.

Entreolharam-se. Teriam sido conduzidos pelos caminhos enganosos? Mas a sensação de paz não poderia vir da fonte do mal.

Toinho jazia no chão. De repente, assustando os outros, deu um pulo atirando-se porta a fora, como se tivesse mil fantasmas em seu encalço – o ilá de Iansã, implacável, vibrando nas paredes de sua mente... A urina, escorria vitoriosa... Na cama brilhava o abebé.

Ao contemplarem o objeto, foram invadidos pela certeza de que um véu se rasgara, deixando passar a claridade.

## 31. São Paulo, noite de 16 de outubro de 1999, sábado

Carlo Stefano mantivera a classe para não se rebaixar. Onde já se viu ser convidado a retirar-se? Acordara cedo para buscar a cretina no aeroporto... *putana* mal-agradecida!

Sentira-se humilhado e traído. Bem feito para Sulamita ter se desmoralizado vomitando na mulatinha.

– Será que é a tal que me telefonou, no teatro? – perguntou-se, dando de ombros.

Os desconhecidos foram mais valorizados do que ele, o conterrâneo... sem falar no *imbecile* do padre de esquerda. Jamais fora com a cara do gajo. Fizera tudo para separá-lo de Sulamita... *monaco* metido com macumba... só em um país que não é sério, como dissera o De Gaulle...

Dirigia fulo da vida, com ódio daquela terra cheia de pardavascos que nada tinham de *brunello*.

Não se conformava com a desfeita, embora a relação já estivesse um pé no saco, insuportável; mais um pouco e explodiria.

Não aguentava as mãos geladas, os olhos vazios no melhor da conversa ou no meio *del amore* (cada vez mais ordinário). A *ragazza* comia sem saborear: parecia que tudo era de borracha. Mesmo comendo pouco, tinha um corpo sofrível. "Bah, já passou dos quarenta, já passou..."

Victoria Regina estragara qualquer possível romance.

– *Chi donaccia*! – seus olhos o haviam perfurado! Deveria ter vergonha da *figliola* escandalosa, bêbeda, sujando os outros e o tapete – coisa nojenta. Só de pensar tinha engulhos. Queria que fizesse o quê? Fosse segurar a cabeça dela, na latrina? Não era médico, nem tinha natureza para porcaria! Quem mandara beber? Já devolvera a chave. Enviaria um ramalhete de flores, educadíssimo, saindo por cima. Estava farto de jantares chatos e frases de almanaque.

Mais do que nunca tinha saudades de sua Toscana erudita e elegante. Começava a se sentir angustiado, precisando de uns drinques. Parou no semáforo, meio distraído, resolvendo aonde ir. Bateram no vidro. Incrível, uma loira escultural, de mais de um metro e setenta e cinco, com jeito de holandesa. A roupa preta valorizava a pele alva. Não passava dos vinte e sete.

Fez sinal que aguardasse.

Sinalizou, estacionando com segurança no meio-fio, a poucos metros. Não dirigia igual aos nativos, despreparados e sem treino no trânsito.

Apertou o botão abrindo a janela.

O ar noturno misturou-se com o perfume doce. A *bella signorina* parecia em apuros.

Lacrimosa, perguntou-lhe se poderia emprestar-lhe o celular. Seu carro quebrara a uns trinta metros, logo à direita. O telefone descarregara. Não era sua noite de sorte. Precisava chamar a seguradora.

A voz era suave e educada. Tinha um ligeiro sotaque de difícil identificação.

"Que boca estupenda, Santo Dio! Parece um pequeno *cuore*!"

Começava a se sentir melhor.

Teria de sair do veículo. Era um cavalheiro da Europa.

Aberto em sorrisos confiantes, abriu a porta. Um homem ruivo, alto, vestido com um terno cinza elegante, encostou o revólver em sua nuca, pedindo-lhe que cooperasse, por apreço à vida.

A bela exigiu a chave do BMW.

– Vamos dar uma voltinha, vovô. Se gritar, dorme com os peixes. Se cooperar, ganha balinhas...

## 32. Salvador, noite de 16 de outubro de 1999; sábado, manhã de 17 de outubro, domingo

Naquele sábado – dia dedicado a Oxum e Iemanjá – Augusta saíra da casa da filha com dor de cabeça bem na nuca.

– Estou de pressão alta – admitiu apreensiva.

Tomou um susto ao se aproximar do terreiro.

As luzes da entrada estavam acesas – o que só acontecia em dia de festa. Devia estar ficando louca, vendo coisas. Teve medo de entrar.

Pediu a Vardemá que telefonasse para Mira. A empregada disse que estava na ilha, passando o fim de semana. Esquecera o celular no apartamento.

"Que droga" – seria obrigada a ligar para Irene.

Nisso, viu Toinho sair correndo, deixando a porta escancarada. Pediu que o táxi buzinasse, para atrair a atenção do *saqueba.*

Desceu do veículo, dispensando o *taxeiro.* Teria que falar com o Judas Iscariotes. Levava jeito de quem vira assombração.

Com a mão nos ouvidos, o homem obedeceu estranhando aquilo. A velha só lhe falava quando atendia o telefone, em sua casa. Mesmo assim, porque não tinha jeito.

Suando, se aproximou de Augusta, parada na porta principal, segurando a bengala.

Com altivez, a ebame lhe perguntou o que estava fazendo ali e por que a casa estava iluminada.

Tapando os ouvidos, Toinho desembuchou: o exorcismo, o arrependimento, seu medo de perder a crioula. Já não agüentava mais o ilá de Iansã estourando os miolos: o quadro que caíra da parede, a tempestade de vento; a outra Oxum.

– Como assim, outra Oxum? Você tá ficando maluco ou qué me fazê de besta?!

A filha de Badé não desejava dar asas a Toinho, mas acreditara nele. Tremia de emoção, por dentro, ao saber que Oxum estava cumprindo o que lhe predissera.

Toinho tentou explicar:

– Minha tia Augusta; nasci vendo a Oxum de titia. Nenhuma dançava tão bonito... a senhora sabe o quanto as festas aqui da roça eram faladas por causa da santa de tia Licinha. Mas desta vez foi diferente, eu juro.

A velha deu uma cusparada...

– Como assim? Não sabia que pastor de crente entendia de fundamento de orixá, coisa do capeta...

Ignorando a ironia, prosseguiu:

– A coisa mais linda que já vi; a Oxum de titia não passa nem perto... Caí duro. Acordei com o grito da Iansã de Alzira comendo meu juízo... não agüento mais... em tudo quanto é lugar o ilá de Iansã me persegue... me perdoe, minha tia, mas não estou conseguindo corresponder como marido... a senhora sabe...

Augusta deu uma risada gostosa, seguida de um ataque de tosse. Lágrimas saltaram-lhe dos olhos. Apontou a bengala para o genro, cabisbaixo:

– Isto é pouco, seu sacana! Bem que disse que sua batata tava *cunzinhano*! E tava mesmo, pelo jetcho em banho-maria... quem não tem o que perder perde a vida, ou fica brocha. Foi pouco o que vocês crentes nos cão dos inferno *fizero* com minha Mãe Totonha, na última festa de Oxum?! Você, seu escroto, entrando porta a dentro para interromper o padê, sem respeichá Alzira, esquecendo que a Iansã dela te escolheu e confirmou? Que se não fosse a Iansã dela vosmicê não seria merda nenhuma? Eu sei o quanto sofri. Além de dar uma banana bem grande pro terreiro que te criou, vosmicê arrastou minha filha pra lama. Se não fosse a ialorixá e suas tias-de-santo, que até de mamá lhe *déru*, você tinha crescido em um orfanato. Seria melhor; Irene tinha ficado livre de vosmicê e eu *tombém*!

Toinho ouvia de cabeça baixa.

A velha tinha razão. Jamais poderia ter desrespeitado o candomblé, que o livrara de uma instituição de caridade. Sabia que na tradição dos orixás havia muita gente boa. Sabia – como sabia! – que orixá nada tinha a ver com o diabo. A ignorância pode ser perdoada. Muitos crentes combatem as religiões africanas por ignorância. Ele combatera levado pela ganância e pela malícia, desrespeitando a memória de sua mãe Octília.

A noite estrelada, calma, era a testemunha silenciosa de seu arrependimento.

Enxugando os olhos, com as costas das mãos, pediu para falar. Com um gesto de ombros, Augusta consentiu, olhando o relógio.

– Virei crente tentado pela usura. Precisava de grana, tava cheio de papagaio. Mãe Totonha não quis me emprestá. Um colega, irmão da igreja, me emprestou, na boa. Aceitei o convite de ir para o culto e levei tia Licinha. Fiquei impressionado com a prosperidade. Todos com casa própria, seu bom carrinho, comida na geladeira... minha nega é uma batalhadora... ganha muito mais do que eu, já tava ficando sem graça de faturar menos. Não sei o que me deu. Acho que fui envolvido pelo ambiente, pela fala sobre grana: a gente, quanto mais próspero é, mais perto está do Senhor. Sei que errei de entrar no barracão e meter o pé nas coisas do padê. Não vou mentir, minha tia. Assumo a culpa. Fiz aquilo porque quis. Ninguém me forçou, nem me drogou, nem coisa nenhuma. Teve uma época que cheguei mesmo a querer acreditar que orixá era coisa do demo, de gente atrasada, de tanto que ouvia dizer. O coração me desmentia... a maior prova foi a guerra no enterro de Mãe Totonha... as Iansãs chegando, Iansã apanhando minha crioula e levando de volta pro terreiro... vocês terem acolhido ela de volta com muito amor... aquilo só podia ser coisa do bem. Se arrependimento matasse, eu tava morto. Eu era feliz e não sabia... tenho pavor de sair da igreja porque tô devendo as calças e os caras acabam comigo...

Augusta não era mulher de julgamentos precipitados. Teria que pensar naquela confissão, pesando os prós e contras. Via sinceridade no *sujeitcho.*

Estavam tão entretidos, que não repararam nos dois outros pastores saindo pelo portão menor, de cabeça baixa.

O pensamento de Ebame Augusta girava a mil por hora.

– E cadê a excomungada? Como ficou depois disto tudo? Está diferente? Vocês conversaram? – atropelava as perguntas. Toinho ia responder. Foi interrompido.

– A que horas aconteceu isto tudo, meu filho? – sem que se desse conta, o chamara assim.

Sentindo-se melhor, depois do desabafo, respondeu que deveria ter sido entre oito e meia e nove horas.

Augusta ouviu o que desejara... no horário em que estavam oferecendo o molocum.

– Não me lembro de muita coisa. Acordei com o ilá de Iansã comendo meu juízo. Saí correndo; me mijei todo, olha como tô molhado.

Augusta franziu a testa. O cheiro do genro não era dos melhores... bem feito, era pouco!

Disse-lhe que viesse com ela. Teria que falar com Licinha, embora não soubesse bem por onde começar.

A porta do quarto estava aberta e as luzes acesas. A iaquequerê não estava em seu quarto.

Percorreram a roça toda – enorme – sem encontrarem a filha de Oxum.

Augusta se sentia exausta, desejando um banho e cama. Conversara com Toinho, de pé, por quase duas horas. Estava velha para tanta emoção.

Ouviu vozes em um espaço destinado às filhas-de-santo. Desde que Mãe Totonha morrera, poderiam ser contados nos dedos os omorixás que freqüentavam a Casa. Alguns vieram ao primeiro axexê. Muitos andavam por outras comunidades, à espera de adoção. Raramente alguém era visto por lá; o terreiro estava fechado, de luto e – pior – em pé de guerra.

Estranhando, foi verificar.

Ficou surpresa ao se deparar com três ebames antigas – com mais de cinqüenta anos de feitas – conversando animadamente: Virgínia de Xangô, Gilca de Oxum e Elza de Oxóssi.

Augusta se admirou. Virgínia e Gilca não se falavam há mais de trinta anos. Elza era irmã de Gilca... Conversavam animadamente. Ficaram espantadas de Ebame Augusta ignorar a história do abebé na cama de Licinha. As mulheres disseram que, no princípio, acharam que tinha sido armação – que Deus as perdoasse. Ao contemplarem o objeto, foram tomadas de um sentimento tão forte que não contiveram as lágrimas. As desafetas se abraçaram reconciliando-se. De repente a diferença entre elas sumiu.

A velha ebame retornara ao quarto de Licinha, para tirar aquela história a limpo.

A conversa entre ela e Toinho – momentaneamente esquecido a poucos passos – retirara-a da realidade.

Ajeitando os óculos, se deu conta da lindeza – um céu aberto. Assim que contemplou o leque em forma de pássaro, reconheceu-o imediatamente: pertencera a Donária de Oxum, tia de Mãe Totonha, falecida há mais de meio século. Recorda-se de que durante muito tempo se procurou o objeto dado como desaparecido.

Toinho perdera o medo.

Com humildade, pediu à sogra que o abençoasse. Naquele momento abrira conta nova.

Apesar de duríssima na queda, Augusta – com lágrimas nos olhos – perdoou o genro, contanto que desse tudo de si para reparar o mal. Tinha muito que se explicar com Iansã e com a pobre da Alzira.

Mais e mais filhos chegavam, para ver o abebé, alguns dentre os convertidos à Igreja Fogo da Betânia.

Ninguém sabia quem espalhara a notícia. No dia seguinte, pela manhã alta, Licinha ainda não aparecera.

Augusta, pisando em ovos porque não era ingênua de confiar com facilidade em crente, pediu a Joadrielinton – um dos convertidos de volta ao terreiro que telefonasse, no sábado, para a igreja e outros lugares possíveis. Se ela agisse, daria muito na pinta.

Quarenta minutos depois, o homem retornara, esbaforido, dizendo que entre uma ligação e outra, atendera a um telefonema do filho, Petinho, cheio de ameaças e ofensas contra o terreiro. Acusava os seguidores de satanás de terem dado um jeito na mãe dele, ameaçando com a polícia, imprensa e denúncias no programa do Vasco Pitarella – o paladino da justiça, defensor dos pobres – transmitido diariamente por um canal de tv evangélico. O pior é que ninguém sabia dela.

A velha ebame – com palpitações e dor na nuca – telefonara para Irene, encarregando-a de entrar em contato com Alzira, pedindo-lhe providências urgentes.

O desaparecimento da excomungada não era uma coisa clara. E se ela estivesse de combinação com os crentes, para azucrinar ainda mais a vida do terreiro?! Muitos filhos que tinham dado as costas para Mãe Totonha estavam de volta. Mas e se fossem espiões? Como é que se confia em gente assim? Talvez o próprio Joadrielinton estivesse lá "só para *catar*"...

Augusta expusera seus pontos de vista à Irene, esperando que entendesse. Ela estava por dentro de algumas novidades.

Augusta quase desmaiara ao saber da história de Zuza, ogã de Oxum. Tinha visto, em Pituaçu, de madrugada, uma mulher toda Licinha se jogando na lagoa.

## 33. São Paulo, noite alta de 16 de outubro de 1999, sábado

Anselmo, Júlio Cesar e Vicky tomavam café, na cozinha. Sula adormecera. Alzira não arredara pé, firme ao seu lado. Aceitara o convite para o banho e trocar o caftã por um vestido solto: não cabia nas roupas de Sulamita.

Anselmo ficara impressionado. Apesar de todo o álcool, Sulamita batera fundo, sem que a outra revidasse.

Júlio detestava violência. Não acreditava no jargão "olho por olho, dente por dente". Atinge-se qualquer objetivo pela paz e não pela porrada. Senão a coisa toda ganha proporções de uma bola de neve. Apesar dos pesares, sentia-se radiante pela presença de Victoria Regina.

Foi ela quem rompeu o silêncio.

– Fiquei pasma. Alzira é conhecida pelo temperamento forte. Ninguém gosta nem é obrigado a apanhar na casa dos outros. Estranhei a atitude trêfega de minha filha: aquela coisa de se desvencilhar de mim e partir para cima da outra... muito chato aquilo. Estou com vergonha.

Balançando a cabeça, foi à procura da bolsa, de onde retirou a piteira e um cigarro. Acendeu-o, dando uma longa tragada, pedindo desculpas; precisava fumar. Omitira a presença do maestro. Depois conversaria com Sula – mais um problemão pela frente.

– Alzira me comoveu. Tenho vontade de chorar. Fico impressionada quando o ser humano se supera... O tempo todo ao lado de Sulamita, apesar de tudo... Bah, que pessoa querida que é esta guria, tchê!

Júlio Cesar concordou, deliciando-se com o *gauchês* de Victoria Regina, às vezes intercalado por italiano:

– É mesmo. É muito boa. Só que vamos ver como as coisas se ajeitam. Minha filha pode estar em estado de choque. Não desejo nem espero isso, mas pode ser que tudo fique muito pior, quando cair na real, sabe como é...

Anselmo o interrompeu.

– Não concordo desta vez, mano. Tenho a impressão de que Alzira amadureceu bastante e sabe o que está fazendo. Quando estamos abertos para a vida, o sofrimento liberta.

Vicky pediu-lhe que explicasse melhor. O monge prosseguiu.

– Esta moça sofreu muito com a morte da avó. O mundo de Alzira desmoronou. Disse-me que teve um aborrecimento com a mãe, com quem não se comunica há um bom tempo. Na verdade, creio que a primeira grande dor foi a conversão da tia, a pessoa indicada desde o começo para suceder Mãe Totonha...

Encheu a xícara de novo. O café caíra bem naquela hora.

– O terreiro está ameaçado. A tia dela não se limitou a trocar de religião. Acredito que isto seja um direito de todos. O que não é certo é o atropelo e o desrespeito à Mãe Totonha. Fiquei de coração partido ao ver Alzira, no Mosteiro, depois de tanto tempo. Eu lhe falei, por telefone, não é Vicky? A moça aparentava dez anos a mais, sem a vivacidade, que é a sua marca registrada.

Deu um longo suspiro, fechando os olhos. Lembrou-se de Alzira na capela e da mudança. Aquilo era muito íntimo para repartir com os amigos.

Pigarreando para espantar a emoção, prosseguiu com a calma habitual:

– O bem-querer que Alzira tem pela própria história fez com que crescesse, pela provação, transformando-se em uma mulher menos egoísta, mais integrada.

Victoria Regina achou que as palavras do padre pareciam dirigidas a ela.

Contou-lhes o sonho com a mãe, não contendo as lágrimas.

Com gentileza, Júlio Cesar lhe estendeu um lenço. Vicky aceitou-o, sentindo a fragrância agreste masculina.

– Sempre tive o dom de pressentir as coisas. Desde adolescente, se bem me recordo. Com o tempo a memória vai ficando seletiva. Como se diz em meu Rio Grande: a velhice é bater em retirada, com pouca munição...

Riu-se com muito charme e alguma tristeza, ajeitando os cabelos abundantes:

– Quando viajei para aqui, desta vez, não sabia bem o que estava fazendo. Sentia-me preocupada com minha filha; o telefone da guria não respondia e... bem, seja como for, em um impulso reservei passagens e cá estou. Conversando com Sulamita, horas atrás, compreendi que tinha um papel a desempenhar nesta história do terreiro de candomblé. Sinto que vim para me salvar de mim mesma...

Voltou-se para o ogã. Os olhos amarelados estavam brilhantes, as pupilas um tantinho dilatadas:

– Poderia esperar encontrá-lo a bordo de qualquer aeronave, menos desta, comandante...

Anselmo pigarreou dizendo que iria ver como estavam as coisas. Aproveitaria para levar um pouco de café para Alzira.

Júlio tomou Victoria nos braços.

Beijou-a longamente. A mulher retribuiu com a mesma intensidade.

O comandante roçou o nariz nos cabelos sedosos de Victoria Regina, aspirando seu perfume, sem desvencilhar-se. Tinha medo que pudesse escapar-lhe. Apaixonara-se por aquela fêmea vivida; não mais do que uma jovem ávida de amor.

Colocando as mãos em seus ombros – a diferença de altura entre os dois era enorme –, falou-lhe, olhando-a de frente, sorrindo-lhe pelos olhos verdes:

– Sofri o diabo quando você deixou aquele bilhete gelado, guria. Amei você desde o primeiro momento. Quero que a gente se case; quero que seja minha *prenda* até o fim. Estou tratando de me aposentar. Sempre tive planos de ter uma casa na Bahia, em Ciribinha, adoro água. Lá é lindo! Agora já não mais me pertenço... o que sei é que te quero mais do que qualquer coisa nesta vida!

Vicky não sabia o que dizer, emocionada com a expressão de seu amado Rio Grande do Sul: minha *prenda* – a esposa ou namorada do *gaúcho* (de *bombacha*, *pala* e *chiripá)* para quem mocinha é *chinoca,* diminutivo de *china* (moça).

Pela primeira vez, nos últimos cinqüenta anos, faltavam-lhe palavras. Estava dividida entre o coração e a razão. Rira-se do amor à primeira vista. Acreditara em tesão à primeira vista. Receava perder a querida liberdade e a razão lhe dizia que "o pingo estava trotando rápido demais, tchê" – talvez tivesse dificuldade em domar o cavalo na hora do salto. Mas o coração proclamava que se ferrasse a razão. Precisava ser amada e amar. Tudo o que desejava era ser possuída por aquele homem, que não seria um a mais em sua cama pobre de recordações que valessem a pena, mas o senhor da querência.

– Fugi porque tive medo de ti, Júlio Cesar. Minha intuição – talvez minha premonição de meio feiticeira – me sinalizou que as coisas entre nós seriam diferentes. Tu não serias um a mais a acordar ao meu lado na estância, mas o estancieiro... Tive homens de todos os tipos – alguns até comprados... Durante anos culpei meu marido. Já não o culpo. Eu preferi ignorar a realidade por falta de fé em meu dom, a partícula da centelha divina. Em vez de enfrentar minha sogra – uma inimiga poderosa – preferi mijar em seu túmulo.

Começou a chorar. Precisava de um cigarro.

Júlio fez com que desistisse. Cigarro era um perigo e coisa fora de moda. Não havia do que fugir. Teria de enfrentar a si mesma para se libertar. O fato de não culpar mais o marido já era meio caminho.

Vicky aquiesceu, estranhando o próprio comportamento.

Júlio Cesar tomou suas mãos – desaparecidas entre as dele, gigantescas.

– Régi, minha prenda italiana, desejo namorar você *old fashioned way*. Assistir a um bom filme com você, partilharmos de uma boa refeição, tomarmos um bom vinho ou chimarrão, de sua terra; o *bloody mary*, no mesmo copo. Quero viagem de lua-de-mel, ir à praia para contemplarmos o mar de mãos dadas... casar pelo resto da vida. Te desejo como nunca desejei outra mulher; desejo você por inteiro – corpo e alma, até o fim de meus dias. Temos de construir nossa relação com amor e cumplicidade... De nossos passados recolheremos o que valer a pena...

Olhou bem dentro daqueles olhos de azeite-doce marejados:

– Você quer ser minha prenda? Se disser sim, serei o homem mais feliz do mundo, se disser não, morrerei de amor para continuar vivendo... E viver é esperar por ti.

Ninguém a chamara assim antes. Ficou emocionada com a cultura e a sensibilidade. Na pontinha dos pés, tomando o rosto sensível, beijou-o com sofreguidão.

O ardor foi interrompido pelo barulho de louça quebrada. Ao entrar na cozinha, Anselmo deixara cair a bandeja, dando no pé.

De mãos dadas, começaram a gargalhar feito dois colegiais cabuladores.

## 34. São Paulo, começo da tarde de 17 de outubro de 1999, domingo

Sulamita acordara com a língua seca, morrendo de sede.

Tivera um sonho com Alzira e Anselmo bastante real: uma briga – coisa sem nexo. A cabeça martelava nas têmporas. O teto girava; os cabelos estavam grudados e malcheirosos; os lábios rachados.

Ficara alguns instantes imóvel, tentando sobreviver.

Aos poucos, dera-se conta de que não sonhara.

"Meu Deus, como eu pude ter bebido deste jeito? Esta bruta ressaca, as juntas me doendo... Meus miolos vão arrebentar."

Segurando a testa, desceu da cama à procura de água... O chão afundou; o teto parecia roda gigante. Precisou agarrar-se na cabeceira.

A imagem da mulher cabisbaixa, sentada a poucos metros – as mãos enterradas na cabeça –, fez com que se recordasse de tudo.

Bebera *whisky* puro, mais de meia garrafa. E depois vodca... Se escapasse daquela, jurava não passar perto de bebida alcoólica tão cedo. Só de pensar, a boca estava enchendo de água; teria de apressar-se até o toalete.

Tropeçou, sendo agarrada por Alzira, alerta. Deixou-se conduzir feito menina.

A filha de Iansã lavou-lhe o rosto, molhando os cabelos com água fria. Sulamita urinou longamente, sentindo-se um pouco melhor. Aos poucos, a sensação de enjôo passou. Precisava de água com gás bem gelada e um remédio para o fígado.

Perguntou as horas – a língua sebosa; deveria de estar com um hálito horrível. Assustou-se ao saber que eram onze e quarenta... como dormira!

Alzira lhe respondeu, com toda a calma:

– Vou buscar a água. Sua mãe e meu pai Júlio saíram para comprar o almoço – você roncava... Anselmo foi à missa, à pé, no Mosteiro de São Bento. Daqui a pouco chega; saiu faz um tempão.

Abriu as cortinas.

Sula tapou os olhos assim que a claridade dominical invadiu o dormitório.

Colocando os óculos – largados no criado-mudo – pôde perceber as escoriações. Começou a gaguejar, mas a outra a interrompeu, colocando o indicador junto à boca. Saiu sem fazer barulho.

Sulamita estava envergonhada e nervosa, sem acreditar no que fizera. As agressões verbais e físicas lhe vinham à mente feito redemoinho. Do que fora capaz, meu Deus?!

Tomou um banho demorado, lavando a cabeça repetidas vezes. Sentiu-se melhorzinha. Meio entorpecida, secou os cabelos. Ao sair, para o quarto, encontrou a água gasosa, um pires em cima, e umas laudas impressas, presas, com o auxílio de um clipe, em uma folha de caderno avulsa.

Leu o manuscrito:

> *"Obá Delê; fui dar uma volta. Escrevi esta carta ainda no Paraná, no Mosteiro. Você sabe minha posição contra o sincretismo religioso. Jamais gostei de igrejas. Mesmo assim, alguma coisa aconteceu comigo na capela.*

*Acho que dormi e sonhei com Oiá mandando eu te procurar. O incrível é que acordei aos pés de um crucifixo, invadida por um sentimento jamais experimentado... eu flutuava! Justo eu, Sula... Se desejar, conversaremos. Saiba que toda minha alma se esparrama nestas palavras. Peço a Oiá, que você me ajude para que, juntas, salvemos o Axé de Mãe Custódia de Kpó.*
*Sinceramente*

*Oiá Gbemi – Alzira."*

Bebeu toda a água, perdida nos pensamentos. Deu um pequeno arroto, sentindo-se aliviada.

Temera que Alzira não quisesse mais conversa com ela, que ultrapassara todos os limites. Estava com vergonha de todos. Tinha desejo de se esconder debaixo da cama. Procedera que nem uma adolescente mimada e ambiciosa. Sempre fora egoísta e mesquinha, mas haveria de mudar; se haveria!

Continou a ler com os olhos embaçados.

Alzira a colocava a par de todos os acontecimentos: o primeiro axexê de Mãe Totonha, o medo de Doné Vitú, o desassossego do espírito da ialorixá; a consulta ao professor Agenor Miranda; a necessidade urgente da obrigação com o comparecimento da filha de Obá do terreiro e de uma filha de Euá (fato que intrigava Alzira que não conhecia nenhuma filha de Euá) para que a comunidade não acabasse; o retorno de Irene; o otá de Oxum bem guardado; a confusão de seu Pai Toinho; a dispersão de alguns filhos-de-santo; a presença ameaçadora de Licinha na roça; o sonho com Mãe Totonha ao lado de uma senhora que dizia que era a avó dela – Sulamita; a viagem para o Paraná.

Terminava pedindo perdão; o desgosto a fizera adoecer. Não sabe o que dera nela na noite do velório. Toda a confusão deve ter sido causada pela bebida quente, sua quizila. Confessava o medo de tê-la procurado e não ser recebida. Quando conseguira contato – telefonando para o maestro no Municipal –, fora informada de que a noiva não queria se misturar com as pessoas do passado. Sentira o desprezo, nas entrelinhas. Indignara-se e sofrera por ela, na companhia de alguém tão estreito.

Eram tantos os fatos, tamanhas as novidades, que Sula não sabia classificar as emoções.

Prostrou-se no carpete do quarto implorando por ajuda. No mais profundo silêncio de seu ser. Pediu perdão ao Criador – que também responde pelo nome de Obá, a amazona guerreira, e se humaniza em Jesus Cristo – pela falta de humildade e pela covardia.

Em lágrimas, deu graças pela experiência mística de Alzira, transformada em uma mulher muito melhor.

Compreendia Anselmo, como compreendia! Deus a chamara sob mais de uma forma para que entendesse – a resposta para sua procura incessante estava bem dentro dela sem que se desse conta! Fora agracidada, como fora! Por falta de humildade não quisera enxergar! Anselmo percebera esta dimensão do amor divino em sua vida e jamais a desamparara! Como é mesmo que ele diz? Ela escolhera ver os buracos no chão, esquecendo-se do oceano de estrelas, sobre sua cabeça.

Rindo e chorando, lembrou-se da fábula da galinha, de Monteiro Lobato. Uma goiaba caíra em sua cabeça e a ave saíra espalhando que o céu estava desabando... tão presunçosa e ingênua quanto ela, Sulamita Verzeri de Paula Almada.

Fugira da luta. Preferira cair fora, deixando o terreiro na mão do inimigo.

O quebra-cabeça estava resolvido. Os sonhos de Alzira e de sua mãe foram semelhantes ao que tivera.

Sentiu um sobressalto ao pensar no namorado, sem entender o que vira em um homem tão inseguro...

Um telefone tocou em cima da televisão. Só poderia ser de Alzira. Atendeu. Era Irene, à procura da mãe-pequena. Sem se dar conta de que falava com outra pessoa, foi despejando o assunto:

– Bença, minha Mãe Alzira. Oferecemos o omolocum do jeito que a senhora mandou. *Mainha* partiu o obi. Quando acabou, ela voltou pro terreiro. Estava tudo aberto, iluminado. Diz *mainha* que parecia festa. Ela foi até o quarto de Mãe Licinha... a porta estava encostada... Mãe Licinha não estava lá... em cima da cama tinha um abebé, coisa estranha pra quem virou crente, inda mais que era de ouro... *mainha* nunca viu coisa mais linda... Até agora Mãe Licinha ainda não voltou e o povo tá começando a imaginar coisas... ninguém sabe do paradeiro dela. *Mainha* "viu ela" ontem de manhã. O terreiro tá cheio de filho-de-santo, ávido por novidade. Tentei falar com Mãe Mira, mas ela está na ilha. O que a gente faz? O caso é que o filho dela que tava com cagaço de pisar no terreiro disse, por telefone, que nós demos sumiço na mãe dele e que vai dá polícia no pedaço se ela não aparecer até de noite...

Tomou fôlego.

Sulamita continuou calada. Não morria de amores pela língua solta de Irene:

– Incrível, minha mãe-pequena, é que meu sobrinho Zuza de Logunedé estava de madrugada pras bandas de Pituaçu, com Silvane, e viu uma mulher que era toda minha Mãe Licinha entrando nas águas daquela lagoa que não é graça... traiçoeira que só... Como ele é muito mentiroso, não acreditei. Mas agora... será que a velha fez uma besteira?

Sulamita sentiu o coração disparar. Não achava provável, mas nunca se sabe.

– Tenho que ir, mãe Alzira. Toinho está até agora na cama, dormindo a sono solto. Já vieram procurar ele. Ricardino e Ismael – dois pastores lá da igreja dele – não apareceram e o outro telefone não pára de tocar. Tenho uma novidade: pelo que minha mãe disse, Toinho resolveu romper com os crente.

Sulamita não sabia o que fazer.

Precisava dar o recado a Alzira o quanto antes.

Ouviu movimento na sala de visitas. Eram sua mãe e Júlio Cesar. Pareciam namorados. Estavam tão entretidos que não se deram conta de sua presença. Pegou um trecho da conversa. Victoria Regina dizia ao ogã que era filha de Euá.

No mesmo instante, sentiu um tapa no ouvido, a boca seca, o coração aos trotes, as pernas bambas, a perda de visão.

O casal foi atraído pelo brado belicoso de Obá: “hiiiiiiiiá”...

# IV
# O Retorno

## 35. Sulamita acordara do transe amparada pela irmã de Axé

No momento em que Obá a possuíra, a filha de Iansã vinha chegando, na companhia de Anselmo. Tinham se encontrado perto do prédio pouco depois que a neta de Mãe Totonha – muito ansiosa – fora dar uma volta, rezando para que Sula entendesse seu apelo. Vendo a agitação de Alzira, o amigo lhe propusera um sorvete. A moça declinara o convite, com uma careta. Toparia uma cerveja para relaxar. Convencido, entraram em uma velha padaria-lanchonete, com mais de cinqüenta anos. Pediram queijo provolone e salame.

Alzira levara o orixá para o quarto, mandando Anselmo e Vicky aguardarem. Em poucos minutos chamou Júlio.

Na religião dos orixás não se comenta o transe com o sacerdote ou sacerdotisa que passou pelo fenômeno. A manifestação é um *euó* – tabu – para o iniciado. As pessoas falam entre si sobre os orixás dos outros, jamais com o filho sobre seu orixá. Da mesma forma o iniciado não tece comentários acerca do próprio transe. Para se dar um recado é necessário todo um floreio: mandaram lhe dizer, disseram, tenho uma mensagem para você...

Obá disse que estava em guerra desde o dia em que Licinha saíra da casa de Mãe Totonha. A principal batalha travara com Sulamita. Comunicou os acontecimentos no terreiro, o telefonema de Irene atendido por sua filha, determinando que viajassem sem demora; o tempo era precioso. A presença de Júlio Cesar seria necessária nas obrigações. Por ser o ogã mais velho de Oiá e um dos primeiros na hierarquia da Casa, estaria à frente de muita coisa. Teriam de telefonar para o professor Agenor Miranda, no Rio, requisitando sua presença para o jogo de sucessão. O axexê de Lídia de Ogum aguardaria o de Mãe Totonha. Sua filha, Obá Delê, seria a responsável pelos cânticos. Victoria Regina e Anselmo dariam todo o apoio à Sulamita, convencida, por ela mesma, da necessidade do deslocamento.

Enquanto Sula ainda dormia – depois da partida do orixá –, Alzira telefonara para Augusta, tranqüilizando a velha senhora. Ficara boquiaberta, meio zonza, com a notícia da Oxum de Licinha e o desaparecimento da tia, indignando-se com o comportamento do parente – não era de admirar; sempre fora um tremendo oportunista.

Ficara confusa com a história de Zuza de Logunedé...

E se tia Licinha tivesse feito uma loucura? Zuza correra até a água e não vira o mínimo sinal dela... poderia ter delirado e criado uma fantasia... era tão mentirosinho... sabe-se lá o que fazia em Pituaçu àquela hora... teriam de procurar nos necrotérios, hospitais... desejava não pensar no pior. Por falar nisso, ficara estarrecida a respeito da volta de seu pai Toinho, sem saber definir os próprios sentimentos... mais ainda ao ter notícia de que a boa Augusta – a pessoa de mais difícil reconciliação dentre todas – o perdoara.

Com muito jeito, Alzira "deu o recado" para a irmã de Axé. Sulamita não teceu comentários. Abraçou a ebame, dizendo que ela estava precisando de um corte e uma tintura... aquele grisalho aumentava muito seus anos de vida, embora uma ialorixá devesse aparentar idade.

Alzira deu um pulo:

– Não diga isto, Obá Delê! Se alguém tem que *sentar* na cadeira de Custódia, esta pessoa é *mainha*, uma mulher antiqüíssima no santo, a iá ebé do terreiro!

Com suavidade, Sulamita discordou. As rugas no rosto da filha de Iansã se acentuaram.

– Sulamita, amo minha história. Se eu tivesse de começar tudo de novo, queria voltar neste mundo sendo filha de Iansã, neta de *voinha*, omorixá do Ilê Axé Saquetê Avessan, sua ebame. Mas do jeito que está... Aquele povo já não morre de amores por mim – talvez pelo fato de eu ser sangue da fundadora; talvez porque o que tenho no coração tenho na língua. Se eu assumir, vai ser uma debandada... Preciso de você neste momento. Você leu minha carta? Qual sua resposta, minha irmã?

Roía as unhas.

Sulamita abraçou Alzira:

– Você sabe o quanto sofri na roça, por ter sido da confiança de sua avó que me ensinou muita coisa. Fui chamada de puxa-saco, oportunista... Lembra-se daquela vez que inventaram qualquer coisa para que sua avó deixasse de me considerar? Várias vezes tentaram pressionar Mãe Totonha com medo de que algum dia eu viesse a disputar o poder, pobres coitados... Máscaras caíram, cabeças rolaram e eu firme, de espada na mão. Todos sabiam que Irene espalhava *ejós*, por inveja, monitorada por sua tia Licinha que vivia falando atrocidades sobre mim pelas costas. Mãe Totonha segurou minha barra e você comprou minha briga. Chego a gargalhar quando me lembro daquele Antonio, ogã, que propôs meu *impeachimã* no posto de Maié – palavra bonita, na moda. O pobre não sabe ler nem escrever mas vê tv, ouviu falar em *impeachment*... Substituir nossa mãe não vai ser fácil. É um desafio. Sinto muita saudade dela. Talvez por isso não tenha agüentado a pressão.

Sulamita espreguiçou-se, abrindo os braços. A fome voltara a marcar presença.

– Você sabe o quanto eu amava sua avó, minha irmã. Mas também sabe o quanto não concordei com ela em algumas atitutes... Se o terreiro tivesse reagido, quando Licinha e Toinho se meteram a crentes, as coisas não teriam tomado as proporções que tomaram.

Alzira concordou, dizendo que o sentimento de culpa apressara a morte de Mãe Totonha.

Sulamita colocou os óculos para ver as horas no relógio de pulso. Morria de fome.

– Volto porque sinto que há um apelo maior nisso. Não vai ser fácil para mim, ebame. É difícil o terreiro sem a velha Totonha, não pense que estou feliz pela guerra. Volto para lhe dar apoio, se você perdoar minha covardia e meu egoísmo.

A voz de Sulamita ficou embargada, rouca pela emoção. Tomou as mãos pequeninas de Alzira – também emocionada:

– Você nasceu para o cargo, Alzirinha; foi criada para ser ialorixá – mesmo que não fosse sangue da doné. Vai ter que se acostumar com a idéia.

Alzira abraçou Sulamita, chorando.

Disse-lhe que sonhara com aquele reencontro. Nada como a gente fazer as pazes depois de uma demanda besta!

Enxugou as lágrimas. Os olhos brejeiros eram chamas vivas:

– Vamos viver um dia depois do outro, Sula. Se o sapato apertado cair em meu pé não vou tirar, por amor a minha gente. Mas ninguém melhor do que eu mesma para saber de mim.

Dirigiu-se à filha de Obá com intensidade:

– Estou morrendo de medo. Não sei o que vamos encontrar pela frente. Tenho medo de que os evangélicos voltem a criar confusões. Nesta hora a gente fica sozinha. Não confio em Toinho, para mim tudo é armação para destruir o terreiro.

Não conteve as lágrimas:

– Prometa-me, Sula, em nome de *voinha*. Se acontecer de me escolherem – o que não desejo – por favor, volte para a Bahia, vou precisar de você ao meu lado. Em que outra espada posso confiar?

Era visível a transformação de Alzira. Mais madura, mais pacificada. Embora continuasse elétrica, estava mais calma. No passado as coisas só andavam bem se estivessem de acordo com suas emoções. Se continuasse assim, estaria à altura da avó.

Abraçando-a, disse-lhe que deveriam dar um passo por vez. Quem mesmo dissera: "Não apresse o curso do rio"? Hemingway?

Júlio Cesar bateu na porta do quarto.

– O almoço está servido, meninas. Se vocês demorarem mais, o nhoque ficará horrível. Victoria e Anselmo estão famintos, fumando no escritório – senti o cheiro. Minha fome era tanta que passou. Tenho umas coisas urgentes para resolver. Jantaremos, todos, em meu apartamento. Minha irmã Jaciara estará presente – louca para lhe ver, Sula. Mas agora, *please, little ladies*; venham depressa, senão esfria e fica ruim.

## 36. Salvador, início da tarde de 17 de outubro de 1999, domingo

Dizem que coincidência não existe. O que Deus permite, abençoa...

Os pastores Ricardino e Ismael ficaram boquiabertos ao se encontrarem, em Piatã, por volta das doze e trinta, na barraca de bebidas e petiscos de Aída Margarida, outra filha de Oiá – filha-pequena de Licinha – retornada ao candomblé com a cara mexendo...

Os homens quase caíram para trás... Ambos fora dos muros da igreja naquela belíssima manhã dominical sem nuvens contemplada pela brisa marítima leve e gostosa... A orla é enorme. Foram escolher a mesma praia chegando no mesmo horário! O engraçado é que um quisera ligar para o outro sem coragem.

Dormiram até depois das nove. As esposas estranharam, deixando para lá... parecia armação aquela coincidência.

A barraqueira era uma mulher discreta. Não fez perguntas, nem demonstrou surpresa, embora tenha ficado espantada: aqueles dois ali, domingo? Mas estava triste, sem ânimo para nada, empurrando o trabalho com a barriga – "que não tinha tempo pra pensá na vida *alea*. Precisava comer e dar comida pros filho"...

Ricardino (os velhos podem ser indiscretos – segundo ele mesmo) perguntou o que acontecera para que ela estivesse tão triste.

Foi informado do desaparecimento de Licinha – até aquele momento não tinham notícias dela...

Ismael pediu uma cerveja para digerir a notícia.

Ao acordar, no chão, Licinha tinha saído, esquecendo-se do leque na cama. Recorda-se bem porque brilhava muito. Ele e Ricardino ficaram lá um tempão, em silêncio, em silêncio... pensando na vida. Coisa boa o silêncio, impossível durante um culto. Toinho saíra muito abalado. Viram-no com uma senhora de bengala, com jeito de mãe-de-santo, de cabeça baixa, chorando muito.

Escolheram uma mesa com um guarda-sol azul e branco, na areia, perto do mar.

Não tinha muita gente; dava para trocar idéias por cima da música. O perfume do acarajé de uma baiana cheia de contas de orixá pegava o freguês pelo braço. Compraram acarajés e abarás. Ismael achou a baiana parecida com sua falecida avó Candinha, vendedora de comidas típicas.

Ricardino pediu rabo-de-galo. Sua mãe apreciara aquela bebida alegre. Ao tomar o primeiro gole, duas lágrimas escorreram pelos sulcos do rosto batido. Recordou-se de um samba de roda:

*– Eu só vim aqui, ó Constância, pela sua fama... pela sua fama... pela sua fama...*

Muitas vezes ouvira na cozinha da casa de sua avó *Maria Nenem,* no dia seguinte da festa grande: alguém pegava um prato, um talher e começava o samba – raspando o metal na louça. Outras pessoas iam chegando, alguma entrava na roda, sambava e ia tirando outra com uma umbigada: uma de cada vez, na roda. Os ogãs se juntavam e aquilo virava uma festança: atabaques, agogôs e muitas palmas cadenciadas. Às vezes chegava um violeiro para animar o samba. As garrafas de cerveja se misturavam com vinhos doces, conhaques, cachaças e copos de rabo-de-galo passando de mãos em mãos... aparecia uma farofa, um pedaço de carne assada, de passarinha.... esquentavam a feijoada dormida, surgiam saladas de camarão seco com tomates picados e coentro, acarajés, abarás... e tome-lhe umbigada...

A *mameto Inquice* Maria Nenem (Maria Genoveva do Bonfim), nascida no Rio Grande do Sul – a sacerdotisa mais famosa da nação angola – amava a alegria e muita fartura. Quando se está feliz, se transmite felicidade – costumava dizer aos filhos de santo.

Sua mãe, D. Constância – *Cota Simbiê* –, no terreiro, era a primeirona no samba-de-roda. Redondinha, ia até o chão, perita na arte de mexer e sacudir: os pés meio de lado, abertos, marcando o ritmo sem se levantarem – para frente e para trás, movimentando as cadeiras. Naquela época, quanto mais carne, melhor...

Rompeu o silêncio.

– Irmão Ismael, você me conhece há não sei quantas primaveras e sabe que sou um homem sincero, fiel a Deus e a meus princípios. Esta notícia do desaparecimento da irmã Licinha me deixa sem saber o que dizer. Estou abestalhado, mesmo assim parece que não piso no chão... não paro de pensar em minha mãezinha morta há tanto tempo, com muita saudade e respeito.

Parou para assoar o nariz.

Ismael ouvia atento.

– Quando cheguei no terreiro, ontem, tava cheio de ódio do demônio que se veste de anjo de luz para enganar a nós todos. Cheguei cheio de ira neste coração velho, tomado de rancor, com vontade de destruir o *candombré*... se pudesse tacava fogo. Cheguei com desprezo por esta *seitcha* de gente preta ignorante... tinha vontade de arrancá aquele poste que segura o telhado...

O primo fazia sinal de assentimento, limitando-se a ouvir.

– Fiquei fulo com Toinho quando me agarrou pelo braço. Tive vontade de dar umas vassouradas nele... vi que ele não estava com vontade de orar, suava frio, aquilo me irritou. Bebeu um gole do rabo-de-galo, recordando-se da risada alegre de sua mãe Constancinha nos tempos em que na cidade do Salvador todos se conheciam... a rua Chile era o máximo, Piatã e Itapuã lugares de pescadores e veraneio dos ricos. Suspirou, prosseguindo:

– Como é que um homem velho pode ter se esquecido da mulher que lhe deu a vida? Não queria pensar mais em *mainha*. Tinha vergonha de sua religião, de sua gente, de sua alegria de viver sem *curpa* de estar viva. Tinha vergonha de minha cor...

Começou a chorar, enxugando os olhos castigados por cataratas.

Ismael sentiu os seus marejarem... jamais vira Ricardino assim.

– Quando vi Licinha sentada na cama fui invadido por uma força que não sei explicar. Adormeci. Acordei pensando no que nunca pensei... a gente medindo o Cristo Jesus – nome sagrado perante o qual se dobram céus e terras, na mesma medida que se mede o diabo... A gente tem tratado Jesus como alguém muito poderoso que faz e acontece... A Palavra fala que Jesus foi pobre, morreu massacrado... o diabo é que é o todo-poderoso... Jesus é amor e o amor acolhe a diferença...

Ismael estava boquiaberto!

Acordara com pensamentos idênticos, acreditando, pela primeira vez, que Deus usa a roupa que quiser para se apresentar... nem para Moisés mostrou o rosto cara a cara.

O mais velho prosseguiu:

– Tenho pensado em meu ministério, como pastor de almas confiadas pelo Senhor, o Bom Pastor, o verdadeiro dono do rebanho. Tenho passado a limpo tudo que tenho feito. De tudo terei de prestar contas. Será que faço a coisa certa?

Fechara os olhos.

– Cheguei à conclusão de que a gente partiu para um caminho de intolerância, de poder, o tempo todo dizendo que Deus traz prosperidade para seus amigos, se esquecendo de que Jesus nasceu em uma mangedora... Talvez a gente tenha feito a leitura da Palavra muito ao pé da letra, apesar de nossa vontade de acertá...

O outro hesitava. Incentivado pelo mais velho, abriu a mochila e retirou o Novo Testamento.

Propôs que orassem por inspiração, invocando o Espírito Santo para que lhes mostrasse a verdade.

Terminada a oração, abriu o texto ao acaso, marcando a leitura com o dedo. O Espírito os guiaria.

Leu o que os olhos lhe mostraram. No final, o mais velho disse: Evangelho de Jesus segundo Lucas; Capítulo 9, versículos 49 a 50.

Inspirado pela escuta do Evangelho, recitou um trecho do Profeta Isaias: "Buscai o Senhor, enquanto pode ser achado; invocai-o, enquanto ele está perto. Abandone o ímpio seu caminho e o homem injusto suas maquinações; volte para o Senhor, que terá piedade dele, volte para nosso Deus que é generoso no perdão. Meus pensamentos não são como os vossos pensamentos e vossos caminhos não são como meus caminhos, diz o Senhor. Estão meus caminhos tão acima dos vossos caminhos e meus pensamentos acima dos vossos pensamentos, quanto está o céu acima da terra."

Muito emocionado, Ismael complementou: Isaias, capítulo 55, versículos 6 a 9.

Ficaram em silêncio, por alguns minutos.

O vento agitava o guarda-sol. O céu não tinha princípio nem fim, perdido na eternidade.

## 37. São Paulo, início da tarde de 17 de outubro de 1999, domingo

Victoria Regina e Anselmo fumavam e conversavam no pequeno *bureau* com livros até debaixo da mesa.

A ex-embaixatriz parecia imersa nos pensamentos:

– Têm coisas que só podem ser dom, Anselmo. Você que é religioso entende melhor do que eu, uma pobre pecadora. A gente não explica o inexplicável – completou com um sorriso encantador.

Anselmo admirava-se da sensualidade intacta ao longo dos anos. Assentiu com um gesto, perguntando-lhe o sentido daquelas palavras.

Vicky deu uma longa tragada, antes de prosseguir.

– Ontem, quando Sulamita foi conduzida para o quarto daquele jeito, alguma coisa me disse que Carlo Stefano estava na sala. Coisa sem nexo. A certeza foi tão forte, que chegou a me incomodar. Olhei para trás e vi o conterrâneo meio escondido no biombo chinês do *hall* de entrada – gosto cafona de minha sogra; por mim tinha dado um jeito naquele horror... Anselmo ficara estarrecido. Que Deus o perdoasse, mas o sujeito era mesmo carne de pescoço.

Toda vez que estava sob tensão, o sotaque paraibano de Campina Grande voltava com tudo:

– Óxente, Victoria Régina, como póooode? Por que não ficou para ajudar a pobre bichinha?... é egoísmo por demaaais!

Aquilo, na verdade, não era de surpreender. Carlo Stefano se revelara um homem manipulador, preconceituoso e gabola que só...

Vicky prosseguira, dando um soquinho na mão esquerda.

– Quando olhei nos olhos dele, bah, vi o desprezo. Os olhos transmitiam preconceito enraizado na alma. Julgava a guria um ser inferior.

Tragou, impaciente, penteando os cabelos com os dedos.

– Fiquei tão ultrajada por Sulamita e também por meus valores que usei todo autocontrole para não explodir.

Riu-se meio divertida:

– Disse que a presença dele era inoportuna. Que fizesse o favor de voltar no dia seguinte.

Anselmo estava boquiaberto! Vicky expulsara o sujeito. Perguntou-lhe a reação, sendo informado sobre a chave.

– O chato é que vou ter de dar a notícia para ela...

Suspirou profundamente, balançando a cabeça.

– Isso cheira a fim de caso. Carlo Stefano manteve a compostura, embora seus olhos me xingassem... pediu que eu entregasse para ela, que entenderia.

Passou a mão pelos cabelos, dando de ombros.

– Acho que ela tirou a sorte grande. Bah, não me simpatizei com o maestro, para ser sincera. Em Londres tivemos um jantar agradável, bebemos algumas taças de vinho. É um homem vivido, culto... cheguei a achá-lo atraente, sensual... fiquei interessada. Ele também... me devorava com os belos olhos azuis. Depois me lembrei que era namorado de Sula... se ela estivesse apaixonada, quebraria a cara. Antes assim, graças a Deus e Nossa Senhora Medianeira.

Anselmo concordara, aliviado. Seus olhos brilhavam. Deixara de gostar do músico quando percebera a manipulação. Não achava Carlo Stefano um mau-caráter, mas irresponsável e imaturo.

Victoria deu uma risadinha maliciosa.

Ia perguntar algo, mas se interrompeu, levemente ruborizada. Anselmo incentivou-a a ir em frente.

– Não existem perguntas indiscretas, Vicky. Existem respostas...

Rindo-se, a italiana criada no Rio Grande do Sul continuou:

– Diga-me com franqueza: você é apaixonado pela chinoca?

Foi a vez de Anselmo ficar vermelho, embora tivesse lido a pergunta nos olhos dela.

Perguntou-lhe por que desejava saber. Victoria deu uma risada divertida:

– *Touché*, meu caro; você conseguiu tirar meu rebolado – como se dizia nos velhos tempos de antanho...

Olhou diretamente nos olhos castanhos serenos.

– Quero saber para ter certeza. Sempre achei que houvesse um clima – como dizem agora.

Anselmo fechou. Receava que aquela mulher de um outro universo não compreendesse.

Aproximou-se mais de Vicky, baixando a voz.

– Sulamita sempre foi e será a mulher da minha vida, minha alma gêmea. Senti quando se afastou. A italiana sorriu com todo charme. Acendeu um outro cigarro, oferecendo ao amigo, que pigarreou, aceitando.

Anselmo puxou uma tragada, com prazer, antes de prosseguir, dando uma palmadinha na mão elegante, marcada pelo tempo.

– Optei pelo celibato e não me arrependo. Não renunciei ao amor. Optei pela renúncia ao casamento; ao amor físico, digamos assim.

Para Vicky era difícil de aceitar. Coisa mais sublime era o sexo entre pessoas que se amavam. Externou o pensamento com delicadeza, para não magoar o amigo. Anselmo prosseguiu.

– Tudo são opções que partem de uma escolha superior, Victoria, conhecida pelo nome de vocação, do latim *vocatio,* sinônimo de chamado.

Deu um suspiro.

– Acredito que Deus tenha me escolhido para a vida contemplativa, dedicada à oração pela humanidade e ao trabalho.

Os belos olhos amarelo-esverdeados brilhavam de malícia e especulação. Foi a vez de Anselmo dar uma risadinha.

– Sinto desejos como todo mundo, embora já esteja ficando velho... Há uns vinte anos apaixonei-me por uma médica francesa, divorciada. Passamos um mês nas montanhas suíças. Comuniquei aos superiores.

Deu uma tragada, imerso nas memórias.

– A experiência serviu para fortalecer a minha vocação. Eu seria um marido medíocre, infeliz, responsável pela infelicidade de muita gente. Eu e Michelle Veronique – ainda minha amiga – chegamos a este entendimento. Sulamita conhece este episódio e me deu a maior força. Mãe Totonha também me ajudou. Quase deixei o Mosteiro para me casar com Michelle – uma mulher intensa, superinteressante, quase tão linda quanto você, Vicky.

A mulher ouvira maravilhada.

Sorriu, agradecendo. Passara a respeitar mais ainda o velho amigo, tão plácido e sincero quanto Júlio Cesar.

Anselmo pigarreou, continuando.

– O celibato não torna o celibatário excluído da vida. Apaixonei-me algumas vezes, mas tenho sido fiel à promessa. Sulamita é minha alma irmã. Amo sua filha, daí meu sofrimento por ela ter se deixado levar pelas idéias do maestro. Tive medo de que se transformasse em uma mulher amarga e infeliz.

Fechou os olhos por alguns segundos.

Ao falar, sua voz estava ligeiramente rouca.

– Acredito que tenha sido escolhida por Deus – dê-se o nome que se quiser – para um caminho espiritual diferente. Por isto não ficou na Abadia. Sempre soube e acreditei nisto.

Inclinou-se mais para a frente, baixando ainda mais o tom de voz:

– Tenho rezado para que volte a ser uma águia. Espero que se entenda com Alzira, somando força em defesa do terreiro, um acervo cultural único, digno de tombamento pelo Patrimônio Histórico. Meditei sobre isto quando ia a pé para a igreja, hoje cedo.

Victoria deu um tapinha na testa. O tombamento seria providencial. Tinha amigos em Brasília. Quem sabe poderia ajudar. Falaria com Alzira.

Anselmo retomara o assunto.

– Acho que tudo o que lhe disse sobre celibato parece insanidade para quem não vive a experiência.

Deu outra palmadinha na mão da ex-embaixatriz:

– Fui sincero com você, minha cara. Sempre admirei seu jeito transparente. Peço a Deus que lhe faça tão feliz, com nosso aviador, quanto sou na vida contemplativa.

Vicky agradeceu. Com os olhos brilhantes, pediu-lhe que continuasse a orar por ela.

Bateram na porta. Era Júlio. Fez um ar de protesto ao sentir o cheiro de fumaça, simulando ter ficado horrorizado ao pegar Anselmo no flagrante – quem diria – um beneditino!?!

Anselmo riu-se, declarando que não passava de um pecador à sombra da Misericórdia – por isso era monge.

O ogã também riu-se, dizendo que estava brincando, apesar de cigarro fazer mal à saúde.

Contou a conversa com Obá.

Precisaria sair para batalhar uns dez dias de férias – por sinal atrasadas. Não seria fácil. Deveria apresentar-se no aeroporto em vinte e quatro horas – uma pena. Só estaria de volta em mais ou menos três dias.

Comunicou a ambos a obrigatoriedade da presença deles no axexê – coisa complicadíssima para Anselmo; a agenda lotada há mais de um ano.

Já de saída, Júlio se lembrou de pegar os recados no celular. Uma das mensagens era da irmã, preocupada com o desaparecimento dele e dos amigos.

Esquecera-se de Jaci. A pobre dera com a porta do apartamento na cara. Teriam muito o que conversar. Passara-se um milênio desde o último encontro, no Largo de São Francisco.

Victoria e Anselmo estavam mortos de fome.

Bem-humorado, Júlio discou o número do celular de Jaciara, assobiando o *samba do Arnesto...*

## 38. Salvador, tarde de 17 de outubro de 1999, domingo

Augusta convocara a filha, depois do novo telefonema de Alzira, avisando-a de que no dia seguinte, na primeira hora, seria feito um depósito da quantia para as despesas do axexê.

Alzirinha pedira-lhe que avisasse Mira, sua mãe: fazia um tempão que não se falavam e seria melhor que se entendessem pessoalmente. Era a iá ebé e provável sucessora; teria de estar à frente. Tomara as providências para ajudar o terreiro, que isso fosse claro... a ebame deveria fazer o favor de avisar os filhos-de-santo e membros de outras comunidades religiosas. Contava com Irene, na condição de oloiá – uma *feita* de Iansã. As oloiás são as responsáveis pelo bom andamento dos axexês. Existem partes da liturgia que devem ser desempenhadas por elas.

Desligara prometendo que, se tudo desse certo, estaria de volta pela noite. O axexê começaria na quarta-feira, para o jogo de sucessão cair na terça, a menos que a mãe fosse contra, improvável.

Não se faz jogo de búzios, de uma forma geral, às segundas-feiras. É dia dedicado a Exu (também a Ogum, Omolú e os ancestrais) e às vezes Exu atrapalha para se divertir, tirando sarro dos outros...

Nos axexês, obrigação desenvolvida por cânticos, muitas danças individuais e algumas coletivas em homenagem ao espírito e memória do falecido, a contagem é a seguinte: seis noites e um dia de celebrações, chamado de arremate. Mãe Custódia de Kpó seguira a contagem iorubá, apesar de a nação da Casa ser nagô-vodum. Isto porque o povo jeje e o povo banto têm uma peculiaridade: sete noites de cerimônia e um dia de encerramento. Para eles há cânticos e danças durante as sete noites. O arremate é destinado a duas refeições comunitárias (café da manhã e almoço) seguido de um sacudimento: a limpeza espiritual com o auxílio de certas folhas sagradas – visando a expurgar as energias negativas. Os iorubás (ketu) tocam durante as seis noites e também no dia seguinte, no qual além das refeições comunitárias também há uma celebração semelhante às das noites antecedentes. O axexê, tal qual os sirruns e mucondos – as obrigações fúnebres das nações jeje e angola –, também termina com um sacudimento grande.

O jogo que apontará o sucessor(a) da comunidade é feito após o café da manhã do arremate. Durante o almoço, o novo sumo sacerdote se sentará à cabeceira da mesa, assumindo a nova posição.

A referida cerimônia fúnebre – muito alegre e comunitária – tem início pelo padê (em homenagem a Exu e a ancestrais da casa e da nação e, no caso específico dos axexês, o momento em que se convoca o espírito homenageado), seguindo-se uma seqüência de cânticos e danças de louvores e repúdio a *Iku*, a morte (entidade do sexo masculino); cantigas e danças para os orixás femininos Nanã (a senhora da morte) e Oiá (a transportadora dos espíritos).

Antes, porém, desta seqüência, *vira-se a nação* com uma série de cantigas e danças de sirruns e mucondos. Costuma-se dizer: a morte não tem bandeira.

A penúltima parte é composta de cânticos e danças para os orixás semelhantes aos do *xirê*: o início de uma festa no terreiro. Nesta hora, as sacerdotisas voltam a usar os panos-da-costa no peito, cobrindo as ancas. Em algumas comunidades também se permanece de cabeça descoberta, sem os ojás e filás. Esta parte da obrigação é em homenagem à vida religiosa do morto, outrora veículo do sagrado, momento no qual os sacerdotes e sacerdotisas dançam todos juntos, em sentido anti-horário, por ordem hierárquica: os mais velhos (de iniciação) na frente dos mais jovens. Importante ser relembrado que na maioria das partes litúrgicas as danças são individuais ou em pequenos grupos, respeitando-se a senioridade iniciática.

Encerrando-se a obrigação da noite (ou dia do arremate, também do axexê, como um todo), os participantes (inclusive os leigos) se despedem de *Iku*, exortando-o a ir embora, com as energias negativas:

– *Iku ô, Odibôxê ô...*

Cada pessoa, na porta principal aberta (onde acredita-se que os ancestrais permaneçam, do lado de fora), faz um gesto de reverência, mandando para longe a negatividade.

Augusta chamara Irene para dividir o trabalho. Era muita coisa para ela, uma octogenária que, além de tudo, precisava providenciar suas roupas: sete dias de saias, camisús, panos-da-costa e ojás brancos e de morim.

"Não vai ser graça" – pensou.

Apesar da trabalheira, a ebame vibrava. As coisas estavam se encaminhando conforme Oxum predissera. Chegava a ter pena de Licinha, embora a *sujeitcha* estivesse comendo do pirão que ela mesma preparara.

– Temos muita coisa, minha filha! Já pensou?! Fazê as *comida* da obrigação e também a ceia do povo, durante seis noites e o dia seguinte, onde o trabalho dobra... preparar o café da manhã e o *armoço*, do arremate, quando todo mundo tá arriado de cansaço... Não é brinquedo, não! Muitas belezura se manda e deixa o pesado pras velha, como eu... em meu tempo a coisa era diferente!

Avisar os filhos-de-santo não seria problema.

O terreiro lembrava uma colmeia: gente da casa e de fora ávida para ver o abebé – em cima da cama – coisa mais linda. A notícia se espalhara feito peste: "quem conta um conto, aumenta um ponto"...

Discutiam a sucessão.

A maioria gostava de Mirinha, que não tinha boca para nada, diferente de Alzira – mandona e um pedaço de cavalo – mimada pela avó – uma santa pessoa insubstituível: o que fizera com a maié no dia do velório, onde já se viu!? A branca agira certo ao dar as costas... não agüentara a porrada...

Algumas pessoas chamavam Sulamita de *branca azeda*, esnobe e egoísta: a neta de Mãe Totonha fizera bem em lhe esfregar nas fuças umas verdades que tinha de ter ouvido há muito tempo... com todo respeito à finada. Onde já se vira uma forasteira no posto de maié?!

O *ejó* principal era Licinha.

Tinha quem achasse que estivesse se escondendo... outros diziam que estava *colori*: castigo de Oxum... alguns poucos acreditavam que houvesse feito merda...

Uma coisa era voz geral: o temor do que poderia acontecer pela frente. Antes, durante e depois do axexê.

Irene estava louca para saber de tudo, tintim por tintim. Sentira ciúme de as novidades terem sido "ditas à *mainha* primeiro" – embora compreendesse a hierarquia. A mãe-pequena, como sempre, fizera a coisa certa.

– E quem vai cantar, minha mãe? Será que Doné Vitú vem? Pode ser que minha mãe-pequena tenha convencido ela, né?

Alzira não contara as novidades. Queria fazer uma surpresa para a mãe-pequena de Sulamita.

Augusta foi curta e grossa:

– Não sei e nem quero saber. Alimentar este povo todo não vai ser graça. Cada coisa de uma vez; cada dia, sua agonia! Não tenho tempo pra queimá meu juízo. Quem num tem o que perde, Siá Irene, perde a vida – já lhe *dissero?*

A filha se calou. Quando a mãe estava em função, era um verdadeiro porre. Qualquer comentário gerava briga.

Não quis falar, mas estava preocupada com Toinho e os acontecimentos. O marido tinha um ar estranho. Mal tocara no feijão dela – de dar água na boca de qualquer vivente...

Tinha medo do povo de Licinha. Conhecia Petinho, sujeito traiçoeiro; poderia aprontar, apoiado pelos crentes. A volta de alguns filhos-de-santo – a começar por ela – tinha sido uma ofensa – embora ela pouco estivesse se lixando. E se alguns fossem *cagueta*? E se Licinha aparecesse em algum necrotério e os crentes acusassem o terreiro na televisão e no jornal deles, lá?

Sentiu um arrepio de levantar os cabelos. Não queria nem pensar.

## 39. São Paulo, tarde do dia 17 de outubro de 1999, domingo

Apesar do turbilhão, o almoço tinha sido agradável. Não se tocara em assuntos pesados.

Anselmo saíra em seguida, pretextando uma caminhada para fazer o quilo. Na verdade desejava dar uns telefonemas, sem causar despesas. Era quase impossível adiar os compromissos, mas talvez conseguisse uns dez dias. Não custava tentar.

Júlio fora dar as providências em sua agenda e Alzira, exausta, descansava em um dos quartos.

A filha de Iansã dera um pulo de alegria quando soubera que Victoria Regina era de Euá. As coisas faziam sentido. As premonições de Vicky eram típicas dos filhos da senhora dos sonhos.

– O velho Agenor é imbatível nos búzios! Pudera... também é de Euá, a dona da vidência! Bem que me disse que a filha de Obá levaria a de Euá!

"Jesus Cristo! Mais um peso saiu de minhas costas." – refletiu aliviada.

Vicky mencionara a idéia do tombamento. Alzira achara excelente, mas, cansada como estava, não conseguiria raciocinar. Teriam muito trabalho pela frente... se não apagasse um pouquinho teria um colapso....

Mãe e filha ficaram a sós, na sala de estar antiquada.

Victoria Regina hesitava. Tinha que devolver a chave do maestro.

Pisando em ovos, desembuchou.

Sulamita deu uma gargalhada, jogando os cabelos para trás – comportamento que surpreendeu Victoria Regina.

– Mamãe, você não imagina o fardo que sai de meus ombros! Se o rompimento tivesse acontecido há poucos dias, talvez tivesse me deixado no chão... Mas agora... depois de saber o que sei?! Dou graças a Deus, que alívio!

Vicky perguntou-lhe, com bastante tato, se não era precipitado aquele alívio... tudo acontecera tão rápido. Talvez a guria sentisse saudades do maestro, o que – bah! – não desejava.

– Nem um pouco. Parece que voltei a enxergar, mãe. Não era implicância de Anselmo.

Levantou-se para endireitar as cortinas.

Em vez de voltar a sentar-se, falava, andando, com as mãos cruzadas nas costas.

Com um suspiro, Victoria Regina se recordou de Papito.

Sula continuou:

– Não existe pessoa melhor para a gente *jogar conversa fora*, como dizem na Bahia. Conhece tudo, leu tudo, excelente companhia para se beber um bom vinho, ir ao cinema e discutir o filme. Nunca estive apaixonada, mas precisava de alguém e tinha. Agora sei o motivo de tantos casamentos. Ele não agüenta pressão, é inseguro, tem medo de responsabilidade.

Vicky respirou, aliviada.

A filha prosseguiu o raciocínio. A mãe pediu-lhe que se sentasse. Estava ficando tonta. Sula, imersa nas conjeturas, não ouviu.

– Stefano detesta se sentir velho, fora de forma. Apesar da bagagem cultural, do sucesso, é reacionário e limitado. Quase enfartou quando o chamei de cura de aldeia.

Vicky deu um sorriso, recordando-se de D. Luiggi, estreito em questões religiosas, embora um grande sujeito. Sulamita deixou escapar um suspiro longo.

– Tivemos momentos incríveis. Tudo ia bem se Stefano regesse a orquestra. Não admitia ser contrariado, a irritação saltava pelos olhos cortantes.

Victoria assentiu, achando interessante a metáfora.

Expressou seu ponto de vista.

– Ele te conheceu em uma época de crise, guria. Nunca se encontrou com Sula Almada, a verdadeira!

Fez um gesto com as duas mãos, enfatizando o discurso:

– Pelo que conheço da vida, guria, tu tiraste a sorte grande. Mas ele vai te procurar.

A filha deu uma risadinha afetada:

– Será? Tenho minhas dúvidas... se ele quisesse me ver, não teria devolvido a chave...

Vicky, meio sem jeito, confessou ter precipitado as coisas, pedindo para que voltasse no dia seguinte... orgulhoso do jeito que é...

– Aí ele mandou entregar a chave? Que...que pu..to! – gaguejou as últimas palavras, sentando-se.

Victoria Regina não se conteve:

– Tu me lembras o pai, às vezes... Mais do que isto: parece que é Ataualllllpa em ti. "Coisa incrível os filhos; às vezes parecem nossa cópia... outras, verdadeiros estranhos" – refletiu.

Sulamita agradeceu. Amara o pai, uma boa pessoa... A mãe concordou, dizendo que todos temos um jeito bom e também difícil de ser. Pela primeira vez admitiu o quanto Papito fora fiel a ela.

– Mesmo se casando com a amazona de pangaré, mãe? Não conteve o riso recordando-se da expressão materna: maliciosa e verídica. A parananense era horrível, como amazona.

Vicky respondeu:

– Em especial por ter se casado com Tinica. Eu precisava de um alerta... não houve maneira melhor. Por falar nisso soube que Tinica está morando em Genebra – cidade sem sal nem pimenta... Bah! De besta a *china* não tem nada, tchê!

Quase não acreditara nos ouvidos! A embaixatriz de ferro admitindo seus limites e falando de Tinica sem o mínimo ressentimento?!

Victoria Regina mudou o assunto – louca por um cigarro. Precisava parar de fumar, mas dizem que engordaria uns cinco quilos – coisa fora de cogitação.

Aproveitando a intimidade, falou de Júlio Cesar. Sulamita ouviu boquiaberta.

– Vá com calma, minha mãe, embora seja eu a última pessoa a querer dar conselhos deste gênero para você, muito mais escolada do que a advogada – pediu desculpas pela rima sem graça.

Prosseguiu, dizendo que torcia por um final feliz:

– Gostei dele e da irmã; parece uma bela pessoa. Conheci-os na Faculdade de Direito, anteontem, quando me procuraram por causa da carta da mãe, figura inesquecível.

Foi a vez de Vicky ficar de boca aberta.

Júlio não mencionara ter sido filho da mesma pessoa que escrevera para a guria do leito de morte, desencadeando os acontecimentos. O tempo fora curto para falarem dos outros. Ouvira-o ao telefone com a irmã, dizendo que o axexê da mãe deveria ser adiado para depois do de Mãe Totonha. No candomblé todo mundo é parente... não atinara ao fato de que falavam sobre a mãe biológica. *What amazing*!...

Sulamita contou o comportamento de Liana.Vicky se lembrou de Carlo Stefano e de Leonília Eugênia: dois mascarados.

Mudando de assunto, comentou a dedicação de Alzira, um belo ser humano.

Sulamita enrubesceu ofuscada pela lembrança vergonhosa. Não acreditara que bebida poderia afetar tanto o comportamento. Sentira na própria pele. Victoria esclareceu que álcool misturado com estresse causa efeito bomba.

Perguntou à filha o que decidira fazer, recordando-se do recado de Obá.

– Viajar o quanto antes, embaixatriz. Não dá para protelar, você pode vir comigo. Por sorte já apresentei meu trabalho, no curso de pós. Ainda bem. Não perco a nota, embora não descarte a possibilidade de trancar. Tenho algumas traduções pendentes; mando por Internet; quem sabe você me ajuda...

Victoria Regina concordou com entusiasmo. A presença de Alzira, sem cor e com os cabelos desgranhados, descalça, olhando para o celular, como se fosse um bicho, assustou mãe e filha.

Tremia e tinha a voz estridente:

– Tia Licinha foi encontrada pela polícia, lá pras bandas de Pituaçu, hoje de madrugada... morta de tanto tomar pancada... parece que tem coisa pior. O filho reconheceu o corpo por um detalhe que não entendi bem.

Começou a chorar, tapando o rosto lívido salpicado de pintinhas vermelhas.

Sulamita e Victoria Regina não sabiam o que dizer. Licinha assassinada?! Quem teria feito isto; os crentes?

Alzira recuperara, um pouco, o controle:

– O pau tá quebrando na Bahia. Meu primo Petinho, filho dela, acusou Zuza, ogã dela, sobrinho de Augusta, por causa daquela história de ter visto ela entrando na lagoa, de madrugada. O povo da roça está revoltado, chamando ele de maconheiro. Sei que é injustiça! Ela só pode ter sido morta por algum tarado... Augusta tá ficando velhinha, Zuza é filho da irmã dela, que também é feita de Ogum, de minha avó, num dos primeiros barcos... *mainha* só chega da ilha amanhã, esqueceu o celular em casa. Tenho de voltar hoje mesmo, senão a coisa pega fogo, meu Deus. Será que quando a coisa parece que vai melhorar acontece alguma tragédia? Onde já se viu duas tragédias na mesma família?!?

## 40. Centro de São Paulo, tardinha de 17 de outubro de 1999, domingo

Anselmo não conseguira falar com o Mosteiro. O mesmo problema que desencadeara a viagem de Victoria Regina: a gravação sem graça comunicando que o telefone estava fora do ar por problemas técnicos.

Pertencia a uma comunidade hierárquica; professara obediência ao superior e aos futuros sucessores. Poderia ser levado ao Capítulo por indisciplina... um exemplo ruim para os noviços... nem todos compreendiam sua missão. Os mais conservadores murmuravam... não era medroso, mas temia ser motivo de escândalos.

Caminhava, pensativo, de volta ao apartamento.

Parou em uma banca de jornal e de revistas para distrair as idéias. Há poucos minutos não estava aberta, ou estaria enganado?

Fitas de vídeo chamavam a atenção do consumidor. Filmes para todos os gostos e idades. Livros se destacavam, bem à frente: romances água com açúcar, pornô, novelas. Alguns eram *best seller*, no original: *Interview with the vampire; Sands of time; The firm, Temptation...*

Para a sua surpresa, reconheceu dois exemplares de *A águia e a galinha*, de seu amigo Leonardo Boff. Emocionante aquela obra... Inteligente a idéia da editora. Alcançaria o grande público. Levaria um para Sulamita e o outro para Alzira.

Foi atraído pelas cores brilhantes – vermelha-escura e amarela – de um *pocket book*, ao lado dos livros do ilustre teólogo. Ao ler o título – *Obá, a amazona belicosa* – reviu a imagem do falcão peregrino na capela.

O dono da banca, um homem de meia idade, sorriu-lhe com simpatia. Parecia familiar, engraçado.

– É o último. Vendi os outros quinze que a editora deixou em consignação.

Deu um sorriso largo, piscando o olho.

Anselmo devolveu o sorriso meio culpado ao se lembrar de que entregaria com atraso o *Lineamentos teológicos da religião dos orixás*.

Estendeu uma nota de cinqüenta. O comerciante foi buscar o troco no interior da banca. Ao retornar, trouxe outro livro parecido.

– Este é *Euá, a senhora das possibilidades*. Também o último, padre. Um estudante reservou e não veio buscar. Fique com ele, vale a pena.

Anselmo abriu a boca, perplexo. Como sabia que era padre? O comerciante riu-se.

– Fui membro do Sagrado Coração de Jesus. Um dehoniano, por mais de quinze anos. Li alguns livros seus e participei de retiros em seu Mosteiro. Admiro demais seu trabalho. A Igreja precisa de gente corajosa que defenda a vida. Resolvi me desligar da congregação porque não agüentei mais tanta teia de aranha... Não me arrependo. Sou um padre casado, pai de duas filhas lindas. Gosto muito desta banca de jornal onde participo da vida do povo.

Anselmo reconheceu-o vagamente. As pessoas mudam, com a idade, e eram tantas as que passavam pelo Mosteiro...

Ao se despedirem, o homem o exortou a continuar seguindo aquele caminho estreito.

– Sua vocação ecumênica não é fácil. O mundo precisa de paz para que as pessoas não mintam em nome de Deus.

Sensibilizado, Anselmo agradeceu.

– Muito obrigado, meu irmão. Tinha uma decisão importante a tomar e orava para fazer a coisa certa. Você foi o instrumento de Deus.

Sentia-se livre andando pela Rua Maria Paula.

Livre e leve.

Lembrou-se de um trecho do Livro do Eclesiastes – a primeira leitura da missa daquele domingo: “Não há memória do que aconteceu no passado, nem também haverá lembrança do que acontecer entre aqueles que viverão depois” (Ecl. 1.11).

Confiante, recitou em voz alta outra parte daquela literatura tão antiga quanto a religião dos orixás:

– Uma geração passa, outra lhe sucede, enquanto a terra permanece sempre a mesma...

Um negro alto e elegante, de chapéu, calças pretas, blusa vermelha e bengala abordou-o perguntando se não tinha um trocado. O charuto dançava na boca cheia de dentes misturando-se com o bigode.

Remexendo os bolsos, Anselmo lhe deu algumas notas de pequeno valor. O sujeito tirou o chapéu alto, agradecendo com uma mesura coreográfica: a mão direita quase tocando o chão.

Olhou Anselmo com olhos divertidos, recitando em voz baixo profundo:

– Vaidade das vaidades, diz o Eclesiastes, vaidade das vaidades! Tudo é vaidade..

Seguiu saltitante, assobiando baixinho.

Abismado, Anselmo olhou para trás. O desconhecido dobrara a esquina, desaparecendo na tarde azul de primavera.

## 41. Salvador, noitinha de 17 de outubro de 1999, domingo

Apesar de chocadíssima, Augusta não perdera tempo: preparava as comidas para Exu, Ogum, Oxóssi, Oiá, Obá, Euá e Oxalá, cumprindo as ordens de Oxum.

Teria de arriá-las fora do terreiro, outro luto importante caíra sobre a comunidade. Questionava-se se não seria o caso do adiamento do axexê. Ignorava outra história parecida. No terreiro do Bogum o filho da falecida doné, um ogã, morrera um ano depois da mãe; muito diferente! Além do mais, os terreiros jeje ficam fechados durante sete anos até que outra doné (ou um *doté)* assuma.

Cozinhava em seu fogão, no quarto, pensando na vida. Falava alto:

– O que dá raiva no *condombré* é que as pessoas bate primeiro e despois progunta... o povo se emprenha pelos ouvido, louco por um ejó. Ninguém procura apurar, primeiro, pra despois acusá os outro de coisa tão grave. Zuza é ogã daqui; ogã da Oxum de Licinha, quando acaba... A polícia procurou ele. Ainda bem que minha irmã já sabia de tudo. Só porque ele disse que tinha visto ela entrando na lagoa, tão acusando o bichinho... O *coitchado* teve que fugí porque se fica é linchado por quem devia era tá *tentanu* apurá a coisa pra ajudá um irmão qui nunca fumô nem cigarro nem tem boca pra nada, nem mata barata!... Se não é linchado, apanha na polícia pra confessá... existe uma lei pros branco, outra pros preto... Zuza é escurinho e pobre, só resta fugí no mundo...

Irene entrou sem bater.

– Bença, *mainha*. Com quem a senhora tá falando?

Augusta se admirou. Não ouvira a filha chegar.

– Tô falano com as parede que tem muito mais consideração e respeitchu com as pessoa do que gente de carne e osso...

Voltou-se para a filha, tirando a colher de pau de cima de uma panela: colher de pau, perto do fogo, chama briga.

– Deus lhe dê boa sorte. Que é que hái, minha filha? Cadê os menino e meu genro?

Irene disse que estava tudo bem na medida do possível, agradecendo. Augusta lhe perguntou se falara com a mãe-pequena.

– *Indagorinha*, *mainha*. Ficou arrasada. Sangue é sangue... Mandou que eu tentasse de qualquer jeito localizar Mãe Mira. Ainda não consegui. Vou ficar insistindo. A empregada ficou super nervosa, sabe como é estas coisa, né? Tomara que dê a notícia com jeito. Morrer daquela maneira judiada...

Deu um suspiro longo, esticando os braços.

– Minha mãe-pequena mandou que a senhora trouxesse a Oxum aqui pra roça e arriasse a santa no chão. Eu já despejei toda a água da quartinha.

Começou a chorar.

– Puxa, *mainha*, ajeitei aquele quarto com tanto amor... a gente ofereceu as comidas com carinho... parece que deu azar pra dona...

Nos terreiros da nação ketu, quando um sacerdote ou sacerdotisa morre, a primeira providência é tirar os assentos de seu orixá de cima do pepelê, o altar, colocando no chão. A segunda, é esvaziar a quartinha: um recipiente bojudo, em geral de barro, que vive próximo ao assentamento do santo. A terceira é transferir o orixá (assentamento) para a casa dos mortos (Ilê Balé ou Ilê Ibó Icú) onde fica durante o tempo do axexê.

Augusta não disse nada por alguns instantes. Permaneceu imóvel com a mão esquerda na cintura e a outra na testa franzida, olhando para a filha:

Gaguejava ao falar:

– Vvvou metê um soco nessa boca se você repetí este sacrilégio. Deu azar coc oiisa nenhuma! Deu foi é muita sorte! Oxum ficou satisfeita.

Ela vai ficar onde está, em sua casa, por enquanto. Já ficou tanto tempo, um pouco mais só vai fazê bem pros vivo. Quem morreu já tá morto, mesmo... A responsabilidade é minha, a ebame mais velha daqui. *Antiguidade é posto!* Alzira é menina no santo, perto de mim, que já era ebame andada quando ela foi *feitcha*. Vamos esperá para ver se o axexê da velha vai ser agora, ou espera o enterro. Se for agora, depois da obrigação a gente *desce* a Oxum da excomungada – bateu na boca, arrependida do tratamento.

Irene engoliu em seco. Nem Mãe Totonha pudera com a velha quando falava daquele jeito.

Augusta se lembrou de que Oxum mandara colocar as comidas na roça. Cumpriria à risca. orixá sabe o que faz. Não era ela, mortal pecadora, que iria bater testa com Oxum.

A filha achou imprudente. A casa estava cheia. Se alguém visse ia ter ejó para os próximos dias, até acontecer outra novidade. Iam espalhar que Ebame Augusta estava de juízo mole. Conhecia a língua do povo do candomblé. Nestas ocasiões não se põem oferendas para os orixás nos quartos-de-santo.

O toque de seu celular arrancou-a das conjeturas. Reconheceu o número no indicador de chamadas: era Peterson, o filho de Licinha. Atendeu, trêmula.

Petinho pedia para falar com "Dona Augusta".

Fazendo o sinal da cruz e batendo na madeira do velho armário – três vezes – a filha de Badé atendeu, sabendo que dali não sairia coisa boa.

O homem foi curto e grosso.

– *Mainha* morreu por causa dos demônios do candomblé. Morreu na fé, crente no Deus verdadeiro. Morreu de tanto apanhar. Conheci pela corrente de ouro, com a letra A: sangue não se engana.

Começou a chorar.

– O IML está em greve. A autópsia vai demorar. Isso vai atrasar o enterro. *Mainha* tá aguardando, na geladeira.

Augusta ia responder. Desistiu.

O homem mudou o tom da voz. Falava aos berros:

– Custe o que custar, a gente transforma o terreiro em morada do Senhor. Não vai ter demônio de macumba nem parente, nem agregado, que impeça a gente de realizar o desejo de D. Maria Alice, morta pelos seguidores de satanás.

A ebame começou a sentir um início de tontura. Muita emoção para uma octogenária.

Petinho prosseguia:

– Toinho tem mulher e filhos. Não se faça de besta com a gente, voltando as costas para o Senhor. A gente ficou sabendo por pessoa daí de dentro que ele tá unha e carne com a senhora!

Augusta empalideceu. Não se enganara ao desconfiar da fidelidade das pessoas. Irene lhe entregou um copo d'água. Com um gesto enérgico, repeliu, sentando-se na cama.

O sujeito continuava a falar:

– Informaram a gente que vai ter axexê. Tamos sabendo que o antro de perdição tá lotado por causa de uma jogada que vocês fizeram pra atrair os abestalhados adoradores do bezerro de ouro.

Augusta ouvia vozes do outro lado. Sua raiva foi dominando a apreensão...

– Se prepare, D. Augusta, porque a senhora vai ser procurada pela polícia pra prestar esclarecimentos. Deve saber de muita coisa. É tia de Zuza... ele deve ter fumado alguma coisa e matou *mainha*!

A ebame não acreditava nos ouvidos. Onde o moleque queria chegar?!

– A gente tem amizade na polícia e no Fórum. Coloca Zuza na cadeia pra sempre. Antes, acaba com o axexê – a festa do capeta – na porrada. Que nem no enterro da suicida. Não queremos nada pra *mainha* do lado de Belzebu. Vai ter funeral de cristã, temente a Deus, mártir da fé!

Não tinha cristão que agüentasse tanta patifaria... Como o sujeito tinha o topete de ameaçá-la?

– Veja lá como fala de minha Mãe Totonha, que sempre te alimentou, seu desavergonhado vagabundo *xéxélento*, interesseiro que nem Licinha – que Deus a tenha. Eu aparei você quando nasceu. Peguei você antes de qualquer – *sujeitchu* desavergonhado! Que *histora* é essa de me chamá, a mim, de Dona Augusta? Mais *respeitchu,* filhote de *cascavé*!

A velha senhora não deixava o outro falar.

– Pode vim trinta mil *políça* que não tenho medo. Quem não deve não teme. Já criei minha filha, fiz dela *muléur* de bem...

Irene ficara pasma. Sem saber se ria ou chorava. Augusta berrava, dando bananas no ar.

– Vamos fazer o axexê pra sua avó e pra sua mãe, *tombém*. Infelizmente, pra nossa tristeza, era *feitcha* aqui, velha de santo, a iaquequerê da casa. Tô cheia de ver espritu desassossegado por causa de maluquice de crente!

Irene não acreditara nos ouvidos. Augusta falava grosso, fazendo figa, com voz cavernosa:

– E vem terminá com a festa da casa do capeta que satanás tá te esperando de braços aberto... você e os outro crente. Vamo vê quem pode mais... nossos capeta que *côme* azeite ou os santo de vocês cheios de pó de arroz *cumenu* vela... E vem!

A velha imitou uma gargalhada de filme de terror antes de bater o telefone.

Irene molhara as calcinhas. A mãe exigiu silêncio.

– Venha me ajudá a botá as comida no prato, pra esfriá. Vamos botá a comida pro santo e pedir muitcha calma e proteção pro pobre de Zuza.

Lembrara-se de Sulamita. Se estivesse lá, o menino não estaria desamparado, entregue à própria sina.

– Os macaco bate e despois progunta só porque a gente é preto – resmungou, entredentes.

**42. São Paulo, noitinha de 17 de outubro de 1999, domingo**

Os vôos daquela noite estavam lotados, as listas de espera fechadas. Alzira só havia conseguido passagem para terça, na classe executiva, caríssimo. Tarifas reduzidas, só por milagre... Gastara muito com gasolina e aluguel do veículo; era responsável pelas passagens de Anselmo... Usaria o cartão de crédito. Era o jeito. Decidiu ir tentar a sorte no aeroporto para não morrer de ansiedade. Talvez com muita proteção conseguisse embarcar.

Sulamita arrumava as malas.

Deixara, no Axé, um baú cheio de roupas. Do jeito que sua mãe Augusta era meticulosa, as coisas estariam no lugar. Reconhece que não procedera bem com a mãe-pequena, mas que fazer? Pediria desculpas e aceitaria a bronca.

Anselmo sentira o peso do ambiente assim que entrara. O momento era muito delicado, para todos.

Vicky estava preocupada com Júlio. Tentara telefonar. A ligação fora transferida para a caixa de mensagens.

Alzira decidira chamar um táxi para levá-la até o apartamento do ogã de Oiá. Graças a Deus, tinha a chave. Pegaria as bagagens e seguiria para o aeroporto, onde poderia devolver o automóvel. Não tinha tempo a perder.

O interfone tocou. Era o comandante com sua irmã Jaciara, a médica-cirurgiã.

Victoria Regina pediu que subissem. Foi esperá-los no *hall*, perto do elevador. Gostou de Jaci à primeira vista: uma senhora elegante, de maneiras tranqüilas.

Em rápidas palavras, comunicou-lhes a morte trágica, o desespero de Alzira, a falta de vôos e sua preocupação com a saúde da neta da ialorixá.

Júlio Cesar era portador de duas boas notícias. Conseguira os dias de férias. Era querido, não abusava dos privilégios nem pedia favores. Estava próximo da aposentadoria, começara a carreira de piloto com vinte e um, no próximo ano atingiria a meta: trinta e cinco anos de vôo. Atualmente era comandante de Boing 747-400: o tipo de aeronave que trouxera Victoria Regina.

A segunda boa notícia era estupenda. O presidente da companhia, seu colega de faculdade, ex-padrinho de casamento, emprestara o próprio jato. Sobrariam lugares. Por segurança viajaria com um co-piloto, de sobreaviso. A Citation 99 aguardava em Cumbica, devidamente revisada, abastecida e provida. Ficaria à disposição no Luís Eduardo Magalhães, em um hangar. Poderia transportar o professor Agenor Miranda do Rio para a Bahia – quando desejasse – para o jogo de sucessão.

Victoria Regina correu para dar as alvíssaras.

A neta de Totonha ficou tão aliviada, tão aliviada, que bateu a cabeça no chão, gritando "eparrei-eparrei!", em homenagem à Iansã.

Rindo e chorando, abraçou o gigante comovido. – O senhor é um ogã de verdade, meu pai! Oiá fala por sua boca. Que ela lhe dê vida e saúde e lhe faça feliz para que o senhor continue ajudando quem precisa.

Ajoelhou-se, com fervor, louvando Oiá, a Mãe Rainha, Vento Sagrado, aquela que ampara seus filhos, fazendo com que nunca lhes falte o sustento:

– Aji lodá Iya oku o!
To o owo omo de
Ke yo, ayabá
A ji lodá Iya oku o!
To o owo omo de
Ke yo, ayabá

E ki ifa la o je o o
To owo omo de
Ke yo ayabá!

Os demais respondiam – axé, axé: assim seja!
Jaciara recitou um ditado de sua falecida mãe:
– *Quando o orixá quer, água fria é remédio!*

# V
# Ao Sabor de Oiá

## 43. Salvador, noite de 17 de outubro de 1999, domingo

As cozinhas dos terreiros são espaços com múltiplas funções. É onde tudo acontece, daí o ditado: "Na cunzinha dos condombré se mata os vivo e desenterra os morto!"

No Saketê Avessan não se fugia à regra. As mulheres passavam grande parte do tempo comunitário trabalhando, observando, partilhando e trocando informações reais e imaginárias na cozinha.

Ebame Augusta detestava *cunzinha* por causa do *ejó* – a fofoca – "coisa de gente desocupada que perde tempo investigando a vida *alllea*".

Sua Irene adorava. Nada acontecia na comunidade sem que a filha tomasse nota e desse *penada* – mesmo nos tempos de crente. Por causa dos *pitoco* se vira metida em barulho e quase apanhara.

Toda filha-de-santo cumpre um ritual ao chegar no terreiro: esfria o corpo, toma banho, troca as roupas civis pelos trajes religiosos, cumprimenta alguns lugares sagrados pelo lado de fora (o acesso aos templos só é permitido para quem acordara no terreiro), toma a benção da ialorixá, das próprias mães-pequenas e das ebames mais velhas. A última parte, em geral, acontece na cozinha, sob olhares amistosos ou críticos – de acordo com as simpatias, antagonismos e humores.

A cozinha tem o papel de uma sala de aulas alegre e atroz.

As mais velhas conversam entre si e, até mesmo involuntariamente, passam informações e ensinamentos. As lições têm início pela frase crítica: em meu tempo não era assim... Onde já se viu isso, minha gente?!...

A iaô faz um estágio nesta classe aprendendo a depenar aves, abrir diferentes animais, cozinhar as carnes, preparar os alimentos sagrados conhecendo nomes e destinatários – o que é de capital importância em uma tradição em que tudo começa e termina em muita comida.

Existem as líderes: mulheres pés-de-boi, de tanto que trabalham, às vezes *presepeiras* e tendenciosas, com pavor de perderem o posto de prestígio, pois é da cozinha que também se controla a comunidade, em especial quando a ialorixá "não é de *cunzinha*" – o que jamais fora o caso de Mãe Totonha. A finada trabalhava ombro a ombro, ao lado das filhas, porque gostava e não admitia investidas contra o poder, que era dela: "para o bem e a verdade."

A chefe da cozinha se chama *iabassê*: uma sacerdotisa que responde pelo preparo dos animais e de outras iguarias, as comidas secas. A iabassê não roda no santo, isto é, não tem transe. Já imaginaram o orixá chegando entre panelas e fogo?!

É na cozinha que se convive, come-se, bebe-se, tem festa, samba-de-roda, troca de anedotas, indiretas, boas ações (e nem tanto), e muito disse-que-disse.

– Ai de quem cair na antipatia das mangangonas do pedaço! Se alguém chega inesperadamente ouve: "tem roupa na corda" – para que os correligionários mudem de assunto.

A modernidade impôs a aquisição de fogões industriais e aparelhos domésticos sofisticados. Estes convivem em harmonia com os fogões-a-lenha, moinhos manuais, pilões de madeira e, até, com o ferro-a-carvão (de passar e engomar) e a famigerada pedra para ralar: totalmente indispensável no tempo em que a luz elétrica era artigo de luxo e moinho coisa de gente rica.

Pelo manuseio da pedra – por intermédio de movimentos regulares dos braços e ombros –, o feijão era quebrado e, depois de lavado e catado, transformado em massa para acarajé (temperada com sal e cebolas raladas, bem batida e frita no azeite-de-dendê, em forma de bolinhos), abará (a massa do acarajé misturada com camarão seco ralado e dendê, cozida na folha da bananeira, no vapor) ecurú (massa do acarajé, sem sal, cozida do jeito do abará) e ecuruarô – espécie de abará esfarelado, iguaria feita para o paladar exigente de Dadá – um orixá da família de Xangô,

Senhor da fundadora do Gantois: Ilê Iamim Axé Iamassê. A diferença é que no abará, ou olelé, os olhinhos do feijão e as cascas são todos catados: a massa fica branquíssima, o que não acontece no ecuruarô. Deve-se conservar um pouco das cascas do feijão.

A massa de milho branco para o acaçá (ou ecó) – cozida no fogo, feito pudim, endurecida depois de enrolada na folha de bananeira – fora do fogo –, também era feita na pedra. Registre-se que, para algumas necessidades, o acaçá não precisa ser necessariamente enrolado. A massa, depois de pronta, pode ser endurecida em uma vasilha.

Com os movimentos da pedra se treinava o *jicá de dança*: o molejo de ombros indispensável na coreografia religiosa. Quanto mais jicá, melhor!

Naquela noite de domingo a morte da iaquequerê era o tema. A notícia provocara desmaios, ataques, tristeza e palpites. Muitas cochichavam, algumas trocavam olhares... todas manifestavam suas opiniões à maneira nagô: nem tudo o que se pensa se diz e vice-versa.

Os comentários eram muitos. Por fora e por dentro:

– Pobre Mãe Licinha, não merecia morte trágica, violenta daquele jeito... irreconhecível quando acaba!...

(*É castigo... bem feito. Quem mandou bater testa com o próprio orixá!*)

– Ninguém merece morrer daquele jeito horrível.

(*Quem com ferro fere, com ferro será ferido; é castigo de Oxum, bem feito... chegou tarde, deveria ser em vida de Mãe Totonha.*)

– Com tantos anos de santo... onde já se viu morte tão triste?...

(*Quem não pode com mandinga não carrega patuá... quem mandou virar crente, depois de velha? É castigo do orixá, foi pouco, sacana!!!*)

– Não fui de acordo com o que ela fez com nossa ialorixá, o próprio sangue... Não fui, não!... mas morte, assim, ninguém merece.

(*Toma-lhe, vaca! Quem mandou ir ao enterro vestida de preto?! Tá pensando que Oxum é graça, é?*)

Estavam tão compenetradas que não viram Augusta e Irene arriarem os alimentos no quarto de Iansã.

A filha se despedira. Os meninos poderiam precisar dela. Tinha muita ordem a cumprir no dia seguinte.

Augusta resolvera dar uma passada na cozinha, para ver como andavam as coisas.

Ao se aproximar, percebeu que algumas falavam de seu sobrinho. As mornas ouviam entre risadinhas, sem defender nem atacar.

Pedindo a Oxalá que lhe desse juízo, a velha resolveu ouvir, na moita.

Falavam quase ao mesmo tempo:

– "Isto que dá fumar maconha em Pituaçu de madrugada..."

– "Nunca vi aquele menino fumar um cigarro, aqui..."

– "Diz que detestava... não fumava cigarro, mas fumava maconha..."

– "Vai ver que *estava cheirando*, também..."

– "Quem diria, hein, com a cara limpa matou Licinha..."

– "Matar a própria filha daquele jeito... sabia que ele era enrolado, mas não sabia que era assassino a sangue frio..."

– "A criatura está irreconhecível... fez isso porque não agüentou ela ser crente..."

– "Será que Ebame Augusta sabia e não quis dizê?..."

– "E Irene será que tinha conhecimento de que ele ia fazer uma coisa dessas... com a língua que tem é difícil acreditá que ficasse calada.

– "O jeito que é o ser humano, né? Acho que tinha que tê cadeira elétrica, na Bahia!"

Augusta não agüentou.

– Devia é de tê cadeira elétrica pra língua de fofoqueiro: *elejó*! Quem foi que viu o ogã matá a excomungada (que Deus me perdoe!)? Quanto a mim e minha filha, alto lá! Quem quer falá que fale na cara... falá por detrás é medo ou respeitchu...

Augusta era a sacerdotisa mais velha. Participara das obrigações delas todas. Até a finada ialorixá se aconselhara com a filha de Badé. As mulheres abaixaram as cabeças. Algumas, do bloco das mornas, começaram a chorar.

– O que *reta*, nesta casa, é o gosto por ejó e a falta de amô, nos *córação*... quem é que viu Zuza com cigarro na boca?! Me digam! Como é que já tão *inventanu* que fumava maconha? Quem é que disse que ele tava fumando em Pituaçu?! Isto que dá sê *mulherento,* o sacrista num pode vê rabo-de-saia! Devia é de tá *jogano mão de cajá* com a filha dos outro pros lado da lagoa; por isso que nasce tanto minino! Vosmicês deviam é de tá rezano por ele, pedindo a Xangô e Iansã, orixá de nossa mãe-de-santo, proteção pra que este caso seja resolvido com justiça!

Uma ebame mais velha, timidamente, disse que a morte era castigo de Oxum.

Augusta ficou alucinada.

– Nunca vi maior bestagem... uma mulher velha, minha irmã-de-santo, que nem vosmicê, com quase sessenta ano de *feitcha*, falando merda pela boca! Licinha deu uma banana pra Oxum na cara da gente no dia da festa dela... isto a gente viu... cada um traça o *próipio caminho* e cava *seu buraco...* foi Licinha que escolheu a sina dela... Oxum tá fora disso, tem mais o que fazê!

Algumas mulheres enxugavam os olhos na barra das saias, fungando.

A velha prosseguiu:

– Por pior que Licinha fosse, o que se passou no coração dela, antes de sê matada ou de se matá – sabe-se lá –, ficou entre ela e a santa dela... quem é vosmicês pra jogá pedra? É por isso que os crente entra nos terreiros... o povo-de-santo não se une... são os primeiro a acusá uns aos outro!

Arrastou-se até o interruptor apagando a luz.

– Já tá muitchu tarde e *énérgia* tá pela hora da morte... quem quisé conversá use *tanã* ou candeeiro, conforme *arcancei.* Voltou-se da porta, com as mãos nas cadeiras:

– Antes que vosmicês me chame de corista – as frera grãfina que tinha nos conventu, no meu tempo, que só fazia ficá no coro cantanu e não ia pra *cunzinha* – porque eu tombém não gosto de *cunzinha*, lugá de *muitchu* ejó –, vou logo dizendo, pela frente: quem paga as conta de luz daqui sou eu!

Saiu de nariz erguido, sem responder aos pedidos de bençãos.

Desabafara! Não morrera com a bufa presa.

## 44. São Paulo, noite de 17 de outubro de 1999, domingo

Depois de um tempo para organizar as bagagens, estavam a bordo da *Citation*, sob a responsabilidade do comandante Júlio Cesar Conceição da Silva Reis. A aeronave destinada a doze passageiros viajava com mais da metade dos lugares vagos.

O dono do jatinho, Dr. Tiago Bragança Torres de Alencar, designara uma aeromoça para servir bebidas e *fast food.*

Chovia aos cântaros, na cidade da meteorologia impossível. A tarde tinha sido agradável. Mas nada seria empecilho para que chegassem em duas horas e meia – o percurso era mais longo naquele jato pequeno – não menos seguro, riu-se o comandante. Até meia-noite estariam no Saquetê Avessan. Alzira avisara a velha Augusta da chegada de mais cinco pessoas, mantendo a surpresa. Jaciara decidira acompanhar o grupo. O marido, doce de criatura – não é à toa que nascera no dia dois de outubro, dedicado aos Anjos da Guarda, gerente de um banco internacional –, concordara com sua decisão: o cunhado tomaria conta da doutora predileta.

Ebame antiga, Jaci era filha-pequena de Mira, criada no quarto de Axé por Augusta; as mais velhas a conheciam. Precisaria estar em São Paulo na quinta, de qualquer jeito. Retornaria a Salvador no sábado, com o marido, ficando até o dia seguinte ao jogo. Não participaria do início – quarta-feira. Quem vai tem de comparecer a todas as outras noites e durante o arremate.

O avião possuía duas fileiras de poltronas duplas. Alzira foi logo proclamando que precisava dormir senão iria morrer. Vicky sentou-se ao lado de Jaci – gostara da irmã do namorado.

Sulamita viajava com Anselmo.

Comentavam a morte de Licinha. Um peso a mais sobre o Saquetê Avessan. A comunidade teria de ser forte. Dois falecimentos trágicos em pouco mais de um ano... Coisas assim ameaçam a estabilidade do terreiro.

Margit Romilda Schimidt, a aeromoça de tranças loiras, ofereceu *scotch*.

Piscando o olho, o monge aceitou, com três cubos de gelo e soda.

Sulamita pediu cinco litros de água mineral com gás. Depois de uma breve hesitação, a comissária catarinense entendeu que era brincadeira. Trouxe os drinques, castanhas de caju, amendoins e batatas *chips*.

Anselmo olhou para a mulher ao seu lado:

– Você não imagina como estou feliz, *bichinha*. Senti muito a falta de minha Sula altiva e cheia de coragem. Bem-vinda a bordo!

Sorveu a bebida com prazer evidente. Ela decidiu provocá-lo:

– Passam os anos e o velho Dom continua amante dos prazeres da boca. Acho que já está na hora de você começar a pensar em fazer caminhadas... Olha pra mim, ainda estou enxuta...

Anselmo simulou uma careta de horror. Quando Sula queria mexer com ele, chamava-o pelo título conferido aos beneditinos e demais autoridades eclesiásticas.

Perguntou-lhe como estava Irmão Agostinho, garoto da redondeza do Mosteiro, criado pelos monges. Achava-o parecido com Júlio Cesar – poderia ser seu irmão. Anselmo fez que sim, com a cabeça, dizendo-lhe que seguia firme. Se tudo desse certo, seria o décimo segundo professor na comunidade monástica, acontecimento que poderia transformá-la em Abadia. Irmão Plácido – o atual porteiro – fora o décimo primeiro a professar os votos solenes.

Chegou a água com gás. Bebendo um grande gole, pegou a mão do amigo, beliscando-a:

– Senti sua falta. Não deixei de pensar em você em nenhum momento – mesmo quando estava com raiva, achando que você tinha implicância com Carlo Stefano. Você estava certo, me perdoe.

O homem permaneceu calado, sorrindo. Ela prosseguiu:

– Agradeço a Deus pela sua amizade e paciência. Obrigada.

O padre lembrou-se o quanto rezara na noite da última quinta-feira. Noite linda, a capela invadida pelo perfume da flor noturna.

– Ainda estou meio aturdida... mas também aliviada. Deus não desampara seus filhos egoístas e amargos durante a noite escura. Carrega-os no colo. Dou graças à Infinita Surpresa – como você gosta de dizer – pela solidariedade. Sou uma mulher pouco humilde, mas de muita sorte! Anselmo escutava comovido. A avezinha amadurecera. Ganhara as plumagens de águia.

Deu-lhe um tapinha no queixo enérgico:

– Passei a chamá-lo assim quando testemunhei a noviça caída aos pés da ialorixá...

Sulamita contraiu os lábios. Partilhou as recordações da última sexta, dia de Santa Teresa, quando teve um desejo imenso de lhe telefonar: a poesia aberta por acaso – e o cromo da capela franciscana, depois da leitura da carta. Só não ligara porque não tivera coragem. Anselmo pigarreou:

– Sou testemunha de como Deus fala com você por meio de sinais, Sulamita. Sempre foi assim. A Infinita Surpresa é fiel com as pessoas que buscam Sua Face.

A mulher enrubesceu.

– Não nego minha sede, mas tenho feito tudo errado. Ao contrário de olhar para as estrelas, olho para os buracos, no chão.

Riu-se sem jeito.

– Deus oferece Sua intimidade para os mais arrogantes, às vezes. Suas orações me sustentaram, Anselmo, para que eu não caísse no vazio da solidão, a fonte natural da dúvida – pior coisa que existe.

A aeromoça lhes trouxe, em pequenas bandejas, sanduíches de peito de peru defumado com pepino, em pequenas fatias, e maionese. Anselmo não recusou o *merlot* fabricado no Rio Grande do Sul.

Victoria Regina, ferrada na prosa com a médica, bebeu um pequeno gole meio distraída. Voltou-se para Sulamita, atrás, dizendo que tinha orgulho de ser gaúcha de coração. O conterrâneo era tão bom quanto um ótimo *merlot* do vêneto – os patrícios dizem *merlote del veneto...*

Tentada, Sulamita bebeu um gole do vinho de Anselmo, achando delicioso. A aeromoça, atenta, encheu-o, novamente. Sula passou a beber com ele, no mesmo copo, – temerosa de a ressaca voltar. Temperava a bebida com goles intercalados de água gasosa. Diga-se que a água mineral servida, de Goiás, era tão boa quanto as famosas francesas e italianas... sublime!

Continuou, animada pelo vinho:

– Caminhei no deserto este último ano. Sem oásis. Cheguei a duvidar da existência de Deus, achando que tudo não passava de uma maneira de enganar a morte...

Anselmo seguia atento, uma vez mais reconhecendo o trabalho do Espírito.

Ela prosseguiu.

– Fui ensinada a aceitar a imagem de um Deus Todo-Poderoso distante dos mortais.

Suspirou fundo.

– Ao acordar de minha ressaca, vi Alzira cochilando em uma cadeira. Precisei ir ao banheiro – estava mal – e ela foi comigo silenciosamente; cuidou de mim... Quando abriu a cortina vi que estava machucada e fiquei com vergonha de minha arrogância.

Anselmo ouvia com atenção – corpo inclinado, a mão no queixo.

A voz de Sulamita tremia.

– Alzira me deixou uma carta que tinha escrito no Mosteiro, colocando-me a par de todos os acontecimentos. Em cima das laudas impressas tinha uma folha de caderno espiral – escrita a mão, presa com um clipe...

Abriu a bolsa e tirou o texto manuscrito, entregando-o a Anselmo. Releu com ele.

Anselmo terminou a leitura emocionado.

A voz da mulher tremia. Tossiu readquirindo o controle.

– Bebendo a água com gás que ela deixou no criado-mudo, quando eu tomava banho, pensando na vida, contemplei o Cristo subindo o Calvário. Um homem arrebentado, cuspido, humilhado. Mesmo assim pedindo perdão ao Pai pela ignorância daquela gente cruel e carente como eu, gente preocupada em olhar o próprio umbigo, com medo terrível da morte; gente como eu, Anselmo, com medo de enfrentar a vida... A filha de Obá engolia as lágrimas. Tomou alguns goles de água. Anselmo tinha os olhos fechados.

– Entendi que Deus, nesta forma, se mostrou pobre, fraco, carente de nosso amor e pleno no amor por nós. Compreendi o que quer dizer Infinita Surpresa: muito mais do que um jogo de palavras.

Foi interrompida pelo sinal vermelho de apertar os cintos.

Prosseguiu:

– Pedi perdão à Infinita Surpresa – tenha o nome que tiver – pelo meu orgulho, covardia e falta de querer aprender a ser humilde. Dei as costas para minha missão. Volto para ajudar Alzira. Acredito nela... puxou minha Mãe-de-Santo. Volto para continuar a viver.

Anselmo enxugou os olhos. Abraçou Sulamita – que afagava seus cabelos – deixando as lágrimas escorrerem. Só chora quem é vivo.

O comandante dissera à aeromoça que a bordo havia um sacerdote. Com solidariedade e simpatia, a alemãzinha encheu o copo de Anselmo, trazendo água gasosa para a *brunette* de branco. Era filha e neta de pastores luteranos. Deu de ombros... Coisa mais sem sentido o anacronismo dos papistas!

## 45. Salvador, noite alta de 17 de outubro de 1999, domingo

O IML estava em greve há quarenta e oito horas, sem previsão de retorno. Petinho dava graças por sua mãe ter sido achada no início. Caso contrário, apodreceria nos corredores.

Pensava na vida, em frente do pé de Iroco do Nina Rodrigues, o Instituto Médico Legal da Bahia.

Se pudesse tacaria fogo na árvore envolta em um pano branco. Aquela não fugia à regra. Era zelada por uma senhora antiga do Gantois: Ebame Cidália Soledade Barbosa – Cidália de Iroco – unha e carne com sua falecida avó Totonha.

Ficara retado com a arrogância da velha Augusta, que tivera o topete de gargalhar em sua cara, sem o mínimo respeito – risada de adoradora do capeta.

Soubera do desaparecimento de sua mãe por Joadrielinton. Muitos traidores tinham voltado para as trincheiras do mal. Foram recebidos de braços abertos, pelo exército das trevas. Alguém de confiança teria de contra-atacar: chumbo trocado não dói.

Com a ajuda de membros da Igreja, percorrera o HGE – o Hospital Geral do Estado – e o Hospital Roberto Santos.

Decidira ir até o Nina.

Informaram que a coisa estava calma, embora houvesse ameaça de piquetes. Só chegara um corpo naquele domingo. Irreconhecível, encontrado em Pituaçu, de manhãzinha... as roupas dilaceradas, uma massa humana. Parecia coisa de filme de terror... o assassino deveria de ser o próprio demo personificado...

Tivera de beber daquele cálice de fel sem ajuda. Assim que olhara para o cadáver desfigurado – na gaveta –, aguardando autopsia, não restaram dúvidas... a mesma estatura, corpo, cor... a corrente com a letra A, de Alice. Vertera a bílis sobre o corpo.

Quem poderia ter feito aquilo? Só alguém que odiasse muito a vítima.

Lembrara-se de outra informação de Joadrielinton.

O sobrinho da bruxa espalhara ter visto sua mãe em Pituaçu, aquela madrugada. Uma história sem pé nem cabeça. Propagara que a velha estava entrando na lagoa. O tal de Zuza era membro convicto da seita satânica, adepto do mal. Recusara-se a acompanhá-la quando saíra da macumba. Fora grosseiro, dissera que o respeitasse... tinha compromisso perpétuo com Oxum... chamara-a de descompreendida, renegada e insensível com todos os anos de orixá, sem respeito à própria mãe. Sua avó se voltara contra ele; a ousada de Alzira, mais a branca, tomaram o partido do moleque... Zuza ficara magoadíssimo com a ialorixá, afastando-se da roça por um bom tempo...

Ligou para um irmão investigador de polícia conversando por mais de vinte minutos. A ligação do celular ficaria caríssima. Mas valia a pena investir.

### 46. Salvador, início da madrugada de 18 de outubro de 1999, segunda-feira

Ao avistar Sulamita perto de Alzira, no meio de *um broco de gente,* Augusta rira e chorara.

Esquecendo-se da pose e da bengala, partira ao encontro da filha-pequena, dando graças a Deus.

Sula não esperara aquilo. Preparara-se para a frieza da velha, seguida de muchochos, indiretas e um grande sermão, antes de as coisas voltarem ao normal, depois de uns dois ou três dias.

Prostrou-se, saudando sua *ojubonã* com o *icá*: o cumprimento ritual das *santas mulheres* destinado à ialorixá, mãe-pequena da casa, ojubonã individual e autoridades religiosas do partido alto. Imitando um abraço, vira-se totalmente para o lado direito e para o lado esquerdo. De frente, coloca-se a cabeça no chão (ou sobre as mãos). Por último, de joelhos, pedem-se as bençãos, beijando-se as mãos da autoridade religiosa. Em algumas comunidades o início do icá corresponde à penúltima parte descrita.

Se o iniciado for *okunrin*, ou *aboró*, o cumprimento se chama *dobále*. A pessoa se estende no chão, esticando as mãos para trás. Termina do mesmo jeito do primeiro. Augusta ergueu a mulher mais jovem, muito comovida. Parecia não ter prestado atenção nos outros.

A voz tremia:

– Obá Delê, minha filha, Oiá foi que enviou você pra ajudar a gente. Oiá e Badé, meu pai. Pegaram Zuza na casa de Silvane, a namorada. Levaram ele no camburão pro distrito de Itapuã. Tão acunsando ele de tê matado a excomungada – que Deus me perdoe.

Ao ouvir aquilo, Anselmo não pôde deixar de abafar um sorriso. Alzira pôs a mão na boca: a polícia não alisa; pobre rapaz.

A velha desabafou os sentimentos rogando praga sobre quem encostasse um dedo no inocente – tão inocente quanto *Nosso Senhô, impindurado* na cruz.

Mais calma, enxugou o rosto na barra da saia de crioula. Viu Anselmo, dando-se conta da presença de Victoria Regina e dos demais.

Não reconhecera aquele mulatão alto, de farda, "o *bonéu no braço*... a mulher de junto da mãe de Sula lembrava alguém..."

Com um suspiro, ajeitou os óculos na ponta do nariz.

– Minha Nossa Senhora; é Oxum Boualê, a neta de minha Ebame *Ijijawo*, de Omolu, filha de minha irmã Lídia, menina que eu criei no *roncó*!

Pegou nas mãos de Jaciara com firmeza.

– Fiquei triste quando Mira me contou, minha filha. Sua mãe foi uma mulher de opinião, bem filha d'Ogum, a *sujeitcha*...

Olhou a mulher mais jovem de alto a baixo, balançando a cabeça:

– Oxum Boualê; isto mesmo... quanto tempo!... Ficou uma mulherona bonita parecida com a avó!

Jaci deu o icá, engolindo as lágrimas. A velha Augusta conservara o vigor. Tinha sido o terror das novatas que a apelidaram (pelas costas) de quartel-general. Os olhos de Augusta se abriram mais ao contemplarem Júlio Cesar:

– Meu Jésuis Cristo; se não é o ogã de minha mãe Clarice, confirmado inda minino!!! Me lembro da cadeirinha dele, guardada no quarto de Iansã... não dá nem para um dedo deste *homão*... Confirmou de terno de linho branco, *braspérala,* e gravata cor de vinho... a roupa e a faixa de ogã tão na mala com as coisa da Iansã da casa...

Pediu as bençãos a Júlio Cesar, que trocou o cumprimento com a velha senhora, colocando a mão no chão e na testa, em reverência à antiguidade da sacerdotisa, antes de solicitar que fosse abençoado.

– Padre Anselmo, que felicidade o senhô aqui com a gente em um momento desses... Seja bem-vindo em nossa Casa... se quisé pode espalhá bem água benta por aqui... eu mesma tô precisano de ajuda de tudo quanto é lado!...

Abraçando-a, com um sorriso largo, Anselmo pediu-lhe que o abençoasse. Não precisava chamá-lo de senhor. A velha retrucou que não se acostumava com aquelas modernidades. Hierarquia era hierarquia...

Victoria Regina acompanhava os acontecimentos fascinada, meio um peixe fora d'água.

A ebame se dirigiu a ela, dando-lhe as boas-vindas.

– Sempre linda, Dona Vitóra. O tempo gosta mesmo de vosmicê que não fica velha. Seja bem-vinda na casa de Kpó e Iansã. O terreiro de sua filha é seu *tombém*.

Perguntou-lhe o orixá.

Ao ouvir a resposta, colocou a mão no chão e na testa. As coisas cada vez mais se encaixavam.

– Ainda não tem filha de Euá aqui. É uma alegria a sua presença. Minha finada zeladora gostava muito da senhora. A cor branca lhe assenta bem como quê, apesá de sua pele *arva*.

Vicky abraçou-a dizendo que também não mudara. Augusta agradeceu, percebendo a preocupação de Alzira. Roía as unhas sem que se desse conta.

A filha de Iansã não se conteve mais:

– Minha irmã Sulamita, não temos tempo a perder.

– Chegamos para impedir o massacre de mais um indefeso.

Augusta abraçou Oiá Gbemi, a menina sapeca, dando graças a Deus por ter cumprido a promessa de chegar rápido. A neta de Mãe Totonha esclareceu que o instrumento de Oiá fora seu pai Júlio Cesar, piloto profissional que os transportara em um jatinho de um amigo gente boa.

Sulamita decidiu ir para à delegacia, sem demora. Ainda bem que a namorada ouvira qualquer coisa sobre Itapuã. De qualquer forma seria o local provável.

Ficou acertado que Victoria Regina não iria. Pouco descansara desde a chegada ao Brasil. Sula pediu a Alzira que ficasse. Não seria inteligente expô-la. Iria com Júlio, Anselmo e Jaci. Talvez Zuza necessitasse de cuidados médicos. Júlio Cesar concordou; precisaria de um minuto para trocar de roupas.

Alzira aquiesceu meio contrariada. Haveria necessidade de organizar as acomodações, talvez fosse melhor, mesmo, permanecer em casa.

Com seu jeito agridoce, Augusta informou que estava tudo *ajeitchado*. Sulamita poderia se alojar com ela e Mira, na *casa grande*, no cômodo que pertencera a Mãe Totonha, com dois quartos e banheiro. Jaciara ficaria com Victoria Regina, no cômodo ao lado; Júlio e Anselmo, na casa dos ogãs.

O trânsito estava livre. Tamanha a generosidade do presidente da Brasif, que deixou um automóvel grande à disposição, no hangar.

Chegaram em menos de meia hora. Sulamita estava muito indignada.

Não precisava ser jurista para perceber as arbitrariedades. A detenção de Zuza, para interrogatório, fora ilegal. Não houvera flagrante; tampouco flagrante continuado. Jamais poderiam arrancá-lo da casa de Silvane. Luís Augusto Amorim chegara, algemado, há poucos instantes.

O inspetor evangélico – um mestiço gordo, por volta de cinqüenta anos, com o distrito aos seus cuidados – esperara o monstro satânico sanguinário, excitadíssimo, na sala vazia do plantonista. Aquele homicídio desmoralizaria ainda mais a seita do demônio. Um assassino adepto do candomblé: um prato cheio!

Coisa que lhe causava prazer era descer o sarrafo em macumbeiro. Depois do tratamento VIP o filho-da-puta confessaria ter estuprado a mãe e roubado a Catedral da Sé... Deveria ser prudente, tomar cuidado com algum jornalista do PT à solta.

Acendera um charuto para espantar as preocupações, pesando os prós e os contras. O sacana fora apanhado na surdina... Não haveria problema em encerrar o caso ali mesmo... o Fórum Rui Barbosa estava abarrotado, a penitenciária, superpovoada. O pivete era violento... só um monstro para transformar a defunta no *presunto* mais feio que vira; nada mais fácil do que a prova do exercício do dever legal, se a coisa – Deus não permita – vazasse...

Matara a infeliz – a sucessora do terreiro – porque quisera transformar a macumba em Casa do Senhor.

Sentindo-se o Anjo do Apocalipse, cantarolara, uma vez mais, aquela cantiga renitente, que não saía de sua cabeça:

– *Na Casa do Senhor não existe Satanás, xô Satanás, xô Satanás...*

Repelira a lembrança, batendo na madeira da mesa... o avião da banda havia caído... nunca se sabe... aquela modinha trazia má sorte.

Fora despertado das conjeturas por um agente policial informando que o sujeito aguardava na sala VIP, aos costumes...

– Que espere um pouco pra se arrependê dos pecados – retrucara.

– É o tempo que irmão Peterson chega – avisara o filho da vítima há quinze minutos.

Zuza não era covarde.

Menino solto, aprendera a jogar capoeira – e a se defender de malandro – no Pelourinho, o centro histórico. Inúmeras vezes chegara, da rua, quebrado. Apanhara e batera mais ainda... Depois que soubera que estava sendo acusado de assassinato (logo de quem?!), saíra de sua casa para não angustiar a mãe – aos prantos, chamando por Ogum, Oxóssi e Oxoguiã. Sabia que os *cana* poderiam alcançá-lo; sua tia Augusta lhe contara as ameaças de Petinho. Nadar contra a maré seria um balaço nos *peitchu*. Antes de ser jogado no chiqueirinho, recebera socos e empurrões. Teria sido burrice reagir. Rogara a Logunedé, Oxum e Oiá – a santa de Mãe Totonha – para que lhe salvassem a vida, mantendo-o lúcido, coisa difícil. Os policiais eram covardes... três contra um, e ele algemado.

Aos trancos e barrancos chegara ao destino. O estômago nas costas... que fedor tinha o camburão!

Não entrara pela porta principal. Empurraram-no até um compartimento sem móveis. Pedira água e também para usar o sanitário. O tira lhe mandara beber o mijo.

Quarenta minutos mais tarde, o inspetor se dirigira ao banheiro sujíssimo para lavar as mãos – velho hábito antes de um interrogatório. Sentia o pau duro...

Na portaria, autorizara o ingresso de Petinho. Dele e de mais ninguém. A droga é que o irmão já deveria ter chegado... *De hoje* telefonara!

Esperara tempo demais. Resolveu botar a mão na massa.

O agente enxugou o suor, com medo. Aquilo poderia não dar certo... a plantonista não estava... o delegado titular saíra de licença... a coisa poderia não prestar e cair por cima dele. Vira um cara jovem "entrar por trás dos bastidores para não dá nas vista"...

Sua atenção foi despertada pelo ingresso de um grupo de pessoas de branco: dois homens e duas mulheres.

Sulamita identificou-se, exibindo o registro da Ordem dos Advogados.

Foi informada, pelo funcionário de lábios pálidos, de que não chegara nenhum Luís Augusto Amorim, Zuza, ou qualquer pessoa que correspondesse à descrição. Tava tudo calmo...

Alguma coisa no jeito do homem não a convencera. Fumava com um ligeiro tremor, parecendo ansioso.

Comunicou-lhe que esperaria. Não tinha pressa.

Sentaram-se.

Piscando para Anselmo, começou a falar sobre prisões arbitrárias e espancamentos.

– Tive um caso, em Diadema, de um cliente espancado até a morte. Era um cara preto, pobre, acusado de homicídio da própria tia, na favela.

O funcionário fingia não prestar atenção.

– Prenderam o coitado no barraco. Chegou na delegacia algemado. Uns agentes, sem o menor critério, bateram na nuca do infeliz, com um pedaço de pau... tentaram alegar legítima defesa. Hoje descansam atrás das grades...

O funcionário acendeu um cigarro na ponta do outro.

Sulamita piscou:

– A doutora Jaciara, aqui presente, se recorda bem. Foi ela quem fez a autópsia, no Instituto Médico Legal... o Dr. Júlio foi o detetive que o escritório contratou para auxiliar... a velha tinha sido assassinada por uma quadrilha de traficantes de drogas, lembra-se? E o sobrinho estava pagando o pato...

Jaci fez um gesto afirmativo. Júlio Cesar limitou-se a grunhir, com cara de mau.

Sulamita continuou, cruzando os dedos:

– Mataram o coitado porque ele era de Umbanda. Tinha um caboclo que dava consultas. O policial torturador não gostava de negros macumbeiros – "assassinos em potencial"... Anselmo foi quem cobriu o caso todo para a *Folha*.

Anselmo pegou a bola.

– Quem pagou o pato, Doutora, foram os agentes... o inspetor conseguiu livrar a cara... que mundo, hein? A corda só arrebenta do lado do mais fraco...

O agente mastigava o cigarro.

Sulamita estava se perguntando se deveria procurar o delegado.

Ia abrindo a boca para falar quando Peterson entrou na sala, esbaforido, dirigindo-se ao funcionário atrás do computador – cada vez mais nervoso –, dizendo que era Peterson, amigo do Inspetor Florisvaldo.

Lívido, o agente disse que o policial não estava de plantão. Chegaria em quarenta e oito horas.

Petinho ficou alucinado.

– Como, não está?! Ele ligou para mim e disse que tinha pego o assassino que já tava a caminho da delegacia, no camburão...

A advogada – a única que conhecia o sujeito – (não tinha certeza se Anselmo o tinha visto) não acreditava na sorte! Júlio Cesar, muito esperto, somou dois e dois...

O agente enxugava a testa. Petinho espumava:

– Me fazer gastar esta grana de táxi... eu que pensava que ia ver a justiça de Deus, perdi meu tempo...

Sulamita se ergueu.

– Oi, Petinho, meus pêsames por sua mãe, minha iaquequerê... a menos que você queira sair daqui preso, com todas estas testemunhas, me diga o que sabe sobre a prisão de Zuza.

O homem abriu e fechou a boca feito peixe – várias vezes – sem conseguir falar.

A advogada se dirigiu para o agente desprovido de cor:

– Não quero causar problemas, mas não quero ser feita de palhaça. Onde puseram o moço?!

Balbuciando, o desesperado pai de quatro menores implorou que aguardasse um pouco, voltaria logo. Era um coitado mal remunerado, cumpridor de ordens.

Na sala VIP, o interrogatório começara.

O ogã de Oxum, seguro por dois agentes, jazia encolhido, no chão, urinado e defecado. O nariz e a boca estavam irreconhecíveis, o olho esquerdo afundara.

O agente esmurrou a porta. Tamanho era o seu medo que não percebeu Sulamita e Júlio Cesar. O inspetor abriu: detestava ser interrompido durante o trabalho. Sem hesitar, Sulamita deu ordem de prisão ao inspetor e aos dois agentes. A filha de Obá parecia ter crescido três metros – muito maior do que o gigante ao seu lado:

– O Secretário de Segurança, o Chefe de Polícia e a imprensa estão avisados. Saibam que temos duas pessoas lá fora, aguardando com os celulares, e mais duas na van, do outro lado da rua.

O agente, apavorado, confirmou: havia duas pessoas na portaria.

Júlio Cesar tomou Zuza nos braços, sujando a roupa de sangue.

Sulamita determinou que os três policiais a acompanhassem.

Tremendo de medo, os homens aquiesceram.

Anselmo e Jaciara aguardavam na sala de entrada.

Sula se dirigiu a Anselmo prendendo a respiração.

– Em quanto tempo o Secretário estará aqui, excelência?

Anselmo rebateu:

– Não consegui contato. Falei com o Senador, que se comunicou com o Corregedor... o Chefe de Polícia está a caminho. Disse que cabeças vão rolar, prezada senhora...

Um repórter à cata de novidades, bloco debaixo do braço e máquina fotográfica, freguês do pedaço –, farejara o furo. Sulamita disse que não queria dar declarações. Os demais não concordaram. Júlio Cesar, identificando-se, esclarecera os fatos, depois de ter acomodado a médica e o ferido no automóvel. Petinho – que não era besta – dera no pé.

Os policiais se dirigiram para a cadeia, em fila indiana. O inspetor espumava: o *bozó* dera certo.

Tremiam menos que o jornalista, com a matéria sonhada nas mãos!

## 47. Salvador/Roma, manhã alta/tarde de 18 de outubro de 1999, segunda-feira

O ogã não sofrera ferimentos profundos. Tinha o corpo doído, sentia dores nas juntas, na cabeça, na alma... a humilhação fora muita. Rangia os dentes, na certeza de que cidadania, neste país, ainda é conto da carochinha.

Anselmo e Júlio deram um banho de asseio em Zuza – de volta do exame de corpo de delito – entregando-o a Jaciara.

Ao abraçar tia Augusta, as lágrimas escorrendo pela face enrugada – também chorara... só que de humilhação, raiva e agradecimento –, dando graças aos orixás pela vida que teria de ser bem longa para que pudesse fazer alguma coisa por Sulamita e para os outros manos de fé.

A filha de Obá, ainda de camisola, conversava com Alzira, no quarto. Pouco dormira.

Ouviram batidas na porta.

Alzira abriu. Eram Anselmo, Jaciara e Victoria Regina – muito pálida – segurando jornais.

Os periódicos soteropolitanos mostravam fotografias de Sulamita apontando o dedo para os tiras, ao lado de Júlio Cesar com Zuza todo ensangüentado.

As manchetes eram as seguintes:

"Advogada de vítima do abuso policial dá ordem de prisão aos torturadores."

"Tortura é praticada em delegacia de polícia."

"Advogada paulista, com a ajuda de amigos, salva a vida do cliente torturado pela polícia baiana."

Deu um suspiro de alívio. A própria imprensa se encarregara da informação. Poderia descansar. Rogava aos céus para que alguma coisa fosse feita no sentido de mudar a história do país, tornando-o democrático. Estava cansada, mas serena, certa de que cumprira sua parte; missão impossível sem a ajuda do grupo competente.

Victoria Regina estava transtornada, com um cigarro nos dedos trêmulos. Entregou-lhe um exemplar de *O Estado de S.Paulo*. Alzira renovara a assinatura feita por Sulamita, há anos.

A filha de Obá abafou um grito:

"Maestro italiano encontrado morto na BR 116 domingo à tarde."

Carlo Stefano Nardelli, 58, foi achado, pela polícia, morto com o pênis enterrado na boca, em seu automóvel BMW, 1998, cor preta, placa XEW 0098, na BR, sentido SP–Curitiba (próximo de Itapacerica da Serra) na tarde de domingo, 18.

Há conjeturas de que seja um crime de vingança. A polícia técnica encontrou um cartão de visitas na mão (direita) da vítima, em italiano, com os dizeres "coi nostri complimenti"...

O Maestro, divorciado várias vezes, deixou filhos. Segundo seu agente, o corpo seguirá para Milão.

Duas fotografias acompanhavam a matéria: o carro na estrada (o cadáver de frente, no banco do motorista) e o maestro regendo uma orquestra: a batuta no ar, toda arte e exuberância!

Sulamita devolveu o jornal. A cabeça rodava.

A mãe siciliana alcançara o genro no Brasil, enxugando para sempre as lágrimas da filha... mutilara o corpo – objeto da especulação maldosa da massa ávida por pão e circo: o talento reduzido a uma figura de película do Zé do Caixão.

Sentiu o corpo pegar fogo:

"Talvez eu mesma tenha me livrado da morte" – reconheceu sem coragem de partilhar o segredo.

Jaciara lhe estendeu um copo com uma pílula calmante. Vicky, Anselmo e Alzira aguardavam, em silêncio.

Victoria Regina rememorava, assombrada, o jeito europeu autosuficiente, o *blazer* caro, a echarpe, os sapatos patrícios, o perfume, o prazer reverente ao degustar os bons vinhos... o orgulho estampado no azul metálico invencível... tudo envolto na imagem macabra: a masculinidade metida goela abaixo. Impressionante o cinismo do homicida, mais frio que um peixe. Arrepiou-se ao pensar na organização do crime mais poderoso do planeta...

Sulamita agradeceu a solidariedade:

– Vou sobreviver. Só que preciso ficar sozinha.

Precisava de intimidade para enterrar as memórias. Nada mais restava senão as orações pela alma de Carlo Stefano Nardelli.

Não controlou o pranto diante da lembrança dos olhos azuis de aço. Inteligentes e perscrutadores... olhos que jamais amadureceriam.

Na *vecchia Roma,* um casal loiro, em uma *Ferrari* amarela de capota preta erguida, seguia para Tívoli – cidade magnífica no outono. Ela, de casaco de minque. Ele, fumando um charuto cubano.

Cantarolavam *Volare* – alegres e risonhos de volta ao ninho – duzentos mil dólares menos pobres.

## 48. Saquetê Avessan/Cosme de Faria, 20 de outubro de 1999, quarta-feira cedo

Alzira ficara feliz ao desligar o telefone naquela quarta-feira, dia do início da obrigação de sua avó.

Acabara de falar com o Pai Agenor – sempre disposto a cooperar com as comunidades necessitadas de seus inestimáveis serviços de oluô.

Jaciara embarcaria para a capital paulista dentro de instantes.

Ficara combinado que Júlio Cesar pegaria Jaciara e o marido no sábado, às doze horas, com destino a Salvador, via Galeão, onde o magnífico professor, acompanhado de um filho-de-santo, aguardaria a *Citation* chegar de São Paulo na sala de honra da empresa aérea. Conduzido por Oiá, ao lado da bela Victoria Regina, o comandante entregaria seus passageiros em domicílio, ao cair da tarde, horário ótimo para um "*bloody mary* embalado por um piano".

O terreiro estava começando a encher de gente: filhas-de-santo, ogãs, equedes e visitas, à espera do começo da obrigação, às 20 horas.

Augusta subia e descia – uma trabalheira.

Irene dera conta do recado direitinho.

Na tardinha de segunda trouxera grande parte do material. O restante deixara para entregar na véspera do arremate, pela manhã.

Os bichos do axexê seriam oferecidos por Roque – sacerdote e proprietário de barraca com nome do santo xará, na Feira das Sete Portas. Ele e Zeni, a cunhada colega de trabalho, participariam do ritual desde o início. Tinham sido fregueses e amigos de Mãe Totonha, que não abrira mão de freqüentar os mercados de "Sete Portas" e "São Joaquim" – antigo "Água de Meninos" – aos moldes iorubás: ponto de encontro de confrades e confreiras do candomblé.

Sulamita aproveitara a terça para ir ao escritório, no Edifício Martins Catharino, na Praça da Sé.

Ficara emocionada com a dedicação do secretário e da colega. Tudo limpo, lindo e eficiente. Alzira dera uma chegada no Aras, em Lauro de Freitas. Voltaria ao trabalho depois do axexê. Ainda bem que os veterinários assistentes seguraram a onda.

Mira chegara ao Saquetê Avessan na segunda, pela tarde, com os olhos vermelhos. A empregada não suavizara a notícia, fazendo questão de acrescentar detalhes coloridos.

Ficara aliviada ao saber da presença de Sulamita, descansando no quarto da família, e de Anselmo, pela rua, batendo pernas. Seriam uma força a mais. Sentira orgulho ao saber que salvara a vida do pobre menino de Logunedé. Ficara indignada com a conduta policial: ao contrário de procurar o culpado, a polícia detivera-se a torturar um inocente.

Não contivera as lágrimas ao abraçar sua filha Oxum Boalê. Tinha sido irmã do peito de Lídia, um dos caracteres mais firmes que conhecera. Encantara-se com o romance de Vicky e Júlio – que vira nascer, desmamar e ser confirmado...

O reencontro com Alzira, depois de tantos meses, fora harmonioso e feliz – coisa rara desde a conversão de Licinha.

Concordara (sem pestanejar) com o início imediato do axexê, recomendado por Pai Agenor – mestre que conhecera meninota. Chamava-o de Seu Santinho – o apelido do professor.

Peterson não dera sinal. O corpo de Licinha ainda não tinha sido liberado por causa da greve. Teriam de aguardar a decisão do IML.

Toinho não retornara ao terreiro.

Estava de licença médica até a segunda seguinte. Tinha sido atendido em casa – não conseguira levantar-se durante dois dias. Diagnosticaram estafa por acúmulo de emoções. Emagrecera cinco quilos; os olhos estavam afundados, a pele macilenta, as mãos trêmulas.

Mesmo assim, sentia-se leve e esperançoso. Ainda não se encontrara com Alzira. Só depois de conversarem ficaria totalmente tranqüilo.

Na véspera, recebera um telefonema de Ismael – o colega de trabalho que o levara para a igreja – convocando-o para uma reunião, à noite, em sua casa. Ricardino estaria também.

A princípio hesitara. Depois resolvera aceitar o convite. Durante muito tempo fora alvo de indecisões. Precisava mudar de vida, passando a enfrentar os obstáculos.

Sentiu paz na casa do amigo.

Ricardino já estava aguardando.

Tomando a palavra, o mais velho solicitou ao anfitrião que relatasse os acontecimentos desde o quarto de Licinha: o encontro na praia, os acarajés e abarás saboreados com cervejas e rabos-de-galo; as recordações felizes dos velhos tempos; as leituras bíblicas, a oração contemplando o mar, a partilha; o telefonema de Petinho e a escuta do Espírito.

Toinho ouvira maravilhado.

Até aquela terça não acreditara em milagres.

A partir daí modificaria seu ponto de vista.

Beliscou-se para ver se sonhava. Doeu; estava acordado e de olhos bem abertos.

Como despedida, de mãos dadas, recitaram o Pai-Nosso, degustando palavra por palavra, ouvindo o apelo dos corações.

Olhando para o relógio – já eram dez e meia? – admitiu que a reunião, na casa do amigo, tinha sido ótima. Saíra com esperança de que tudo haveria de dar certo.

Precisava apressar-se. Não dava, mais, para adiar o encontro com Alzira.

## 49. Saquetê Avessan, 20 de outubro de 1999, quarta-feira de tarde

Alzira não contivera as lágrimas ao contemplar Toinho de joelhos, aos prantos, macérrimo, pedindo perdão, apadrinhado por Augusta e Zuza, de muletas, apoiado em Irene.

A filha de Oiá tinha dificuldade em classificar seus sentimentos. Jamais confiara nele. Tinha alguma coisa que não dava com ela – um cinismo sutilíssimo que saltava dos olhos. O incrível é que naquele momento o olhar de Toinho era límpido. Prostrado, implorava por piedade, proclamando-se arrependido de todo o mal que causara contra ela e Mãe Totonha: a melhor pessoa do mundo, sua mãe de criação que o livrara do orfanato.

Alzira não era rancorosa. Mesmo assim sentiu muita raiva mediante a menção do nome de sua avó, provada por tanta humilhação no fim da vida.

Tinha vontade de dar socos e pontapés: "gana de garguelá o filho-da-puta até os olhos saltarem fora."

Contendo seu impulso, levantou-se para não continuar a ver a cena patética.

Começara a enxergar tudo vermelho – o que ocorria antes de uma briga. Estava gelada, suando pelas mãos.

Pessoas ávidas por *ejó* entravam e saíam fingindo alguma tarefa. Seria um prato cheio. Podia imaginar os comentários:

– Ebame Alzira já aprontou das suas no dia do início do axexê; a pressão de Mãe Augusta subiu, Irene deu um ataque... coitado de Zuza, machucado, de muletas e participando da briga da filha com o ogã, a casa cheia de visitas...

Nem bem dera dois passos, ao sentir um tapa no ouvido, o coração pulsando forte, o peito sem ar, a boca seca, uma quentura de fogo.

Foi amparada por Irene.

O terreiro todo tremeu com o grito de Oiá. Levantou o seu ogã, dizendo-lhe que passara no teste. Alzira entenderia, era oloiá.

Pegou-o pelo braço, dirigindo-se até o templo em seu louvor. Pediu-lhe que entrasse e trancasse a porta.

## 50. Ilê Axé Saquetê Avessan, noite de 20 de outubro de 1999, quarta-feira

A casa estava repleta. Em dez minutos deveriam começar o ritual.

Alzira fora ao banheiro mais de dez vezes, vítima de um desarranjo. Aquele dia estava sendo demais para ela. Acordara no quarto de Iansã ao lado de Ebame Augusta e Toinho – a quem fora recomendado que estivesse de olhos abertos durante todo o axexê: *bojutonã*.

Sulamita aconselhou-a a tomar um calmante – pena que Jaci viajara. Havia vários dias pela frente. Talvez fosse melhor não ir ao primeiro. Dor de barriga não era graça.

– Se você está assim agora, minha irmã, é bom que não vá, hoje. Fique repousando.

Alzira nem respondera. Disparara até o primeiro vaso sanitário.

Ficara assim pelo encontro com Toinho e por causa da mãe.

A veterana senhora dissera – com todas as letras – que não assumiria o terreiro. Não tinha estômago, nem temperamento. Estaria disposta a ajudá-la no que fosse, mas ela que se preparasse para sentar na cadeira de Doné Custódia, e da avó, como ialorixá.

Alzira argumentara que aquilo não dependia dela, nem da própria mãe. Se fosse a escolhida, assumiria. Caso *mainha* fosse a apontada como a sucessora pelos orixás e voduns, teria de assumir. Era o natural. O provável é que Mira fosse a escolhida: velhíssima de orixá – a iá ebé da Casa – conhecedora dos segredos, respeitada pelas filhas-de-santo, que a chamavam de mãe com naturalidade. Ela, a filha, além de ser mais jovem, não era querida. Ouvira rumores de que se fosse a herdeira, o terreiro seria fechado por falta de gente.

Mira se mostrara irredutível.

Declarara que, caso fosse a apontada, no jogo, declinaria na mesma hora. Não tinha jeito para ialorixá. Morreria iá ebé, com direito a mais uns muitos aninhos, para gozar a vida...

O terreiro recebera visitas de dignitários de outras comunidades e telegramas de todas as partes. O telefone não parara de tocar. Dava vontade de tirar do gancho – algo impensável. A imprensa ligava o tempo todo, Alzira dispensara vários jornalistas. A sucessão, nas comunidades tradicionais, é notícia de primeira.

Pelo jeito, o barracão tornar-se-ia pequeno. Coisa de admirar, porque as pessoas fogem do primeiro dia, com medo do compromisso.

Ebame Augusta começaria o axexê. Era a mais velha dentre todos e não era parente consangüínea da falecida. Na tradição do Ilê Axé Saquetê Avessan – a exemplo de muitas outras comunidades – os cônjuges e parentes quase não dançam; só participam em momentos específicos.

Determinou-se que Irene substituiria Alzira em suas funções no padê. Estava impedida porque era neta da finada.

Mira demonstrara preocupação. Petinho era muito traiçoeiro – conhecia a peça. Augusta fora ameaçada. Sabe-se lá o que haveria pela frente. Talvez fosse melhor pedir ajuda policial.

Alzira discordara. Fora-se o tempo em que os candomblés necessitavam da presença da polícia, solicitada no primeiro axexê, ocasião em que tudo é muito incerto.

Sulamita não achava provável qualquer ataque. Petinho fora desbancado na delegacia.

## 51. Pero Vaz, Salvador, 20 de outubro de 1999, quarta-feira de noite

Envenenado pela mãe, Petinho detestava Sulamita.

Licinha jurara que havia influenciado a *véa* para que os expulsasse.

O neto da finada não parara, um minuto, de jurar vingança contra "a cadela de Sum Paulo".

Estava enfurecido, com toda a convicção de que tinha sido a mentora do crime – por causa da pedrada. Era má; uma mulher demoníaca, interesseira, sem alma; ávida pelo poder.

O homicídio estava escrito nos olhos da sacana, quando falara com ele, com tanta superioridade, em Itapuã. E pensar que julgara ter sido possível nunca mais ter o desprazer de botar os olhos na esnobe azeda!

Agira pelas mãos do moleque, um assassino em potencial, como todo crioulo... Deve ter contado com a ajuda de Augusta e Irene, gente que se vende por qualquer moeda.

Jamais engolira a prima metida a porreta porque era filha de pai doutor, casado com a mãe no papel e na igreja. Grande coisa, ele, Petinho, era puxado a branco, de olhos azulados. A mãe lhe dissera que seu pai tinha sido um político famoso; filho e neto de políticos de renome.

Alzira se envaidecia por ter um DR – embora os clientes miassem e latissem... Apesar de não ir com a cara dela, estava seguro de que a prima estava inocente da morte. Nem fora à delegacia. Mesmo assim, iria sentir o peso da mão dele. Desde que a avó os expulsara, ele andava morando de favor aqui e ali... um desacerto de vida. Agora estava na casa de um amigo... mas até quando? A tia – uma mosca morta – não seria impedimento para que voltasse para a casa.

Mal podia esperar o fim do axexê para executar seu plano de vingança.

Sua mãe tinha sido a mulher mais teimosa do mundo. Dissera a ela muitas vezes para deixar fazerem a obrigação antes de se mudar. Quase o espancara. Como não era besta, preferira aguardar o despacho do espírito perturbado.

Passara a odiar a avó depois do que fizera com *mainha*, com ele e dois bisnetos – lá pras bandas do Sul da Bahia, com os parentes da mãe, também morando de favor.

Ficara sabendo que estavam sendo feitas sindicâncias brabas na delegacia. Iria sobrar para muita gente: peixe grande e peixe miúdo... Tudo culpa da grã-fina de merda.

Mas a batata dela estava guardada. O negócio era deixar pensarem que ficara com medo e desistira.

Em breve acabaria a greve do IML. Ouvira rumores de que não havia mais vagas nas geladeiras.

– A batata da branca tá cunzinhando – disse em voz alta, atendendo o celular. Era o alagoano.

## 52. Ilê Axé Saquetê Avessan, 20 de outubro de 1999, noite do início do axexê

O axexê – simbolizado por uma cuia (meia cabaça) e uma vela acesa – foi arriado no centro do barracão, depois do padê. O recinto estava lotado pelas esteiras das filhas-de-santo, coladas umas nas outras.

Os dançarinos depositam moedas na cuia, durante suas danças individuais. As moedas são oferecidas por todos os presentes que quei-ram: iniciados ou leigos.

Mira, na condição de Iá Ebé, sentava-se em uma posição de destaque, rodeada de dignitários do candomblé. Sulamita e Alzira ficaram em uma esteira próxima dela.

Estavam impressionadas com a quantidade de pessoas – algumas nunca vistas. A tendência seria triplicar...

Mira enxugava os olhos em um lenço de cambraia.

Sentia saudade de Licinha – apesar dos pesares, chocada com a morte brutal, depois de ter feito um bocado de maluquices, deixando, como herança, um péssimo registro. Rogou a todos os ancestrais que ajudassem a desvendar o caso, atirando o assassino na cadeia.

Júlio Cesar, Toinho e outro sacerdote tocavam cabaças – os instrumentos utilizados nestes rituais.

Zuza fizera questão de comparecer desde o primeiro dia, amparado pelas muletas oferecidas por Victoria Regina – surdo aos protestos da mãe e de sua tia Augusta.

Olhando as filhas-de-santo "todas solícitas com ele", mal contivera a gargalhada.

Soubera, por Irene, que tinha sido chamado de assassino e maconheiro... Agora puxavam o saco – por causa das fotos nos jornais – com a cara mais limpa do mundo...

Sulamita entoou o primeiro cântico, na voz firme, destinado a saudar os ancestrais *agbá* (antigos) aos quais nos curvamos na condição de servos:

– Axexê, iru ku agba, ô
Axexê, axexê omo
Axexê iru mojubá
Axexê axexê ô...

Os participantes responderam em uníssono.

O segundo, fazia memória do primeiro axexê, semente dos demais. A palavra é corruptela de "àjejé" – a vigília de Odé, o orixá Caçador.

Conta o mito que Iansã, filha adotiva do Chefe Caçador (Olu Odé) reunira os pertences de caça do falecido, dançando sete dias e sete noites em sua homenagem, com a partilha de alimentos e bebidas entre os muitos outros caçadores que convidara:

– *Bibi bibi lobiuá, arole qui bobó camorô...* – Ebame Augusta, muito séria, dera início à cerimônia, dançando as duas primeiras cantigas.

Antes de começar, se dirigira até a porta principal, em sinal de respeito aos ancestrais e, ato contínuo, à frente da meia cabaça.

Ajoelhando-se, colocou a cabeça no chão, em cumprimento ao espírito de sua ialorixá. Caso contrário, limitar-se-ia a tocar o solo com os dedos, levando-os à testa.

Sulamita e outras filhas-pequenas da velha senhora se ajoelharam durante todo o tempo de sua dança. No momento em que o babalorixá, ialorixá ou ojubonã dança o axexê, todos os seus filhos deverão ajoelhar-se, de mãos estendidas, em sinal de reverência e reconhecimento de que, naquela hora, ele/ela traz em si o axé dos ancestrais da Casa.

Mira e as demais autoridades sacerdotais se levantaram: Augusta era uma mulher muito antiga.

Os iniciados – um a um – e também os leigos – colocaram moedas nas mãos estendidas da imponente sacerdotisa, que com toda a solenidade as despejou na cuia – deixando cair algumas fora, sem querer.

A hierarquia impõe que ao entregar a moeda para uma pessoa velha no santo, o filho de orixá, ou o *aburo* (irmão mais novo no tempo de iniciação), incline o corpo, fazendo vênia. Registre-se que o omorixá só tem licença para sentar-se depois de ter reverenciado a memória do falecido, pela dança individual.

No final da segunda cantiga, Ebame Augusta foi sentar-se, gemendo, na esteira. Mãe Totonha tinha sido sua Mãe-de-Santo e ela era compreendida, embora sua coluna vertebral reclamasse...

Todos os iniciados participaram do ritual.

Irene e outras *oloiás* foram possuídas.

Augusta fechou a primeira parte com outra dança:

"Oferere, aiocô..."

Dando início à segunda parte, os sacerdotes e sacerdotisas dançaram em roda, em sentido anti-horário. É o momento litúrgico no qual o espírito do morto, presente na família, no cônjuge, ou nas pessoas muito próximas, participa da dança comunitária, fazendo memória de seu tempo no *Aiê*, a terra. Por isso, a fila foi encabeçada por Augusta, seguida de Mira e Alzira na condição de parentas consangüíneas.

A antepenúltima parte compreendeu uma seqüência de cânticos e danças para os orixás – aos moldes das festas de candomblé. Sulamita entoou duas cantigas de desfecho, com a participação de todos os presentes – a começar por Anselmo e Victoria Regina, fascinados e desengonçados – muito orgulhosos dela, meio sem graça com tanta troca de olhos, cochichos, risinhos, gestos de boca. Tinha sido a primeira vez em que se deparara com a comunidade reunida. No início da cerimônia estivera meio apreensiva, descontraindo-se aos poucos. É verdade que as velhas tias – em especial de outros terreiros – a olhavam com aprovação... Reparara em um sujeito alto, de óculos, de cabelos meio compridos e lisos, cara de nordestino do sertão, que não tirava os olhos dela. Quem seria?

Mira e Alzira voltaram para a roda, no desfecho do ritual – atrás de Ebame Augusta.

A cantora desempenhara sua missão com bastante competência, observando alguns critérios na escolha das cantigas: o sexo do dançarino; seu orixá de cabeça; o gênero do orixá de cabeça (aiabá ou okunrin); o grau sacerdotal e o tempo de iniciação de quem dança.

Foi servido um jantar: arroz, moqueca de vermelho e salada de feijão-fradinho com bacalhau desfiado: cervejas (para os ogãs e autoridades de outras Casas) e refrigerantes.

Pouco a pouco, quem tinha de ir embora foi se retirando. O sujeito de óculos saíra em último lugar, depois de comer duas vezes.

Alzira percebeu que se esquecera da dor de barriga. A desprezada dera no pé sem deixar saudades, graças a Iansã!

## 53. Ilê Axé Saquetê Avessan, 26 de outubro de 1999, terça-feira, dia do arremate do axexê

Victoria Regina contemplava, fascinada, aquele ancião *belle èpoque*.

O professor Agenor Miranda chegara pela noitinha, de braços com ela e Jaciara.

Ficara encantado com a médica, filha de Oxum, descendente de *Ijijawo*. Também conhecera sua mãe: gostara dela. Atendera-a, nos búzios, várias vezes, na própria residência, no Rio de Janeiro.

Durante a viagem, conversara com Oxum Boalê sobre música, literatura, medicina, teologia, balé, viagens, congelamento de comida, vinhos... Aceitara uma tulipa de champanha das mãos da aeromoça sorridente. A médica ouvira-o discorrer sobre diferentes matérias, boquiaberta.

Aquele cavalheiro era um erudito – coisa rara. Não aos moldes de alguns contemporâneos – intelectuais de Chico City – nos dizeres do marido. Os orixás tiveram muito bom gosto em fisgá-lo, desde menino, como ela.

Vicky também se tornara fã do oluô nascido em Angola; filho de europeus.

Com bastante ternura, recordou-se de Papito. Senhor de vasta erudição, vibrava com os verdadeiros intelectuais, desprezando a cultura de almanaque. Embora não gostasse da língua inglesa, usava o termo *name dropping* para alguns acadêmicos conterrâneos.

Victoria Regina, senhora de bela voz soprano, herança esmaecida de Elba Lucia, cantara um dueto de *La traviata* com o tenor experiente, cuja voz pouco envelhecera.

"Como é charmoso!" – reconhecia. "Uma mescla de Merlim, Rei Arthur e Lancelot. É sensível, tem presença de espírito e compaixão."

O professor comentara, escandalizado, o comportamento de algumas pessoas no enterro de sua amiga Totonha – segundo lhe dissera Alzira –, culpando alguns adeptos do candomblé pela cegueira:

– As brigas internas dão margem para que o inimigo faça a festa – ressaltara.

Antes de se dirigir ao Saquetê Avessan, passara no Axé Opô Afonjá para ver Xangô, orixá de Mãe Aninha, sua ialorixá, tendo sido recebido afetuosamente pela sobrinha-de-santo e amiga Stella.

Rindo-se, queixara-se, com Alzira, de seu cliente Xirê: o jovem pastor-alemão exuberante, independente e malandro. Quase o atirara em cima do sofá. Não caíra por um triz. Stella amortecera a queda – coitada!

Gostava muito de animais, em especial de cães de grande porte. Não era coincidência sua devoção por São Francisco, o louco de Deus, autor de o *Cântico das criaturas*. Estivera na Úmbria há poucos meses, onde visitara a *Porciúncula*. Demonstrara sinais de cansaço.

Recolhera-se antes do início da obrigação, na antiga residência da falecida. Precisava repor as energias. Contemplava o sol há mais de noventa anos.

No domingo retirou-se em uma chácara, em Itapuã, de uns filhos-de-santo. Pedira para ficar a sós, necessitado de paz e quietude fundamentais para a realização de um jogo daquele porte.

O axexê transcorrera sem novidades até aquela manhã, dia do arremate.

O professor chegara escoltado por alguns dignitários dos terreiros, depois da missa pela alma de Antonia Pulquéria, celebrada na Igreja de Nossa Senhora do Rosário dos Homens Pretos, no Pelourinho.

De volta da irgreja, assim que as pessoas entraram no barracão (em fila e de costas) os alabês entoaram um *ilú* caprichado: o toque de Iansã, (orixá de Mãe Totonha), ritmo também conhecido por daró, agó e aguеré, em algumas comunidades. É obrigatório, nesta ocasião, que todos os retornados da missa coloquem o pé na roda para o orixá do falecido.

Em seguida, começou a ser feito o ritual do café da manhã.

A tradição exige que todos os presentes se sentem à única mesa formada por ordem hierárquica: pessoas agba, altas autoridades religiosas do terreiro e de fora, chamadas *oloiê*; ogás, equedes, iaôs, abiãs (pré-iniciados ou candidatos à iniciação).

A chamada primeira mesa – com capacidade para trinta e duas pessoas – foi composta por visitantes ilustres.

Mira, na condição de Iá Ebé, sentou-se à cabeceira, lugar outrora ocupado por Mãe Custódia e, depois, por suas sucessoras. Observe-se que a ialorixá (ou quem esteja fazendo as vezes) só poderá levantar-se depois de o último comensal se erguer: o mais humilde, na hierarquia.

Filhas-de-santo iam e vinham na tarefa de servir a mesa, renovar as comidas, recolher e lavar os pratos.

O professor chamou Alzira, dizendo que precisava dar início ao jogo. A obrigação não poderia ser muito tarde. Todos teriam de aguardar no barracão, local da cerimônia: não esperaria além de quinze minutos. Já eram nove e quinze.

A casa nunca estivera tão lotada. Via-se gente de todos os tipos: visitantes religiosos, leigos, curiosos, jornalistas, estudantes. Não havia mais onde se sentar. Os lugares já tinham sido ocupados pelos espertos.

A mesa do jogo ficava em um local de destaque, junto com três cadeiras.

O oluô, auxiliado por seu eficiente omorixá, sentou-se no meio, convidando Mira para tomar assento à direita e Alzira à esquerda. Determinou que as pessoas saíssem de frente da porta principal, escancarada. Teria de permanecer desempedida para não atrapalhar o jogo.

A manhã estava quentíssima, sem ventilação. As roupas colavam nos corpos. Os participantes pareciam sardinhas em lata. Uma mulher idosa desmaiara de calor. Jaciara lhe prestara socorro: não era nada demais. Precisava tomar um arzinho.

Sulamita, vítima de alergia, sentou-se o mais perto possível da janela. Toinho pediu licença a uma filha-de-santo de má vontade para sentar Zuza, de muletas. Júlio Cesar ficou perto. Victoria Regina conseguira um lugar no lado oposto. Poderia não parecer mas estava uma senhora... Abanava-se com um leque de madrepérola – herança da *mamma*, sentindo-se muito apreensiva.

Os cochichos, burburinhos, especulações faziam lembrar a Bolsa de Valores de Nova Iorque.

O professor pediu silêncio uma, duas, três vezes. Irritado, Júlio Cesar, de pé, bateu palmas, interrompendo o barulho.

O oluô reuniu os cauris nas mãos provetas, saudando os ancestrais e os orixás.

Os iniciados respondiam:

– Ibá Axé!

Jogou os búzios sobre a toalha de renda de *richellieur*. As pessoas prenderam as respirações. Ebame Augusta, ao lado de Irene e Jaci, persignou-se.

Fleumático, o sacerdote jogou uma vez e outra. Na terceira, Augusta começou a abanar-se com as mãos. Jaci perguntou-lhe se estava bem. A criadeira lhe fez um gesto de silêncio, indicando o jogo.

Agenor pediu um copo de água. Bebeu antes de prosseguir:

– Oiá abriu o jogo...

Mira olhou para a filha. O coração de Alzirinha batia nos ouvidos. Centenas de olhares caíram sobre ela. O barulho recomeçara dobrado. Algumas pessoas gritavam "eparrei!". Outras, demonstravam desagrado.

Agenor colocou a mão na testa abaixada, fechando os olhos. O silêncio foi restituído.

Continuou:

– Estou aqui cumprindo minha missão. Não estou para agradar ninguém, saibam disto. Coloco-me na posição de veículo do sagrado, porta-voz dos orixás. Estou transmitindo aos senhores e às senhoras o que vejo. Tudo muito simples. Peço cooperação.

Victoria Regina sentia-se cada vez mais inquieta. Procurou prestar atenção às palavras do sacerdote.

– Iansã, na condição de padroeira do terreiro, junto com o vodum Kpó, está dizendo que a cadeira é de Oxum. Sua palavra é única. A ialorixá escolhida é uma filha de Oxum.

Augusta pôs a mão na boca, abafando um gemido.

O barulho recomeçara triplicado.

A angústia de Vicky aumentara em progressão geométrica. Precisava sair dali: o coração lhe saltava na garganta. Colocando os óculos viu que Sulamita estava sentada perto da janela, perto de Júlio Cesar. Tentou se tranqüilizar. Não conseguiu.

O professor lançou os búzios novamente.

Dirigiu-se a Mira:

– Quem é a oloxum mais velha, minha irmã?

Valmira ficou confusa. Olhou para a filha, que também parecia perdida. Aquilo tudo era inédito, feria as tradições da Casa.

Respondeu meio sem convicção:

– Acho que é Vera, do barco da finada Teresinha, professor.

A referida começou a tremer de nervoso.

Augusta levantou a mão, pedindo a palavra.

Mira respirou. Ela sabia a idade de orixá de todas as sacerdotisas, embora o jogo não fizesse sentido...

– É Jaciara, Oxum Boalê, filha da finada Clarice. Neta da finada Ijijawo. Fez santo menina. É bem mais velha que Vera. Hoje é a primeira oloxum da Casa. Não tem outra.

O professor ordenou que Jaci se aproximasse. A médica estava prestes a desmaiar. Aquilo não tinha o menor sentido. Morava em São Paulo com marido, filhos e uma vida profissional... Não passava de uma estranha, na comunidade. Outra pessoa deveria assumir, não ela. Victoria Regina caminhava com dificuldade na massa humana.

O professor reiterou a ordem de silêncio.

Jaciara foi até a frente.

Pisava em ovos. Beliscava-se para acordar. Se tivesse ficado em casa, nada daquilo ocorreria.

Abaixando-se, implorou ao sacerdote que a tirasse do pesadelo. O marido, nervoso, tentava se aproximar.

O oluô respondeu que era um mensageiro do orixá. Não um sabotador.

Muitas filhas-de-santo gritavam “ora iê iê o”, saudando a nova ialorixá, mais morta do que viva. Não menos do que Augusta e Victoria Regina, com taquicardia.

O professor perguntou-lhe o orucó, voltando a jogar. As vozes baixaram, mas não desapareceram. Pessoas impacientes ficavam de pé.

Neste momento, Victoria Regina gritou, atraindo a atenção de Toinho. O homem de óculos, perto de Sulamita, com cara de nordestino, segurava a ponta de uma peixeira. Olhava fixamente para a filha de Obá, mergulhada no jogo.

Júlio e Toinho também viram a faca, no momento em que ia cravá-la na vítima. Toinho agarrou-o, ao tempo em que Júlio o subjugara, carregando-o para dentro como se fosse uma criança.

Iansã o prevenira de que poderia acontecer uma tragédia se não ficasse de olhos abertos.

Vicky sentiu que iria desfalecer. Com uma força de vontade hercúlea engoliu a náusea, dando graças a Deus pelo dom. A morte passara de raspão por Sulamita. Tamanhas eram a agilidade dos ogãs e a quantidade de gente que poucos perceberam o perigo.

Gotículas de suor brilhavam na velha testa do professor. Parecia estar vivendo algum tipo de dificuldade.

Dirigiu-se a Augusta:

– Badecy, a senhora tem certeza de que esta senhora é a oloxum mais velha?

Augusta respondeu que tinha tanta certeza quanto tinha certeza do próprio nome. Acompanhara todas as obrigações das mais moças.

Agenor perguntou à médica, em lágrimas, qual era a qualidade de sua Oxum.

Soluçando, respondeu que jamais lhe disseram ou perguntara.

A resposta fez o barulho aumentar. O oluô voltou a exigir silêncio. Caso contrário, interromperia o jogo.

Augusta levantou a mão.

Com a testa, o professor fez um gesto de consentimento.

– É ye yê Pondá, Seu Santinho.

O velho sacerdote estava ficando vermelho que nem *ossun*. Perguntou se tinha certeza. Meio irritada, a velha ebame disse que não estava broca.

Agenor Miranda aceitou outro copo d'água e a toalha para secar o suor. Talvez fosse melhor suspender o jogo e retomar mais tarde. Não estava compreendendo. A Oxum que se apresentara era uma outra. Limitou-se a dizer, baixinho:

– Pensei que fosse Ye Ye Okê.

Sussurando, Mira retrucou para si mesma:

– Esta era a Oxum de minha irmã. Ouviu-se o ribombar do trovão.

Um vento forte fez bater as portas e janelas. O retrato de Mãe Totonha caiu da parede, perto do poste central, parando em pé.

Todas as filhas foram cavalgadas por Iansã: Irene, Alzira, Belinha, Tatiana, Nancy, Cosma, Tânia, Eva, Marília, Meire, Gal, Rita, Nice...

– Reiiiiiiiiiiiiiiiiiiiiiiiiiiiiiiii.

A porta aberta para Sulamita há mais de vinte e cinco anos voltou a ficar estática por alguns segundos.

Uma mulher rota, amparada por um policial militar, fardado, entrava no barracão suja e descalça, descabelada, de fazer pena.

Augusta deu um berro:

– Minha Nossa Senhora, aquela é Licinha, minha gente, é Licinha a excom...

Bateu na boca.

Ergueu-se, batendo palmas:

– Ave-Maria, Licinha tá viva! Bem que Oxum me disse que acontecesse o que fosse, não queria ser arriada, queria ficar no alto, no pepelê na casa de Irene. Voltaria para o terreiro no tempo certo. Eu segurei minha língua na boca – fiquei calada. Vosmicês não sabe, mas eu não arriei, embora num tivesse entendendo nada daquilo e passando por broca!

Levantando-se da cadeira, bastante comovido, Agenor Miranda proclamou:

– Oku Abó, Oku Abó... iê iê ô!... meu jogo jamais falhou, não seria agora...!

Os orixás foram chegando um a um: Badé, Iemanjá, Oxum de Jaciara e muitos, muitos outros. Das filhas, de amigos e de visitantes.

Apoiando-se nas muletas, Zuza deu o braço para Licinha, trôpega, malcheirosa, embora tivesse um novo brilho.

Mancando, a nova ialorixá se dirigiu até Sulamita que, sem esconder a emoção, lançou-se em seus braços. Licinha também chorava.

Oxum e Obá responderam no momento em que as lágrimas se misturaram.

O professor sentou Oxum. A nova senhora do Ilê Axé Saquetê Avessan pediu três outras cadeiras, mandando colocar Iemanjá à sua direita, Oiá à esquerda e Obá à direita de Iemanjá.

Orixás e humanos se prostraram aos pés de Ye Ye Okê, a rainha da água e da caça: dengo, sabedoria e riqueza.

Oxum pediu a Zuza que lhe trouxesse o abebé, ainda na cama que pertencera a Mãe Totonha.

Chamou Anselmo, entregando-lhe o objeto sagrado. Mãe Totonha e Elba Lucia choravam, abraçadas. Finalmente poderiam descansar rumo à luz.

Uma rainha vestida de fogo, brisa e furacão abriu os braços para suas duas filhas, atraindo-as.

Era o tempo do Orun, eterno recomeço.

# EPÍLOGO

**Abadia, Paraná, noite de 15 de outubro de 2002**

– "Senhor, em tuas mãos entrego meu espírito."

Os monges, conduzidos pelo Abade, deixaram a capela aos pares: os espíritos nas mãos do Altíssimo. A jornada fora de muitas celebrações. A hospedaria estava cheia. Os corpos pediam recolhimento.

Sulamita permanecera um pouquinho mais, sorvendo a deliciosa fragrância que ia e vinha.

Rezara pela pequena Antonia Pulquéria Azevedo Torres de Alencar – a menina *Quitinha*, de dois anos e enormes olhos azuis, batizada naquela manhã de primavera.

A bisneta de Mãe Totonha, feita para Xangô com um ano de vida, sua filha-pequena (recebera o nome de Obá Kemi: o rei me faz mimos), deveria estar imersa nos braços exaustos de Alzira, depois de muitas peraltices.

Os padrinhos tinham sido Victoria Regina e Júlio Cesar, o compadre comandante que conduzira o grupo de convidados na aeronave modelo 2002 – a sucessora da outra. Não abrira mão de pilotá-la, apesar da aposentadoria. O jato tinha o mesmo proprietário: o pai da futura ialorixá.

Sulamita não deixa de sorrir ao se recordar de tanta coisa. Parece que foi há séculos, meu Deus!

O empresário viúvo, diretor-presidente da companhia aérea, fora convidado para a posse de Mãe Licinha – naquele momento descansando na hospedaria em um quarto próximo ao de Jaciara e o marido, vizinhos de quarto de Toinho e Irene, próximos de sua mãe e de Júlio Cesar. No fim do corredor ficara Zuza (atual secretário de seu escritório de advocacia) perto do quarto que dividira com Augusta, sua mãe-pequena. A viagem fora um bálsamo para todos, necessitados de um repouso depois dos sete dias de axexê de três anos de Mãe Totonha.

Na primeira festa de Oxum – a dona do amor – depois da posse de Iá Licinha –, Tiago e Alzira se olharam, apaixonaram-se e se casaram em cinco meses. A esposa dissera que jamais deixaria sua cidade. Na condição de iaquequerê teria de viver perto do terreiro conduzido pela tia. Tiago concordara e estavam felizes, graças a Deus, Alzira merecia amar e ser amada.

Mãe Licinha se transformara em uma das suma sacerdotisas mais dignas do Brasil – segundo a mídia fiel: uma legítima representante do partido alto.

Renovara a comunidade, contando com Victoria Regina, equede confirmada de badé, autora de alguns projetos envolvendo biodança e balé clássico para meninos e meninas de baixa renda. A ex-embaixatriz dava o sangue por aquelas crianças!

A mãe e Júlio, casados em 2000 (Sandra quase cortara os pulsos, em Londres), mudaram-se para Lauro de Freitas, cidade próxima. O marido passara a se interessar por cavalos de hipismo. Hoje, mantém um mini haras, no qual ela costuma praticar equitação.

Dá graças por ter se tornado amiga e o braço direito de Mãe Licinha. Fora confirmada a Iá Ebé, depois da morte de Mira, vítima de um enfarte na casa da ilha de Itaparica, há pouco mais de um ano. Ainda bem que conhecera a nova semente do terreiro.

Toda vez em que se recorda da história de Licinha, em 1999, tem um calafrio. A ialorixá vagara sem rumo, nem memória, pelas ruas de Salvador dormindo aqui e ali, comendo sabe-se lá o que. Não se recorda de quase nada, exceto de ter estado próxima de lugares aquáticos. Não tem conhecimento de como voltara para casa no dia do arremate. Recuperara a memória ao ingressar no barracão.

Mãe Licinha ficara muito grata por ela ter perdoado Petinho e abafado o caso. Ele morava no terreiro, ajudando nos projetos, sob os olhos clínicos de Victoria Regina.

Ainda sente um arrepio ao se lembrar de que o jagunço da peixeira tivera um triste fim em Penedo, Alagoas, três meses depois de ter fugido da polícia.

Não tem como não se recordar do ditado de sua mãe-pequena: "O ruim por si só se destrói..."

O neto de Mãe Totonha, arrependido de ter acusado dois inocentes (as investigações revelaram que o cadáver com a corrente de ouro, com a letra A, encontrado em Pituaçu, era um transexual, Armando Alvim, morto pelo tráfico de craque), transformara-se em uma pessoa diferente – graças, em parte, ao discernimento de Ricardino e Ismael.

Segundo o testemunho inflamado de Toinho, os pastores tiveram uma moção do Espírito Santo, em oração, na época do axexê, determinando-lhes que passassem a caminhar em outras veredas mais verdes e tranqüilas. Obedientes, esvaziaram o ataque dos evangélicos previsto para o dia do encerramento da obrigação, livrando Peterson de mais uma arapuca.

Sorriu ao pensar nos dois evangélicos à frente de uma Betânia de verdade. Pararam de atacar o diferente, exortando os fiéis à compaixão e à acolhida. Ficaram amigos do Saquetê Avessan; não perdiam as festas de Oxum. Uma neta de Ricardino fora iniciada no primeiro barco de Mãe Licinha, recebendo o nome de Ogum Tundê: Ogum voltou – curando-se para sempre de uma epilepcia mal diagnosticada. Por falar em coisa ruim, o inspetor balofo perdera o cargo, mudando de igreja. Continuava no ataque contra o candomblé. Soubera que uma promotora pública oferecera uma denúncia contra uma igreja neopentecostal e a coisa estava pegando fogo. Já não fora sem tempo! Abafou a gargalhada – estava na capela – ao se recordar de que no mesmo primeiro barco também tinha sido feita Concetta Amaro, sua antiga Mestra das noviças, então Irmã Benita. Quase caíra de costas ao reconhecê-la magra e pálida, meio desequilibrada, necessitando de ajuda espiritual. Oxum passara a possui-la nos lugares menos prováveis, até no recreio, na Abadia. A neófita recebera o nome de Oxum Fumichê: Oxum me traz trabalho. Contando, parece piada, ou coisa da imaginação de roteirista de cinema. Mas tudo é possível neste mundo de meu Deus, não é?

Com tristeza, contemplou os olhos azuis de Carlo Stefano.

Ficaria feliz se soubesse da homenagem do Teatro Municipal de São Paulo: um busto, magnífico, inaugurado por Santina Maglio, toda de preto e compungida. *That's life...*

Por falar nisso, estava em paz, vivendo o dia-a-dia. Vivendo e deixando viver – conforme se diz – sem levar-se por demais a sério, isto é, respeitando o próprio limite. Escapara da morte: mais claro, impossível. Tinha que se dedicar à causa de uma gente sofrida em nome da liberdade de ser o que é, sem medo de ser feliz – como diz o poeta. Sorveu o perfume.

Espreguiçando-se, abriu os olhos.

O Abade Anselmo estava em sua frente, elegante no hábito monástico. A cruz peitoral brilhava sob o luar de outubro. Falava baixinho. Era a hora do grande silêncio. Piscando, disse-lhe que uma pequena transgressão no final do dia de Santa Teresa não faria mal. A irmã e amiga viajaria cedo. Talvez fosse a despedida aquele ano, embora tudo possa acontecer em um mundo tangido pela Infinita Surpresa.

Saíram, de mãos dadas, para o pequeno jardim. A brisa misturava a fragrância da dama-da-noite com o perfume de mato molhado. Chovera antes do jantar. Alzira tivera trabalho em segurar Quitinha, louca para reinar na chuva. Pelo pai, orgulhoso da cria, teria ido.

Sentaram-se, assim mesmo, a poucos metros de um pinheiro majestoso, na contemplação da noite estrelada.

Anselmo rompeu o silêncio:

– Tenho orgulho de você. Tô gostando de seu serviço junto a Mãe Licinha. Quem diria, a Graça pode tudo... ela se transformou em uma líder, uma pessoa íntegra que reconhece o passado ruim; quem diria? É maravilhoso!

Dando um pequeno beliscão no amigo, Sulamita respondeu que ele era o mensageiro da paz, a ponte entre universos diferentes. O primeiro ogã, confirmado na nova gestão, suspenso na noite da posse da ialorixá, em novembro de 1999.

Choraram juntos naquela noite dominical.

O Abade dera graças a Deus pela honra de ter sido escolhido. A decisão de que deveria iniciar-se fora unânime no Capítulo. Adorava seu nome trazido por Oxum: *Olugbemi* – o Senhor me sustenta.

A brisa e o perfume dançavam um *pas de deux*.

O enlevo foi interrompido por Irmão Plácido.

Tremia de emoção:

– Dom Abade, Dom Abade! Acabei de ouvir uma notícia estupenda! Foi publicado o decreto de tombamento do Ilê Axé Saquetê Avessan, pelo Patrimônio Histórico. O locutor informou que Mãe Licinha está viajando com a família e ainda não sabe. Não é maravilhoso, Dom Abade?!?

Anselmo e Sulamita bateram mão direita contra mão direita. O grito de VIVA atraiu alguns irmãos.

O Abade mandou abrir um champanha escondido. Iam beber sem gelo, mas valia a pena. Irmão Plácido foi e voltou voando, acompanhado de outros monges.

Ainda era o dia da festa de Santa Teresa, a que dissera: jejum, jejum, perdizes, perdizes!!!

Um barulho atraiu a atenção.

Era o falcão peregrino, altivo no pinheiro.

Mergulhou na noite. Ao sabor de Oiá, Vento que divide com Xangô, o Amado, o segredo do fogo, seguindo-o pelos confins da eternidade.

*OLORUN NFE*

Ilê Axé Opô Afonjá, 2001/2003.
Salvador, Bahia, Brasil

# Brincando de Boneca

Tantos anos se passaram e muitos outros podem vir a passar, que este velho de hoje não se esquecerá do jovem de ontem, rapaz de 22 anos, paletó e gravata, ainda com bastante cabelo, a empunhar o livro espesso, encadernado, sisudo, no corredor da maternidade.

E agora, neste instante, domingo, 10 de junho de 2001, 9 horas e 21 minutos de um dia de outono, este mesmo velho, de pijamas, no dedilhar das teclas do computador, recorda a cena, de apenas poucas décadas atrás.

Alguns médicos, do quadro do Hospital das Clínicas de São Paulo, jovens entusiastas, estavam então começando a aplicar as técnicas recém-aprendidas em hospitais russos, condicionadoras das dores de parto.

Método psicoprofilático, diziam uns.

Método pavloviano, diziam outros.

O certo é que a jovem ruiva, mãe primípara, no grupo selecionado de grávidas, havia se submetido, durante meses, aos ensinamentos dos médicos recém-vindos das universidades russas, em convênio com a Universidade de São Paulo.

Naqueles tempos, só lá, no Hospital das Clínicas de São Paulo, em todo o território brasileiro, é que se ensaiavam as primeiras tentativas de aliviar a maldição de Eva, contida no Livro do Gênesis, segundo a qual estaria ela condenada a parir em dores.

No dia do parto, 11 de junho, manhã bem cedo, o jovem levou sua linda esposa às Clínicas, não se esquecendo, conforme conselho do médico assistente, de carregar consigo um livro qualquer, de capa dura, para, assim, poder permanecer no interior da maternidade, fazendo-se passar por estudante de Medicina.

Um dos cinco volumes da **História do Brasil**, de Rocha Pombo, foi o escolhido, tão logo as primeiras contrações se fizeram sentir.

Está ele ali, o livro, na segunda estante à direita, anônimo e mudo, a me observar, como um soldado fiel, perfilado entre os quatro irmãos gêmeos, provavelmente o primeiro deles, talvez sim, talvez não, de qualquer forma testemunha da história, não só do Brasil, mas de uma família e de seres humanos individualmente considerados.

De alguma maneira, que nem sei explicar, parece que todos os cinco volumes sorriem e, sei lá como, me sugerem uma pergunta mais ou menos assim: – "E como foi brincar de boneca?".

E eu – que em minha longa vida brinquei de polícia-e-ladrão, também de soldadinho, até de jornalista e de viajante – com você, minha filha, aprendi – veja você... – a brincar de boneca e de casinha.

Quero hoje, filha e amiga, na véspera do aniversário de sua vinda a este mundo cambiante, dar-lhe de presente a coleção **História do Brasil**, de Rocha Pombo, aliás que a mim havia sido presenteada por minha mãe, Jacyra, em 1954, logo após a morte de meu pai, Luís.

Feliz aniversário.

Tenha certeza, boneca, de que você tem sido uma das melhores coisas que me aconteceram nestes anos todos.

São Paulo, 10 de junho de 2001.

Ita (tome um bom gole de *brunello* por mim).